# 詩心與詩史

李瑞騰——著

# 論叢總序

李瑞騰

台灣現代新詩之有「詩學」，從張我軍猛烈攻擊舊體的那個年代就已存在；其後1950年代的新詩論戰，以迄1970年代之批判現代詩，累積了大量的「詩學」文獻。在學院門牆之內，從「新文藝及其習作」發展到分類開課（現代詩、現代散文、現代小說），從點綴性到類似「台灣新詩學」成為研究所的課程；從中文系生出一個文藝創作組，到台灣文學獨立設系設所，「台灣詩學」無疑已自成體系，其知識已學科化。

這個發展歷程非常需要清理並展開論述，我最近重讀《現代文學》第46期之「現代詩回顧專號」（1972年3月）和《中外文學》第25期之「詩專號」（1974年6月），深感前賢已不斷整地、奠基、築室，我們怎麼可以荒於嬉而毀於隨呢？我想起1980年代兩次「現代詩學研討會」之策辦（1984、1986），想起「台灣詩學季刊社」成立時（1992）提出的「挖深織廣，詩寫台灣經驗；剖情析采，論說現代詩學」，想起「台灣現代詩史研討會」之隆重召開（1995），作為愛詩人，我確曾在某些時刻，以具體的行動參與了台灣現代詩學的建構；也看到朋友們在各自的崗位上付出了他們的努力，如林明德、渡也等人在彰師大兩年舉辦一次的「現代詩學研討會」（1993-），趙衛民等人在淡江大學主持編印《藍星詩學》季刊（1999），孟樊在國北教大推動的《當代詩學》學報（2005-），都累積不少成果。

《台灣詩學季刊》原就創作與評論並重，在推展過程中，先是在十周年過後發展成《台灣詩學學刊》（2003），再來是另辦《吹鼓吹詩論壇》（2005），一社雙刊，分進合擊，除社務委員外，論壇更有多名同仁，陣容堅強。我在創社一年之後接下社長一職，社務有白靈幫忙、同仁協力，編務五年一輪，推動順利、發展快速。一直到2010年年初，我到台南擔任台灣文學館館長，除卸下社長一職，且暫停社籍；去年，蕭蕭社長和白靈幾次相邀回社，且盼我能有所作為，我建議強化論述，編印「臺灣詩學論叢」，獲得大家同意，乃有此編輯出版計劃的推出。

我們的約稿函上說，這一套書將收入「有關台灣現代詩的專書、論集，或詩話」；叢書有總序，各本有自序，內文可分輯，最後可附錄個人之詩學年表等。希望每隔一段時間可以出個幾本。我們社務委員都有現代新詩的論述能力，期待「臺灣詩學論叢」能在學刊及論壇之外，成為台灣現代詩學重鎮，朝跨領域整合的大方向前進。

# 自序

李瑞騰

我最早針對台灣現代新詩表示意見是在大三，那一年我負責編系刊，因稿源有限，我自己寫了不少文章，其中有一篇〈詩的聯想〉，以「鹿潭」筆名發表，全文圍繞著當時的現代詩反省運動，用資料拼貼的方式，表達我作為一位新詩愛好者的困惑，對於唐文標、關傑明等人對現代詩的批判，有贊同，有異議；對於劍拔弩張的詩壇，存有一定程度的憂懷。

因為走出校門去參與編輯工作，我在一家新辦的雜誌社認識一些其他學校的文藝青年，其中有一位女生在台大編《台大青年》，她誠懇約稿，我寫了一篇評論文章給她，談的是那時候最熱門的人文議題——民族性、社會性等，我用了一個「歸屬性」的概念，從古典文學如何與現實環境對應談起，舉了諸如詩大序、屈原、杜甫、白居易、鄭板橋等例子，但重點還在現代詩，強調文學應該直面社會、人生，以及人心、人性。

文章以「牧子」筆名刊出，沒多久，有一位趙知悌先生把它收入他所編的《文學，休走——現代文學的考察》（台北：遠行，1976）。這書是在回應1970年代前期的整個文藝思潮，收了關、唐等人的文章，當然也一定會有顏元叔、尉天驄、余光中等，雖然不大有人知道「牧子」是誰，編者顯然把我當成台大學生；我自己了解，多年累積的「學」與「思」，或已可以參與時代的文學論述了。

進了研究所以後，在華岡，在一個小小的文學社群裡頭，我開始著手分析現代詩，最先論述的是向陽和渡也：向陽，我是整個看他到那時候已發表的作品，寫了一篇〈詩話向陽〉；渡也，我是選了他一首散文詩〈蘼蕪〉來分析。這大約也就是詩評論的兩種樣態，一個是詩人論，一個是詩作分析，我最初的試筆算是走了第一步，展開了未來漫長的評論生涯。

除了刊在「華岡詩展」的特刊，〈詩話向陽〉發表在我和向陽甫加入的詩脈詩社之《詩脈季刊》上，析渡也的〈蘼蕪〉則發表在張默主編的《中華文藝》，這開啟了我在台灣現代詩領域的實際批評工作，而且是細讀。張默約我寫「詩的詮釋」專欄，在《中華文藝》上，我如不畏虎的初生之犢，面對名家名作，以我那時已擁有的學術力，逐句逐段去分析文本，形塑了當年詩壇一位所謂「青年詩評家」的形象。

寫這專欄稍後，我一邊寫碩士論文〈六朝詩學研究〉，一邊寫賞讀白居易的書，古今並治，這也就成了我學術之路的常態，其後雖因諸多主客觀因素而向現當代傾斜，但我其實沒有放棄古典，特別是在1980年代，我在台灣古典詩領域頗做了一些事兒。

1982年，我出版《詩的詮釋》（時報文化，1997年重編成《新詩學》，駱駝出版）；其後，我陸續寫了一些現代新詩的討論文字，今董理舊篋，初編成《詩心與詩史》，納入台灣詩學季刊社「臺灣詩學論叢」，交秀威出版。

收錄在本書的篇章，或長或短，總計二十篇，或應媒體之邀而寫，或因工作的需要而作，或為詩人新詩集的序或跋，或為研討會之論文，我把它們分成二輯，各十篇，一為「詩心詩藝」，談詩人詩作；二為「詩史現象」，有史論，有現象觀察。從寫作因緣和發表情況來看，於此二十餘年間，《文訊雜誌》和《台灣詩學季刊》是我活動的主要場域，當然也是我心心繫念之所在。

書裡面最早寫的是論王潤華早期詩作的〈入乎其內，出乎其外〉（1988），最近的是為洛夫《唐詩解構》所寫的序（2014）。比較需要說明的是，前輯中有〈為詩之用心〉一組解詩短文，要在幾百字之內把一首詩講清楚並不容易，過去編年度詩選時要寫「編者按語」，深覺挑戰頗大，我電腦媒體櫃文件中存有幾篇，不無參考價值，故合組成篇；後輯中有〈《台灣詩學季刊》專題前言〉，是我在擔任詩社社長其間所寫，凡二十餘篇，整體看來，有我對台灣現代新詩的諸多關懷。此外，特附錄一篇〈民間寫作／知識分子寫作——世紀末大陸詩壇的一場論爭〉，表示我對大陸詩壇亦有所關注。

謹略述成書之緣由，以為讀此書者參考。

# 目次

## 輯二　詩史現象



## 附錄

輯一

# 詩心詩藝

# 入乎其內，出乎其外
## ——論王潤華早期的詩(1962-1973)

### 前言

做為一個文學人，王潤華（1941-）的工作包括創作、翻譯、研究和教學。在創作方面，他的主要文類是詩和散文，關於前者，從大學時代在台北出版第一本詩集到現在，二十餘年來，他擁有四本華文詩集，分別是：

（1）《患病的太陽》（1966），分五輯，計三十八首（含三首英譯），有自序，附錄一篇藍采的評介，計95頁，台北藍星詩社出版。

（2）《高潮》（1970），不分輯，計十八首，有周策縱序（詩），附錄一篇翺翺（張錯）的評介，計78頁，台北星座詩社出版。

（3）《內外集》（1978），分三集（象外集、門外集、天書集），計五十一首，有自序，附錄三篇評介（張漢良、陳慧樺、翺翺）及本集作品年表，計167頁，台北國家書店印行。[1]

[1] 〈第幾回〉二首、〈磚〉已見《高潮》。

（4）《橡膠樹——南洋鄉土詩集》（1980），不分輯，九題組詩，計四十首，有自序，無附錄，計72頁，新加坡泛亞文化公司出版。[2]

除此之外，1986年由台北黎明文化公司所出版的《王潤華自選集》中，第一輯以《看樹記》為名，包含十一題計三十一首的詩，是1985年在愛荷華所寫，尚未結集出版，卻也可以視為一本詩集。[3]

關於後者（散文），和第一本詩集同時，王潤華即已出版他的第一本散文集，爾後多年，散文的量並不多，資料如下：

（1）夜夜，在墓影下（1966），分三集，計三十一篇，有自序，計96頁，台南中華出版社出版。

（2）秋葉行（1988），分六輯，計二十二篇，有前記，計252頁，台北合志文化公司出版。[4]

在翻譯、研究和教學方面，王潤華稱職的扮演他的角色。就前者來說，遠在大學西語系攻讀的時候，他就已翻譯出版了卡繆的《異鄉人》（1965，台北，巨人），其後在1969年又翻譯了斐澤磊的《大哉蓋世比》（台南，中華），在1970年譯成康拉德的《黑暗的心》（台北，志文），1972年參加聶華苓主持的百花齊放文學運動工作（Literature of the Hundred Flowers兩冊由哥倫比亞大學出版社於1981年出版），1979他所編譯的《比較文學理論集》出版（台北，成文，1983年由台北國家書店再版）。

[2] 〈裕廊外傳〉一組計六首已見《內外集》。除〈落葉記〉一組計三首外，凡八題組詩另收入《南洋鄉土記》（1981）為第二卷，台北時報文化公司出版。

[3] 將收入即將出版的詩集《山水詩》中。（已於1988年4月由馬來西亞蕉風月刊社出版）

[4] 四、五兩輯計八篇已見《南洋鄉土集》第一卷。有五篇另見《王潤華自選集》第三輯。二、三兩輯及第六輯一篇前已收入《王潤華自選集》第二輯《在石頭與泥土之間》。

研究與教學是王潤華學院生涯的主要工作，大學讀的是西語系，但後來（1972）在美國陌地生威斯康辛大學在周策縱先生指導之下所完成的博士論文，卻是以英文寫成的《司空圖及其詩論》（*Ssu- K'ung T'u: The Man and his Theory of Poetry*），1973年以後他先後任教南洋大學、新加坡國立大學，都在中文系，即使是1983年赴台灣國立清華大學客座，也在中語系，由「西語」到「中語（文）」，是一種文化母土的回歸，他從事中西比較文學便有這樣的一個信念：「紮根在中文與中國文學的土地上」[5]，值得肯定。而除了中國古典詩學，他更關切中國的現代文學，可以說出入古今。最近幾年，他也致力於新加坡本土華文文學的研究，並且積極投入文壇活動，向新加坡之外的華人社會介紹新華文學，在這方面，他所扮演的角色顯然愈來愈重要。

以上簡述王潤華的文學表現，主要是想提供一個概括性的認識，做為討論的預備作業。本文主要是討論王潤華早期（1962-1973）的詩，略以創作時間為序，著重背景說明，並詮釋其階段性的重要作品及其主題，不局限在一種批評方法上面，而是混合運用，以期更能掌握他作品的各種面向和精神。

## 一、留台時期所受的影響（1962-1966）

1941年出生於馬來西亞吡叻州的王潤華，「出生後不到三個月，整個英屬海峽殖民地（新馬），在微弱的一陣防守槍炮聲中，輕易的淪陷在日本侵略大軍之手」[6]，全家在原始森林的橡膠園

---

[5] 王潤華，《比較文學理論集》，代再版序，頁4。

[6] 王潤華，〈天天流血的橡膠樹〉，載《南洋鄉土集》，頁75。

中，艱困地度過三年零八個月日軍佔領的日子。橡膠園是他大學時代以前的生活空間，橡膠樹日後便成了他懷念的對象和回憶的背景，更重要的是，橡膠樹成了他作品中具有象徵意味的主意象，王潤華說：「我們華人就跟它一樣，在同一個時候被英國人移植到南洋這土地上，然後往下在泥土裡紮根，還向上開了花結了果。而我就是一棵生長在馬來西亞吡叻州近打區的第三代橡膠樹。」[7]在個人的經驗裡，橡膠樹是自我的象徵；在普遍的經驗層面裡，橡膠樹是南洋華人的象徵。但是對於王潤華的作品來說，橡膠樹較早出現在散文中，而且是極重要的描寫對象，比較同在一年出版的詩集《患病的太陽》和散文集《夜夜，在墓影下》，就可以同意這種說法。在後者的序中他便提到「馬來亞蕉風椰雨的橡膠林」，集中第一篇正是〈橡花撲面的日子〉，後面又有〈夢裡的橡膠林〉，都是發表在台北報紙副刊上面的抒情性散文，而所抒之情正是懷鄉、思親以及童年憶情。然而，在《患病的太陽》中，幾乎沒有南洋色彩，這位二十來歲的詩人，他從馬來西亞來到台灣讀大學（1962-1966），在台北以新秀的身姿活躍詩壇，至少有下面幾個因素對他的詩風會有所影響：第一，西洋語文教育；第二，六十年代台灣的現代詩風潮；第三，王潤華所屬《星座》詩社的詩人群。而這三個因素很顯然都不利於年輕的王潤華去經營具有南洋色彩的主題。

教育背景影響於文學路線和風格是非常普遍而正常的事，但往往比較明顯的表現在寫作的初期，王潤華和他的好友張錯正是如此，張錯後來完全揚棄早先《過渡》（1966，台北）、《死亡的觸角》（1967，台北）的西化傾向，甚至激烈的以易名（從「翱翱」

[7] 王潤華，《南洋鄉土集》，自序，頁4。

到「張錯」）來重新形塑自我。而王潤華一向「穩重些」[8]，他的一切都在穩定中自然發展，包括詩風的變化。在〈患病的太陽〉中，一起始便是「今夜來到特洛埃：為了海倫，我要飛渡壕溝和城牆！」，詩人「心中的海倫」之血緣無疑是在希臘；第二首是〈窄門〉，窄門中是「阿麗沙」；第三首是〈落霞〉，我們讀這樣的詩句：「潮汐般漲落昨日希臘的廊柱／和一些羅馬遙遠的聖地」「尚憶及妳神的風姿，飄自愛琴／妳燦爛的淚，是海倫和甄甄的幻象」。毫無疑問，王潤華西洋語文的經驗對這些作品有決定性的影響。但是到了《高潮》（1970，台北），至少那「關住海倫的特洛埃城門」已經變成鎖住無辜的白蛇娘娘的雷峰塔了[9]，從古希臘神話一轉而成中國神話，對王潤華來說，一點都不勉強。

個性上的較為穩重以及教育背景都屬於個人主觀條件，而外在環境客觀的因素也相當重要，在這裡特別要提出《星座》詩社。這個主要以當時來台深造的僑生為主體的詩社成立於1963年的木柵，社員中後來廣為詩壇和學界所熟知的名字，至少就有翱翱、林綠、王潤華、淡瑩、鄭臻、黃德偉、陳慧樺等[10]，他們雖然「詩風互異」[11]，但共同的是他們都是外文系出身，翱翱說：

> 1965年，……於是改組正式成立《星座季刊》，以評介最新外國詩潮，翻譯外國詩作，詩創作及詩作英譯這幾個動向著手去做，……因為《星座》的中堅份子大都是外文系出身，

8 林綠，〈憤怒的水草〉，載翱翱詩集《死亡的觸角》，頁16。
9 《高潮》中有〈磚〉一詩，寫雷峰塔倒塌之事。
10 王潤華，〈木柵盆地的星座〉，載《秋葉行》，頁97-106。
11 同註8。

也就慢慢偏向於外國最新思潮對中國的輸入。[12]

這是風起雲湧的六十年代，外文系的文學人力，自從台大教授夏濟安（1916-1965）在1956年主編由劉守宜創辦的《文學雜誌》開始養成並凝聚，終於在1960年出現領時代風騷的《現代文學》，從它早期的專輯製作泰半皆以西洋名作家為引介對象[13]，就可以知道，白先勇、王文興等這一群台大外文系的年輕人是在從事一個文學的現代化（西化）運動。《星座》接在《現代文學》之後也從事起翻譯、評介外國文學思潮的工作，論規模及影響性很可能不及《現代文學》，但在英、美詩的譯介上卻頗為可觀，應該有一定程度的影響性，詩社同仁彼此之間藉此而互相切磋激蕩，意義尤其重大。

《星座詩刊》正式創刊於1964年，從成立到創刊的這兩個年頭，台灣的詩壇至少有這幾件大事[14]：

（一）1963年10月，《藍星》詩社的扛鼎人物覃子豪辭世。

（二）1964年2月，以紀弦為代表的《現代詩》在出完45期後正式停刊。

（三）代表省籍詩人大結合的笠詩社在1964年3月成立，三個月之後《笠詩刊》正式創刊。

（四）1964年10月，「有著烈士衝刺的驃悍」[15]的《創世紀詩刊》慶祝創刊十周年。

---

[12] 翱翱，〈自由中國詩集目錄彙編〉，載《從木柵到西雅圖》，頁191，台北，幼獅，1976。

[13] 應鳳凰、楊明，〈停刊文學雜誌專號簡介〉，《文訊》雜誌二十七期，1986年12月。

[14] 張默，〈中國現代詩壇卅年大事紀〉（1952-1982），《中外文學》十卷十二期，1982年5月。

[15] 洛夫，〈詩壇春秋三十年〉，同上，頁17。

覃子豪辭世和《現代詩》停刊，說明了1949年以後台灣現代詩走到了一個階段的盡頭；《笠》的出現標幟著台灣詩壇的權力結構將有一個重組的可能；《創世紀》昂揚進入第十個年頭，超現實之風鼎盛，比起當年紀弦所領導的「現代派」，堪稱另一次西風的狂飈。

在這個時候《星座》出現，根據王潤華後來的回憶，「把星座推入軌道的人」是李莎和藍采[16]。李莎在大陸時期曾出版過兩冊詩集：《驪歌》（1945）、《太陽與旗》（1948），來台後曾與覃子豪合編自立晚報《新詩週刊》，隸藉紀弦的現代派，此際任職於最高法院，王潤華說：「在李莎的指導和鼓勵下，我的詩開始進入較好的境界。」[17]至於藍采，那時是駐紮在木柵通往新店路上的軍營的軍人，後來不知所蹤，從他為王潤華第一本詩集撰寫評論：〈《患病的太陽》欣賞〉，可以看出他的詩學造詣。除此之外，王潤華也提到藍星的羅門和蓉子給他的指導和勉勵，《患病的太陽》且是由藍星詩社出版。

## 二、戰爭與死亡的主題

真正進入到《患病的太陽》中，最始元的質素很可能便是童年的戰爭之經驗了，那似乎象一團陰影彌漫著詩人的心靈。有戰爭便有死亡，於是這就成了王潤華早期較常表現的主題了。

在《患病的太陽》中直接寫戰爭的至少有第四輯中的六首，分別是〈無題〉寫廣島長崎二十年前的為原子彈所炸；〈淩晨，穿

---

[16] 同註10，頁99。
[17] 同註10，頁100。

黑衣的戰爭就會渡河〉寫戰火燎原，逃亡者面對著不可知未來的恐懼；〈嚮往〉中期待凱旋與和平；〈失落〉是戰後重返家園之失落；〈遠遠的火〉寫黃花岡之役的悲壯；〈回憶〉透過一個老將軍的感嘆，寫戰爭的創傷與回憶的寂寞。

導因、戰情戰況的描述以及戰後的淒涼與蕭條等，可能會是「戰爭詩」的主要內容，而詩人總有他訴求的重點，畢竟詩是無法鉅細靡遺的。譬如針對美軍最後在日本採取的摧毀性的原子戰爭，深受日本之害的王潤華，基於人道立場說那是「千層陰霾之外，錯誤的一擲」，因為蒙受巨大的痛苦的是無辜的人民：

從此，一句痛苦的吶喊
象一朵蕈狀雲，象鳳凰
展翅在夢土似的灰燼上

——無題（廣島長崎挨炸二十周年整）

「痛苦的吶喊」只是「一句」而已，那是因為發不出第二句，王潤華運用兩個美麗的明喻意象（一朵蕈狀雲、鳳凰展翅）實寫原子彈爆炸之後的景象，把那炸後的大地說是「夢土似的灰燼」，值得注意的是，日本軍閥發動戰爭所追尋的「夢土」怎麼會是眼前的這一片「灰燼」呢？很顯然的是，王潤華在悲憫中含有強烈的譴責和諷諭。

不管是什麼樣的戰爭，攻防之間就是流血和死亡，而當戰火燎原的訊息一來，縱使昨日仍在陽光下散步、嬉笑，今天你都不能不逃亡，成群結隊的逃亡者都成了「異鄉人」，他們是「雨季下的蟻群」，這個暗喻很可能來自詩人南洋鄉土的經驗，徹底寫出逃亡者的倉皇、脆弱。

> 黄昏啊，風起，雲散，日落
> 海上遠遠的火已形成於火焰
> 伸戰爭的血手向蒼白的逃亡
> 我們牽著一萬個逃亡奔向迷茫
> 淩晨啊，穿黑衣的戰爭就會渡河

——淩晨，穿黑衣的戰爭就會渡河

紅色的火焰意象象徵著戰爭的慘烈；蒼白、迷茫指出逃亡者的無奈無力以及對於前程的恐懼；而戰爭穿著「黑衣」，則充滿著死亡的訊息。王潤華並不刻意針對一次個別的戰爭而著墨，他從人類普遍的戰爭經驗上加以發展，掌握了詩的永恆性意義。

黑色意象聯結死亡的訊息，當然這並不是王潤華的專利，五、六十年代的台灣詩壇，黑色雖不能稱為主色，但是這個具有原型功能的意象，也頻頻出現，從紀弦、方思到洛夫，都經營過幽暗的黑色世界，呈現死亡和生之存在等不可知的神祕情境[18]。王潤華詩中也不斷重複浮現黑色意象，《患病的太陽》的第三輯中幾乎每一首詩都有黑色，而這一輯詩幾全與死亡有關。

首先，〈黃昏雨落著〉詩末尾明顯標注是為「美故總統J. F. Kennedy被謀殺」而作，一開頭寫甘迺迪中彈：

---

[18] 李瑞騰，〈釋方思的《黑色》與《夜》〉，載《詩的詮釋》，台北，時報，1982。

烏鴉從橫屍遍野的古戰場驚起
夕陽瀉落在你兩肩上
穿過黑色的長巷
車上的黄昏雨落著
春風冷了櫻花謝了
……

詩行間充滿了死亡的悲慘情境，「長巷」應是由生至死的幽冥通路，「黑色」不待詮說，便可確定與死亡攸關。

其次是〈美麗的V凋落進曙光裡〉，以「悼消逝了的大英帝國的象徵邱吉爾」為副題，將邱吉爾的死亡消息以「黑色」來形容，則其意義不言可喻。至於其後的各首：

- 明天啊，大陽升不起的話／別將我焚不化的名字／葬在寂寞的黑眸深處（〈遺言〉）

- 醫院的廊外斜斜的風雨憂鬱趕來／一個人撐著低低的黑傘跑進雨中的長巷／灰色的弄口（〈遠去的閃光季〉）

- 寂寞的苔蘚爬綠了滿崗荒年的黑名碑／您帶著迷濛細雨，悄悄／上來崗頭躺下看黃昏星（〈您在黃昏〉）

- 爸啊您該閃現在窗／這個本是淡忘散步和看電影的黃昏／等下很多穿黑手套的手會從／鬼眨眼的夜空探下來偷采您的芒果（同上）

· 唉，夢初醒，被死亡的黑眼睛／望見，旋風之手遂／卷我出小鐵窗之外／遺忘的旋程之外（〈遺忘〉）

· 雨在黑巷冷冷的落著／他跑完兩邊青冢的路／聽完山背塘邊的輕雷／歸來狗嗅腥，貓叫春的長巷／悠揚的風河沖激著黑雨衣……（〈雨在黑巷中〉）

〈遺言〉詩中，在生命將大門關閉之後，並列「青春的野火」、「時間的灰燼」，最後以「焚化」、「埋葬」作結，詩人的筆觸伸入了生命與死亡的課題；〈遠去的閃光季〉以「醫院」為場景，麻痺針、解剖刀、葡萄糖和氧氣全都是救活生命之物，則遠去的閃光季不正喻指光輝燦爛的過去之歲月嗎？而如今面對的無疑是病死的生命大事了，以故，撐著黑傘跑進雨中的長巷、灰色弄口，當然就是奔赴死亡了；〈您在黃昏〉寫死去的父親，以現時崗頭墓地的哀戚，追憶父親生前的勇健，「黑手套」暗喻的正是父亡之後可能竊取家產的邪惡力量；〈遺忘〉是寫一個逃獄兩年的死刑犯再度回籠，重新面臨死亡，已能正視此乃「旅途之終站」的事實；〈雨在黑巷中〉寫一個揮別神州，南下的北人，在有雨冷冷落著的春天夜晚，感受到死亡的心境（青冢、上帝暗示死亡）。

另外兩首未曾引錄的作品，〈匆匆的拾級者〉出現「黑睡衣」意象，從「閻王的冷目」、「飛彈的尖嘴」、「倩女幽魂」、「山神廟鬼」的層層暗示，則這匆匆的拾級者當是來此探訪死去的故人。至於〈引渡〉，是此輯中唯一沒有「黑色」的詩，詩題旁括弧中的兩行可以視為序：「八月二十日夜突想起／那些因車禍橫死街邊的人。」內文則充滿「憐憫」和「歎息」。

戰爭的殘酷無情、凱旋與和平的渴望；生與死的強烈對比。王潤華年輕的心靈充塞著或明或暗的生命光影，織字成句，組成篇章，駭人的意象四處可見，以上集中在「黑色」的討論只是從主意象入手，其實，「陽光」、「雨」、「夜」諸意象都值得分析，尤其是「雨」，總落在充滿死亡氣息的場景之中，對於悲愁的氣氛，以其陰暗、潮濕加以映襯烘托，非常值得注意。

王潤華早期這些戰爭詩、死亡詩，具有綿密的字質、流暢湧動的豐富情思與想像，能夠提升、轉化個己的經驗，在在都證明他富有詩才，擺入台灣六十年代的詩之競技場，比較起他的前輩，毫不遜色，更具發展性。

## 三、「禮拜日」與「公墓」（1966-1967）

1966年，二十五歲的王潤華結束他的留台時期，回到他的出生地馬來西亞吡叻州，執教於他的母校金保的培元中學。這時候，號稱「馬來西亞擁有最稠密的華人人口的一州」[19]的霹靂州，華文中學正面臨「一場大風暴和一個大旋渦」，非但不復當年盛況，「除了窒斃或溺死之外，實在別無他途」[20]。這樣的環境對於蓄勢待發的王潤華來說，必然缺乏可以馳騁的寬闊空間，於是在次年七月，他和淡瑩飛美，由詩做媒，他們結婚了。次年（1968）他們進入威斯康辛大學，拜在周策縱先生門下。1987年他赴台參加「抗戰文學

[19] 鄭良樹、魏維賢，〈吡叻州的華文教育〉，見《馬來西亞、新加坡華人文化史論叢》（卷一），頁105，新加坡，1982。
[20] 同上，頁142。

研討會」接受楊錦郁訪問時，曾經自述這段歷程：

> 初到美國時，他們先駐足於聖塔．芭芭拉加州大學分校，當時，在那裡執教的白先勇先生告訴他們，在美國念英美文學很難拚得過當地的學生，獎學金也不易申請，以他們具有中英文寫作能力，最好能夠攻讀中文或比較文學，如此的選擇會比較符合自己的出身背景，日後的出路也寬廣些。王潤華當下覺得白先生的話很有道理，遂決定改行，於是在白先勇的推薦下，和淡瑩雙雙飛往威斯康辛大學，受業於周策縱教授的門下。[21]

這個決定對王潤華來說有相當關鍵性的影響，往後整個學術和文學生命都起了大變化，雖然他在政大讀書的最後一年就曾在台大旁聽葉嘉瑩講授杜詩，但畢竟僅止於「業餘」，從現在開始，中國文學或中西文學關係就成了他的「專業」，1978年在台北出版的《中西文學關係研究》中的篇章，代表他從此以後不斷探索的部分成果。

在詩創作上，《高潮》含括他赴美前一年及赴美後二年間的作品，比較起《患病的太陽》，詩風有明顯的轉變，開篇第一首〈北上〉在「附記」中就引李白〈蜀道難〉來對比他今日的北上；接著的〈第幾回？〉及〈補遺〉也有很長的「附記」交待出典，正是《紅樓夢》第一二〇回賈政無意中遇見光頭赤腳已出了家的賈寶玉的情境；〈磚〉明寫1924年雷峰塔傾坍的導因，亦以「後記」述其

[21] 楊錦郁，〈永遠的橡膠樹——王潤華訪問記〉，《幼獅文藝》，六十七卷二期，1988年2月。

本事。這種以古典中國文獻資料為素材重新思索的寫作方式，在前本詩集絕不可見，透露出王潤華即將走回東方、走回文化母土的訊息。

另外，以詩之外形來說，《患病的太陽》中除〈今夜來到特洛埃〉、〈燃燒的一夜〉類散文詩之外，皆分段分行的自由體，全部是二十行之內的短篇；而《高潮》中的詩，長度普遍增加，大部分在二十行以上，最長的〈禮拜日〉甚至於到了七十一行。這一點非常明顯。再者，有一種現象也是《患病的太陽》中沒有的，那就是以數字標號分節，在十八首中就有八首是這樣處理的。這種長化傾向似乎顯示王潤華內蘊逐漸豐厚，有興趣處理比較龐大的題材，氣勢雄渾起來了。最重要的是，他不惜多費筆墨以散文（附記）自我詮釋，表明言外之意，甚至暴露寫作的原始素材，這充分說明做為一個詩人，王潤華已然考慮要強化傳達的功效，卻又不願損傷詩質而使之俗化、淺化。

就現有資料來看，可以確定是寫在馬來西亞的有〈禮拜日〉和〈公墓〉二首[22]。赴台四載回到出生地的王潤華，對於那塊土地，顯然尚未孕育出情感上的認同，甚至後來在美國獲得博士學位之後，「原想留在美國謀職」，根據楊錦郁的報導，王潤華是在周策縱先生的提醒、鼓勵下，觸動心弦，浮起童年穿梭橡樹林間的綠色記憶，體會「惟有汲取適合自己的文化土壤，才能比別人更加茁壯」[23]，遂毅然奔回那一片夢土。所以，在1966-67年的這個貧瘠的年代，他非但缺乏鄉土之愛，甚至於情感「一片空虛和幻滅」[24]，

22 翱翱，〈評王潤華波浪型詩集《高潮》〉，載《高潮》，頁74。
23 同註21。
24 同註22，頁76。

這兩首詩可以見證這個事實。

〈禮拜日〉以馬來西亞的江沙在1967年元月的大水災為描寫對象。江沙是蘇丹皇宮的所在，在雨季時經常因河水（霹靂河）泛濫而鬧水災[25]，所以表面上王潤華雖只是寫一次的災禍，但其實具有其恒久性、普遍性的意義，譬如在第一節一開始，他寫河邊街高級住宅區、商業中心在河水泛濫成災時的慘狀，浪如蛇、一城的汙穢物浮沉，人們焦慮、喘息、骯髒且變態、面臨死亡的威脅，即使是象徵著萬能的上帝的教堂，其尖端都「在激流中顫抖」。這樣的水災持續一個禮拜，水退之後的滿目瘡痍，更令人觸目驚心了，空無、泥濘、腐臭，而人呢，疲倦、狼狽，還得清理，從事復元的工作。

王潤華一方面寫人類面對一種摧毀性的災變的無力、無奈與悲慘，另一方面將代表人類文明的諸物之飄流浮沉，以賦的寫法依序展現，實在是飽含譏諷，尤其是他以「安息」的「禮拜日」為題，教堂、聖經、十字架、耶穌，甚至於神龕，都無一倖免於難，這個年輕的「無神論」者[26]，豈非對萬能的神提出最根本的質疑；而對於人，他將門外走過的「拿照相機的記者，遊客和慰問代表」、「自己穿一件淨衣」的老闆，來對比受難和困苦的人們，則他的悲憫同情與諷刺抨擊已是非常明顯的了。

洪水日夜在王潤華的心靈澎湃著，他說：

> 可是這場水災給我留下的，就如太平洋戰爭，浮起了千千萬萬具士兵與平民的屍體後，給兩岸的國家留下象徵性的千萬

[25] 王潤華，〈在橡膠王國的西岸〉，載《秋葉行》，頁161。關於江沙的地理位置，王潤華在此文中說是位於霹靂河「中游」的河畔，而我所見的郭壽華所編著的《新馬通鑒》（1967，台北）說是「上游」，不知孰是，頁207。

[26] 翱翱說王潤華是無神論者。同註22，頁77。

座公墓；它給我留下七十二行大理石圍成的公墓。[27]

他甚至於說：「這次的洪水是從價值、信仰崩裂的堤岸急沖下來的；是自性欲前道德觀衝破閘門而來的……」，從這裡可以看出，王潤華所想要表達的不只是事件的表象意義，他想穿透表象進去內層底層挖掘人性與群性的根本。

水災與戰爭、死亡聯結在一起並不令人意外，因死亡而想起公墓亦極其自然，而這「公墓」正好是另一首此時期作品的標題。如所周知，公墓是人死後埋葬之所，如若人未死亡而已一如死亡，則整個人間正恰如一座巨大無比的公墓，在這裡死亡與生日並存，辦公室和教室亦如一間一間的墳墓了，公務、愛情、教育和信仰原都是神聖的，如今皆已扭曲變形，甚至於死亡。

時正在中學執教的王潤華，反省起教育來，「教育就是在黑板寫了又擦，擦了又寫」，這是何等辛酸和諷刺的話，教室裡在期末考的學生，在老師眼裡異化成另外一種死亡風景，石碑、遺像和墓誌銘一併出現，這那裡還是教室，詩人視之為公墓，則所謂的作育英才，所謂的傳道授業解惑，都是虛無主義者的理想而已，這不是王潤華反教育，而是六十年代華文中學教育崩潰解體的殘酷事實所造成的。

在這種情況下，王潤華如果不走，他很可能會崩潰、墮落，為了心中那個「長期奮鬥的目標」[28]，於是他選擇出國深造。

---

[27] 〈禮拜日〉後記，《高潮》頁46。
[28] 同註10，頁105。

## 四、走向中國的道路（1968-1972）

問題是，從赴美到1973年底「回歸離開了十一年的赤道邊緣」[29]，這一趟新大陸之旅更是一段艱辛漫漫的追索歷程，從聖塔．芭芭拉、陌地生、愛荷華到最後幾個月到美國東部各地旅行，他有過困惑、彷徨與掙扎，如前所述，白先勇和周策縱適時給他智慧的指引，再加上他一向沉穩，遂使他在飄泊的行程中，生命得以獲得安頓，「從此我便走在地下埋葬著我的祖先的路」[30]。

〈見證〉是《高潮》中的最後一首，見證王潤華初到美國不久的校園見聞及其心境，在這裡表達了他的不滿與批判：

> 從投盡完整的才華才旋轉開的門進去
> 發現每一條規律都是用刺目的金錢拼成
> 不剃鬍鬚的教授，或猛然觸及
> 鄉音已被巧克力腐蝕的中國人
> 便遙指著新疆沙漠上足以埋葬十億人的風沙
> 　　那是自從中國人抽鴉片上了癮以來
> 　　飯碗上一朵最芬芳的香菇

我們能夠瞭解詩人的感受，這樣一道「門」必須竭盡所能才能「進去」，進去以後卻發現只有「金錢」才是規律，現實環境如此，實也無可奈何，可悲的是忘本的中國人，巧克力已經腐蝕了他

---

29　王潤華，《橡膠樹》自序，頁11。
30　〈北上〉附記，《高潮》頁9。

的鄉音，猶自以為仍關切著中國。王潤華直指中國發言，此種情況過去實不可見，這一次他耳聞目睹，感觸應該很多，譬如說中國留學生，「公寓的門也上了鎖／通宵築長城，逐胡人於關外／如一叢移置異土的野花／陶醉在春風裡」，於是他反省了中國，「每天中國都正在黑暗裡」；他反省了他自己，而有體悟，而有行動：

> 我的雙目也發霉了
> 講臺平靜的死海上始終沒有浮起一個太陽
> 我便悄悄離開每天清晨拾荒老人走後
> 幾十條野狗翻了又翻的垃圾堆

在〈北上〉（集中編排在第一首）的「附記」中，他引出這四句，指那是1968年，應是在白先勇那所大學時的狀況。「雙目發霉」導因於生活中所見皆已開始腐壞，以故連靈魂之窗都已不再能夠明亮鑒照；「講臺」原是知識的來源，現在它是「平靜的死海」，這當然是個比喻，「沒有浮起一個太陽」喻指能發光發熱的知識沒有出現，則發霉的雙目得不到治理，如若不「離開」，想必會潰爛。他把所在之處誇張比喻成「垃圾堆」，則那在垃圾堆中翻找食物的「幾十條野狗」之影射也就自明了。

「離開」此地是為了要「北上」，縱使「北方」只是「渺茫的目標」，為了「活著的意義」，王潤華說他永遠要「北伐」。所以〈北上〉這詩，不管當下的情境如何[31]，頗能說明王潤華一種生命的潛在動向，做為移植的第三代華裔，向著北方，他才能找到文化

---

[31] 翱翱說：「1968年我和潤華在北加州有一個約會，他自南乘車北上，在急速中半途翻車，車毀而人無恙（連眼鏡也沒碰破》，……」，見同註22，頁73。

的根源，他的赴台留學、轉向中國文學殿堂的追尋，都可以證明這樣的事實。

擅長創造驚人意象的王潤華，在這裡以「緊緊繫在安全帶上的囚犯」、「一個不慣投宿於歡呼與掌聲的難民」自比，無非是要更具體而強烈表現其追尋過程之艱難險阻（附記引李白〈蜀道難〉的意義亦是如此），詩中前四節是這個過程的描述，「掙扎」、「焦慮」是最好的寫照，但是我們發現，他懂得「作短暫的喘息」，還有更重要的是他的「耐心等待」：

> 煙火外，我耐心等待
> 北上的公路
> 張開腿，亮著綠燈
> 讓我像堤岸崩潰後的洪水
> 闖入桃花夾岸的古津盡頭
> 最喧鬧的廟宇

那日夜憧憬的文學桃花源，正等待著詩人前來吞吐山沓水匝的靈秀氣息；那供奉著文學眾神的「廟宇」，正等待著詩人前來頂禮參拜。

1969年夏天寫於內華達州利諾賭城的〈第幾回〉、〈補遺〉、〈磚〉可以視為王潤華以他的筆觸去探索古典中國素材的起點，這三首（或合前二首為一首）都有神話原型，常被視為「神話詩」在討論[32]，亦被再度收入下一本詩集《內外集》之中，和寫於1970年

[32] 除註22翱翱專文外，陳慧樺，〈從神話的觀點看現代詩〉，收入陳編《從比較神話到文學》（台北，東大，1977）；杜南發，〈再生的追索——看〈內外集〉的神話原型〉（台北，《大地文學》第二期，1982年3月）亦是。

陌地生的〈天討〉、〈天譴〉、〈天書〉、〈天災〉屬於同一系列的作品。

整體而言，這些翻新使用的古典素材包含三種類型，一類是神話，如〈天討〉、〈天譴〉；一類是傳說，如〈磚〉；一類是小說，如〈第幾回〉（和〈補遺〉）、〈天書〉、〈天災〉。三者通通可以包括在廣義的「神話」範疇。

從一般性的概念出發，這種創作取向，可以使神話再生，詩人以戲劇性的情節佈局，將神話結構和現實人生相印證，呈現出人類活動的原型之恒久性、普遍性意義。換句話說，詩人不應只是簡單複述了神話故事，而是應有所「指涉」，尤其是針對當下時空特定人事物的明確看法，而這很可能就是作品的主題了。

〈第幾回〉及〈補遺〉寫賈寶玉應試後失蹤，卻又中舉，遇著時已出家。這裡面存在著強烈的戲劇性衝突，應試當然是要求功名利祿，是積極入世，諷刺的是，他真考上了，而人卻遁世為僧去了。王潤華絕不僅是交代故事而已，他其實是有意反省華人爭相赴美留學一事，由於是自身的經驗，所以感受特別多而複雜。在古今事件的相對應中，普遍性的意義便出現了。

我們在龍門的陰影下擠來擠去
那樣多的人
追逐著一點聽說藏在城牆內的繁華
我們一次又一次，被人推倒
怎樣長的繩子也繫不住太陽，剛說完
便只剩下他握著的一束玫瑰花，撒了滿地
被踐踏成泥

這是著名的一段對話，常被引證。這無疑是和寶玉一起去應考的賈蘭的聲音，他在描述一次荒謬的繁華之追逐的現場，「太陽」喻指光明的前途，是君臨天下的那種高高在上的巨大成就，卻是「怎樣長的繩子也繫不住」，意思很明白了，誰都無法掌握住那真正的星球，擠破頭之後，從城牆內抓到一束「玫瑰花」，即使是一點小小的成就，也沒有人情願讓你獨享，結果是「被踐踏成泥」，一切都化為空無。

用上古神話為素材的〈天討〉和〈天譴〉則是多種神話的巧妙搭配，根據杜南發的研究[33]，前詩「幾乎全是由中國古代神話構成」，分別是開天闢地神話、感生神話、失落園神話、幽冥神話、代罪神話、聖王神話；而後詩包括洪水神話和聖王神話二者。比較上來說，後者由於以大禹治水為主要描寫對象，前因後果自有其情節發展之脈絡，聖王完成其偉大神格的歷程，包括大地的苦難以及他所受的挫折，王潤華顯然充滿悲情，對於人類無休止的痛楚尋找到了源頭：當女媧捏黃土以造人之後，整個大地及人類——

正在遭受
猙獰的怪獸
踐踏
踐踏
……

[33] 同上註。

至於〈天討〉，可說集神話之大成，從運用的情況來說，他企圖以中國古代神話的發展系統為次序，一段一神話，而以結尾一段的笑聲／哭泣之矛盾來集中表現這些神話的共同主題。但比較起〈天譴〉的焦點之凝聚，難免會遭到堆砌神話之議。

以雷峰塔倒塌為背景的〈磚〉是一次非常成功的傳說素材之運用，他不以法海禪師和白蛇娘娘的對抗為對象來寫雷峰塔，而是用民國以後軍閥混亂之際的坍塔為素材，他以小說筆法虛擬一婦人，以她為敘述者，寫她的盲味、無知、破壞，把人性中最陰暗的自私和貪婪完全暴露出來，而一旦事跡敗露，苦嘗惡果，她又以愚騃式的心理強辯她的無罪。此詩無論是聲音和意象等語言上的運用，謀篇布局等結構章法上的經營，皆臻上乘，堪稱王潤華早期的代表力作。

## 五、入乎其內，出乎其外（1972-1973）

1972年的春天，王潤華順利成為威斯康辛大學的文學博士，夏天的時候，他離開陌地生南下，前往愛荷華州，在安格爾和聶華苓主持的國際作家創作坊做研究，並參加百花齊放文學運動的編譯工作。

根據資料顯示，從1962年赴台以後至今的十年之間，王潤華可能從來沒有像這一段時間那麼從容不迫，學業告一段落當然是主因，而愛荷華的自然及人文環境可能正像是他在〈北上〉一詩中的文學桃花源（有趣的是這一次是「南下」）。王潤華後來追憶說：「每個夜晚，我都寫詩，靈感如窗外悠悠地川流不息的愛荷華河，在最嚴寒的日子，也不結冰。」[34]這個時期的作品收在《內外集》中，包含王潤華的代表作〈象外象〉以及開啟返回新加坡以後詩風

[34] 王潤華，《內外集》自序，頁5。

的〈狂題〉、〈絕句〉、〈溯流而上〉、〈門外集〉等。

〈象外象〉總共七首，皆以中國字的篆文為標題，分別是〈河〉、〈武〉、〈女〉、〈早〉、〈墓〉、〈東〉、〈秋〉，皆以字形而敷衍情思或哲理，可以「發揚中國象形文字的視覺美」，可以「重塑文字與生命的原始意象」，「也許這才是我們的具體詩」[35]，其可貴之處乃在原創性，當然，沒有豐富的想像力及巧思，實難有好的表現。

由於中國文字之所造乃是從簡單的線條和圖像逐漸演化而來，是先民仰觀天象、俯察地理的具體呈現，換句話說，它代表我們這個族群的初民對人物我之間的各種關係的最基本認定，將它的創造、流變及諸多元素（如形、音、義）視為研究對象，早就形成一門複雜的文字之學。再者，透過它的應用之研究，文學研究者、人類文化學家、心理學者各取其所需而有不同的研究範疇。

王潤華對這些字的形音義之觀察與思考，與文字研究者並沒有什麼太大的不同，但是他說「文」解「字」的方式是出之以「詩」。因為是「詩」，所以他必須在掌握字源之後，虛擬情境去引申出諸義，寫法上則各有不同，重要詩評家張漢良在將王潤華此七首詩類分時曾有這樣的說明：

前三者〈河〉、〈武〉、〈女〉成一單元，是第一人稱獨白，〈武〉與〈女〉又是以第二人稱為對象的抒情詩。後四首〈早〉、〈東〉、〈墓〉、〈秋〉為另一單元，是第三人稱的寫景詩，典型的俳句或寫象主義作品。[36]

---

35 張漢良，〈論台灣的具體詩〉，載《現代詩論衡》，台北，幼獅，1977，此文節錄收入《內外集》為附錄。

36 同上註，頁118。

在此篇論文中，張漢良非常詳盡的詮釋了這些作品，被收入《內外集》的附錄中，流傳甚廣，當可幫助瞭解王潤華整體的創作理念。於此，我們發現，「河」主要還是在「水」，水是生命的泉源；「女」呢？與生殖、繁盛相關，乃一切生命之母；至於「武」，所謂止戈為武，早就傳達出人類存在的最根本之衝突問題。三者都是普遍象徵的原型意象，王潤華的選擇一點都不即興。至於其他四字，「早」、「東」、「墓」都是日與植物（草、木）的關聯，日（太陽）所代表的正是創造的精力、自然法則、父性原則、時光與流逝等[37]；「秋」字從禾從火，「火」和「日」是同一意象類型，從這裡，我們實不能不佩服王潤華為文之用心。以〈秋〉一首做為說明：

太陽終於將秋風
磨成一把鐮刀
去收穫野生的稻穗

谷種的靈魂
原是一朵火花
燃燒了自己綠色的腰

作者以寫景為表，以天地自然物色之律則為裡，短短六行凝聚了最繁富綿密的詩意，詩之所以為詩，正是在這看似不經意中實

[37] 關於原型意象及象徵意義，本文參考李達三，〈神話的文學研究〉，載陳慧樺編《從比較神話到文學》，及徐進夫譯，《文學欣賞與批評》第四章：〈神話與原型的批評〉，台北，幼獅，1975。

存詩人的巧心和匠心。細加分析，前段的「太陽」、後段的「火花」皆扮演既是創造又是毀滅的雙重角色，由「秋風」引出「鐮刀」，將「綠色」轉為「金黃」，無疑是創造的過程，但是「收穫」與「燃燒」卻又是暗示著毀滅，這種再生——死亡的主題，其實具有循環不息的不朽意義。比較起古代陸機的「悲落葉於勁秋」（〈文賦〉）、劉勰的「天高氣清，陰沉之志遠」（《文心雕龍·物色》），或是歐陽修那篇名作〈秋聲賦〉中對於秋狀秋聲的詮說，王潤華不遑多讓，他掌握了「物過盛而當殺」的理性，而放棄了「物既老而悲傷」的感性，倒也合乎他的性情。

以詩去思考中國文字的本義及引申，呈現文字的具象之美，並且探求到族群和天地物色相對應的原型，王潤華在神話詩之後，再度走入了豐饒的文化中國。而這樣的創作取向一直持續到1974年寫於新加坡南洋大學的〈觀望集〉（六首）。

此期間的另一個創作取向是愈來愈接近自然山水，前述文字詩即有一部分是這種寫法。〈狂題〉、〈靈語〉、〈絕句〉、〈門外集〉等都已經注意到「山水意象構成之秩序」[38]，在這裡我們看到的是一個比較從容的遊客。

〈狂題〉以數字標號凡六節，有副題《仿唐朝司空圖》，這位被稱為「總結唐家一代詩」[39]的晚唐詩人兼詩論家，是王潤華花去數載的研究對象，長年進出司空圖的詩世界，可能產生角色的認同，由於司空圖頗具隱逸避世傾向，「日與名僧高士遊詠其中」[40]，尤其他是一個亂世中人，有氣節、有傲骨，所以王潤華願

[38] 同註34，頁4。
[39] 楊深秀，〈仿元遺山論詩絕句五十首〉之一，載《詩品集解》，頁8。
[40] 《全唐詩》卷六三二，司空圖小傳。

意從有限的資料與作品，「重塑司空圖的生平」。[41]

在現存司空圖的詩中有〈狂題二首〉及〈狂題十八首〉，頗多自述，語含身處亂世之苦楚與蒼涼，「惆悵故山歸未得，酒狂叫斷暮天雲」；亦有出塵遺世之思，「由來相愛只詩僧，怪石長松自得朋」。王潤華的仿作，棄其形而求其神，筆法上情景雙寫，不刻意鋪染景象之美，只輕輕著墨幾筆，就已勾勒出一個素樸的山野，和人的活動合組成幽趣野境，卻也隱含著傷痛，如「光的沉重／才使他脫下衣裳／拋在樹底下／進去，而且將柴門關閉」（第五首），尤其是到了最後一首，隱含著的部分突然暴顯出來：

> 我在谷底
> 寂寞成一朵花
> 飢餓著顏色
> 春雨
> 在高峰上
> 快樂成一片瀑布
> 　　滑下
> 叫喊著痛快

我在谷底的困境與春雨在高峰上的歡笑形成強烈的對比，充分表示「我」與「物」仍明顯對立，與前面的「綠蔭下／白雲抱著我／我抱著琴」造境完全不同，這種不和諧的形成，導因於「他」，設若第一人稱「我」即詩人自己，「他」便是司空圖了，「他」會

[41] 關明，〈司空圖的傳記——王潤華新著簡介〉，台北，聯合報副刊，1978年1月27日。

是王潤華的「第二身」嗎？想來不應該是，畢竟對一位歷史人物的喜愛和認同是不必然會和他契合的。

〈靈語〉也是短章的組合，從一到五，以荒嶺、破廟為背景，其中的變化過程及「我」的感知是此詩的主要內容，那做為主意象的「千鈞巨鐘」，孤寂的在荒嶺的破廟中，如果荒嶺破廟喻指荒涼殘破的現世之文化環境，那麼這「千鈞巨鐘」合該就是原已有的傳統之神髓了。問題是，一種巨大的無力感萌生了：

> 我的雙目
> 掉入井底
> 怎能馱著千鈞巨鐘
> 走下雲層
> 渡過濛濛的長河
> 去酒肆
> 還你眼淚？

雙目掉入井底，何異所見者小的井底之蛙？無力負擔，再加上「雲層」、「濛濛的長河」形成的障礙，如何匯通荒嶺破廟與充滿人間性的「酒肆」呢？

〈絕句〉包含四首含吐不露、語近情遙的十行以內的小詩：〈屋內〉（八行），〈屋外〉（八行）、〈橋上〉（四行）、〈橋下〉（九行），詩人顯然有意處理相對情境的課題，合看這一階段的最後一組作品〈門外集〉，則內／外的相對關係中，王潤華想去加以統合的心情也就可得而言了。

內外是一種相對關係，上下當然也是，在現實的環境中它們壁壘分明，在比較高的抽象層次，中間的界線可以打破，就無所謂內外或上下了，問題是人要提升是很困難的，所以在「屋內」的「我」要走出門外，而在「屋外」的山茶明月卻得面臨開出的不是花，被凍成一片白雪的命運；「橋上」的「我」要把殘餘的噩夢丟進河裡，「橋下」的魚卻要遊進五光十色的市井。

〈門外集〉是七首小詩組成，各有詩題，〈郊遊記〉和〈歸隱記〉是一出一入；〈出〉這一首寫秋色，著筆在「出」，其實「出」之前有一「入」的階段；而「門」正是出入的關鍵：

觀門至靈溪深處
　　　才肯打開
琴院當蟬聲繁多
　　　才讓綠蔭入戶來
野客雖有柴門
　　　終年不關
盡量請山雨進去
　　　又出來

前段的「觀門」、「琴院」是有條件的開閉，而後段的「野店」[42]卻終年不關，山雨可以自由進出，這原沒有什麼是非對錯，只是性格和情境不同，所以前者的「門」就是「門」，是個「限」，後者雖有門，卻等於無門。王潤華只提供我們思考，但對於內外，他其實是很清楚的，以「大學」來說，內外的情境有很大

[42] 此詩從發表在台北《創世紀》詩刊第三十四期（1962年9月）就是「野客」，收入《內外集》亦然，判斷系「野店」之誤植。

的不同，什麼樣的人才自由進出，而且如何在內外之間取得協調統合，必須有相當好的條件，用他自己的話來說，就是要「具有內外功都好的涵養」[43]。「大學」如此，其他如「傳統」、「學術」皆然，一定要兼顧內外，能進能出。

做為一個詩人，王潤華認為「詩是內外集合之藝術」，誠然，從「在心為志，發言為詩」，（〈詩大序〉）的詩之理念一出現，便指出了內外交互的創作指標，熟讀司空表聖「詩品」的王潤華必然也知道「大用外腓，真體內充」、「超以象外，得其環中」（〈雄渾〉）的表現美學。在《內外集》自序的最後一段，他特別引出王國維《人間詞話》評周邦彥的一段話來說明詩人與宇宙人生的關係。

> 詩人對宇宙（或作「自然」）人生，須入乎其內，又須出乎其外。入乎其內，故能寫之。出乎其外，故能觀之。入乎其內，故有生氣。出乎其外，故有高致。

宇宙萬象，紛陳人生，乃取不盡用不竭的創作素材，如何取其所需，觀察思考最為重要，這時就需「出乎其外」，選擇最好的觀察距離；而當提筆寫作，聞見的感知，如何盡其所能的表達，可能就必須融入素材中，去驅遣文字，運用方法，以便能有最佳的形式和最好的內容。王潤華體悟了這些道理，又勇於實踐，《內外集》以及往後的作品，都是在這種自覺之下完成的。

---

43 同註34，頁6。

## 六、結語：山水中國、文學中國已非夢土

1973年，結束多年的飄泊，王潤華終於回到南洋的鄉土之上了，一方面從事教學與研究，一方面不斷寫作，一手散文一手詩，同時積極重新認識那裡的鄉土和文化環境。在詩的寫作上，他一方面把過去在美國已經孕育的素材再加反芻，另一方面開始寫南洋的鄉土詩，從過去到現在的滄桑變化不斷激蕩著他的心境，他入乎其內，寫下一首又一首的南洋鄉土詩，新的文學生命逐漸完成，一棵永遠的「橡膠樹」便挺立在南洋的風雨之中了。然後從豐饒的土地出發，他又回到舊地：台灣、美國陌地生和愛荷華；走向京都、走向曼谷織染著新的舊的經驗，甚至於他真的「北上」了，訪郁達夫故居，訪魯迅故居，山水中國、文學中國已不是夢土，而是鋪展在眼前，綺麗壯闊，卻又仍是苦難的風景。

# 余光中的高雄情
## ——以詩為例

1985年9月，余光中結束十一年又兩個月的香港時期，返台定居高雄，迄今又已十三年矣。西子灣歲月長，余光中的詩集再增三冊：《夢與地理》（1990，洪範）、《安石榴》（1996，洪範）、《五行無阻》（1998，九歌），第三集甫出版（10月），所收作品是1991到1994年間所作，三、四年來的創作量依舊，應該可以再出一集。

根據以往的經驗，遷移是余光中詩風轉變的最主要原因，當年從台灣去美國，從美國回台灣，從台灣去香港，甚至於其間短暫的異動，都可以看到其中的變貌，然而有變有不變，當個人的生命史牽連起詩的發展歷程，當個人的詩史對應著時代的變遷，空間的轉換，我們需要的是一種觀察的角度，一種有效試探詩心、解讀詩境的方法，那就是「在地性」。

我們完全可以理解，臨海樓居從吐露港遷來西子灣，香港遠去，高雄浮現眼前，從參與香港文化活動、寫香港之所聞見，到道地成為高雄人，理所當然和港都有所互動，俯仰其間，在那裡作詩，也就自然寫起高雄來了。

這就是余光中的「在地性」，當年在台北住廈門街，那條細細長長的巷子一入詩便語近情遙了，香港更不必說，「十年打一個香港結／用長長的海岸做絲線／左盤右轉／編成了縈迴的港灣

／……」（《夢與地理・香港結》》），現在當然還不必寫〈高雄結〉，但到高雄才三個月時，余光中就迫不及待寫下重要的〈夢與地理〉，「這四方紅樓的文學院」是立足點，一個真實的存在，相對於那些遠去的廈門、台北或香港，「海」實實在在的在眼前，這裡是西子灣，是高雄，於是便有了〈讓春天從高雄出發〉。

讓春天從高雄登陸
讓海峽用每一陣潮水
讓潮水用每一陣浪花
向長長的堤岸呼喚
太陽回來了，從南回歸線
春天回來了，從南中國海
讓春天從高雄登陸
這轟動南部的消息
讓木棉花的火把
用越野賽跑的速度
一路向北方傳達
讓春天從高雄出發

做為高雄「木棉花文藝季」的主題歌，此詩之作具實用性是不必說的了，而就詩論詩，它表達了地理的真實；在高雄與海洋之間找到一些聯繫，將南部與北方相對起來。而更重要的是字裡行間傳達出深切期望的訊息，「海」的寬闊、「春天」的生機、「木棉花」的燦爛，組合成高雄的整體形象，至於那由南向北的動向，簡直就是一種企圖了。

這一定是愛之深了，既如此，當耳聞目見時弊，就不免要責之切了，寫完〈讓春天從高雄出發〉的下個月，他向象徵著空氣汙染的「煙囪」提出了控訴，寫成〈控訴一枝煙囪〉，將「煙囪」比喻成流氓、煙客，南部原本「明媚的青空」、「純潔的風景」，甚至於「朝霞」、「晚雲」等，都受到了汙染、破壞，余光中傾全力描述公害，宛如討伐環境破壞者的一篇檄文。

有正面的歌頌，有反面的批判，愛高雄的余光中，連高雄港的一聲氣笛聲都能「觸動」他「腔膛的共鳴」（〈高雄港的氣笛〉）；在港城停電的夜晚，他「獨聽著壽山的夜雨」（〈停電夜〉），余光中就地取材，在聞見之際思慼著高雄這樣一個複雜的城市，他以詩參與了這個城市的思考，為它「許願」：

讓所有的鳥都恢復自由
回到透明的天空
不再怕有毒的雲霧
和野蠻的煙囪

這首詩就叫做〈許願〉，是為第二屆高雄「木棉花文藝季」寫的詩，像這樣的四行總共六節，充滿企盼。呼應著〈控訴一枝煙囪〉，余光中的高雄情愈來愈清楚飽滿了。

而比較起〈高雄港的氣笛〉那種「沉痛的音調」，《安石榴》集中的〈雨，落在高雄的港上〉輕快、愉悅多了，他說這雨是「冷雨」，「帶來了一點點秋意／帶來安慰的催眠曲／把幾乎中暑的高雄／輕輕地拍打／慢慢地搖撼／哄入了清涼的夢鄉」，真的就像是催眠曲一般，連續八句「睡吧」，是余光中對高雄港慈愛的呼喚。

詩寫在秋分前夕，詠的是秋雨，《五行無阻》中則有〈初夏的一日〉，季節雖已逼近端午，但全無暑意，「初夏在肌膚上／滑溜溜好像初秋」，是心靜自然涼吧，余光中自己在後記裡也說這詩是寫高雄港城的靜觀自得，同樣的寫作情況還有〈海是鄰居〉，這「海」已不是初離香港落腳高雄時〈海劫〉、〈望海〉之「海」了，這時他與海為鄰，那「深邃」、「神祕」的海，「庫藏」的是「無盡珍奇」。

此外還有〈西子灣的黃昏〉，寫落日、晚霞、星光、燈塔，以及船和海，余光中用想像力組合的西灣黃昏，充滿生機和動感。

高雄中山大學製作了一個做為贈品的瓷杯，一邊是西子灣夕照，一邊刻上余光中另一首〈西灣黃昏〉的手跡，只有十行（前首十八行），錄下以供讀者欣賞：

溫柔的黃昏啊唯美的黃昏
當所有的眼睛都向西凝神
看落日在海葬之前
用滿天壯麗的霞光
像男高音為歌劇收場
對我們這世界說再見
即使防波堤伸得再長
也挽留不了滿海的餘光
更無法叫住孤獨的貨船
莫在這蒼茫的時刻出港

我珍藏著這個杯子，也珍藏著余光中的高雄心情。

1998年9月　台北

# 一朵玫瑰的綻放
## ——序碧果《魔術師之手與花》

## 一

碧果在1950年代中開始寫詩，四十餘年間只得詩集二、三冊，不算勤奮。看他另有散文、小說、戲劇之作，並且作畫插圖，可知興趣多方。但從他結交詩友、參與詩壇活動等處看來，他還是把自己定位成詩人的。

《魔術師之手與花》是情詩精選集，全是三、四年來的新作，回望十年前出版的《碧果詩選，1950-1988），則八十八年之後到八十五年間的作品尚未處理。我的感覺是碧果最近幾年寫作勤快多了，尤其發表時常有他自己的插圖。這些年，詩的發表日漸困難，已少有媒體願花錢找人為詩配畫，因此碧果詩以圖文並茂方式呈現，就顯得鮮明多了。

這一次，碧果精選成集的是「情詩」，八十二首，這「情」看來全都是男女之情。年過花甲，用「情」如此之深濃，令人感動，尤其聲聲呼喚「小瘋子」、「小花癲」、「小花豹」，有一種不絕如縷的律動在詩行中，是全生命的真情之投入。

# 二

「魔術師之手與花」是一個極複雜的譬喻。做為書名，不應只是「我喜歡」而已。這「魔術師」當然可喻指詩人，則那「手」，在魔術師是要弄道具，把不可能變成可能，給人驚訝、讚歎；在詩人便是驅遣文字如轉丸珠的巧手。但可別忘記，要得動、轉得成，除了純熟的技術以外，貫注其中的必是一種意念‧一種思想。「花」就是這種念力的具體展現，在魔術師是指魔術變出來的東西，在詩人則是璀璨如花的詩藝成品。

做為篇名，收在本集卷六，其所構成，原本應該包括「魔術師」這個人物，他那變魔術的巧「手」以及「花」（玫瑰）。但其實重要的是第三人稱「他」，也就是首段的「那人」。詩人所造設的景象是一個如舞台的秋夜，彷彿他是喝了一點酒，一副愛睡的樣子，仰首望著秋夜的天空，「星群燦如那畝你喜愛的玫瑰」。在眼前，「玫瑰」是虛的，實的是「一尾飛魚似的槭葉」，這是一片落葉。接著我們就看到一個有如魔術師在表演的現場：

> 焦躁成一尾飛魚似的槭葉，落了
> 他合掌把它揉搓著
> 一縷透甜的清煙自林空昇起
> 如天梯，那人在思念的淚中
> 攀之
> 摘一本命之星，給你
> 啊
> 這是　以魂以靈的距離呵

儼然生與死的時空　那人在淚中
默然的步入一具秋的病軀
閉關　面壁
企及以魔術師之手把澀如落葉的日夜縮短
縮　短

轉身
捧出　一束
粉白色的
玫瑰

從攀天梯、摘本命之星到「步入一具秋的病軀」，從揉搓槭葉到企圖把澀如落葉的日夜縮短，那人都在「淚中」。我們大約可以感受到，那人的年歲已高，有病吧，但他之所愛已逝，他簡直活不下去，自閉以面對殘生，自殘以縮短「如落葉的日夜」。

結果是「轉身／捧出　一束／粉白色的／玫瑰」，相較於「星群燦如那畝你喜愛的玫瑰」，最後的「粉白色」充滿死亡的意味。大體來說，這是一首哭其所愛的悼亡之作。

## 三

玫瑰象徵愛情具有相當程度的普遍性，本集中除上述主題詩外另有七首出現玫瑰花，有和其他的花一起出現，「吐蕊的玫瑰、紫薇、和烏蘿是我的內臟」（〈秋風，我在這裡〉），重點在花之吐蕊；有兩首是以玫瑰花來狀形，「在你的玉踝之上／瘀紅如豆，像一片玫瑰花的／花瓣」（〈在你的玉踝之上〉），「一種成熟正佈飾著早已斑斕的四週／猶似一朵玫瑰的綻放」（〈泉的事件〉），做為喻依，也是因其燦然與愛相應，後者根本就是男歡女愛的現場，「啊／你是煉空的一痕閃電／在我生命的尾頁／爆裂」，像極一種自述。

更值得注意的是〈蝶之存有說〉、〈街的感覺〉、〈我們就眠入那朵玫瑰吧〉。前者是燦亮的春景，半放的玫瑰做為愛的見證：「愛的過程在我攀摘時產生／疼」；〈街的感覺〉中，「殷紅的一朵玫瑰墜落在一座灰色的巨廈前」，然後：

燦
然
的
整條街活了起來。

殷紅與灰色的對比，何異青春之於老邁，其效應不只「這間屋子」，「整條街」都受感染。至於〈我們就眠入那朵盛開的玫瑰吧〉，是集中最後一首，壓卷之作特別能綰統全集，全錄於下：

我們就眠入那朵盛開的玫瑰吧
均勻的鼻息化為輕輕冉繞的芬芳
如一輪夜初的日浮懸
浮懸在窗前荔實微紅的頂梢

珍貴如神佛的泉啊　俯身向你
屋內已成綢質的田畝

突有千蝶飛舞
突有幼鹿暢悅的跳躍在你我燦麗的額上
哦　竟似溪水溫柔的小令
把個紅樓渲入淡淡的淺藍裡

我們就眠入那朵盛開的玫瑰吧
使　一種　痙攣
至美的
經驗
你我。

從「均勻的鼻息」到「痙攣」這種「至美的／經驗」，碧果在紅樓這屋內所經營的，是「眠入那朵盛開的玫瑰」的靈肉契合，屋內的小空間無限放大，可容千蝶飛舞、幼鹿暢悅的跳躍，乃至泉流成溪水。

## 四

並非只有玫瑰，《魔術師之手與花》簡直就是一座愛情大花園，在八十二首中，完全無花的不到十首，可以說是「百花爭吐百蕊」（〈變貌的花蕊〉），有時沒有指明什麼樣的花：

一隻又處身書案上的蟻
正禁不住渴望的在一朵花中
追索夢的完成（〈燃燒的鳥聲〉）

直接提及「花香」的好多首，有時在「花」上加上諸如「小」或顏色等形容，但大部分還是特指某一種花：梨花、菊花、康乃馨、榴花、紫董、桃花、茶花、杜鵑、薔薇、丁香花、紫薇、杏花、櫻花、梔子花、木棉花、鳥蘿、荷花、水仙花等，它們都染有濃郁的情愛之色澤，「正如窗外那株盛綻的紫薇／與怡然相視在窗內的你我」（〈溪水瘦成微起的西風〉），「我將以滴血的心顆／栽植一株愛的　紫董」（〈初春印象〉）、「第一朵初放的木棉花，當是／你掩不住雙頰的微笑」（〈一瞥之後〉）、「是星？是風？抑或星與風的化身／以唇以舌雕繪西樓月滿的初夜／在一方羊脂的夢之體上／凝縮為一朵含苞如焰的　蓮」（〈火雕之夜〉），我們很容易感受到花與愛的關聯，熱愛自然物色的碧果，曾寫四季顏采，寫山河動靜，寫鳥飛魚躍，這些年則勤寫百花齊放，而歸結到兩情繾綣，寫到深刻處正是：

> 在花中
> 就這樣已是
> 一握
> 泣淚為血的
> 相思（〈夜初看花〉）

# 論溫健騮離港赴美以前的詩
## ——以《苦綠集》為考察場域

### 一

香港詩人溫健騮（1944-1976）在他短暫的一生中留下了還算可觀的詩文。1987年8月，三聯書店香港分店出版了他的朋友古蒼梧和黃繼持合編的《溫健騮卷》，列入「香港文叢」，內容分詩文二輯：詩輯含《苦綠集》，《帝鄉》及「最後的作品」，計一百六十二首[1]，卷首有作者〈我的一點經驗（代序）〉，《帝鄉》有作者〈自序〉，輯之後有古蒼梧〈編後記〉；文輯包括〈夜雨說詩〉、《浮鼻集》、《浮鼻集外》、〈文學論文〉，皆報刊文章，有短論、有長篇論文，凡八十二篇，輯後有黃繼持〈編後記〉。卷末有

[1] 這一百六十二首的數字見於〈溫健騮卷〉封底簡介，不知道是怎麼算的？以詩題計算，《苦綠集》九十六首，《帝鄉》四十五首，「最後的作品」有十六首，計一百五十七首。但實際上，《苦綠集》第二輯的〈缺題〉是七首；〈零篇（甲）〉二則，〈零篇（乙）〉九則，還是以二首計，而〈1967年8月1日〉有〈一占〉及〈二卜〉，應是一首；「最後的作品」有〈未題〉總計是五首，如果這樣來算，總共是一百六十七首。但誠如余光中所說《苦綠集》中二輯的〈廟〉和四輯的〈神社所見〉，二輯的〈那日〉和六輯的〈那日〉，應是同一首，在這種情況下，《溫健騮卷》詩輯其實是一百六十五首。另外，古蒼梧在〈編後記〉的最後一段提到「本書已收錄健騮詩作的絕大部份，只欠〈公無渡河〉、〈血石〉等少數幾首，希望將來再版時可以增補」，後面兩句在台灣允晨版《苦綠集》中已刪去，不知那「少數幾首」究竟何指？

附錄多種：〈溫健騮生平簡述〉、〈溫健騮創作年表〉、〈溫健騮書簡〉（〈給徐小玲〉三篇、〈給聶華苓〉三篇）、聶華苓〈「到達中國的天空」〉、古蒼梧〈記至友溫健騮〉，以及水晶的悼文〈還有那許多不曾完結的〉等，「是進一步了解作者及其作品的指引，頗有價值」[2]。

1989年3月，台北允晨文化公司將《溫健騮卷》的「詩輯」別出一冊，以「苦綠集」為名，列入「允晨文叢」。從集前余光中的序〈征途未半念驊騮——讀溫健騮的詩集〉中知道編者是鄭榛（樹森），原古蒼梧和黃繼持的〈編後記〉都收進來了，附錄部分只留下〈溫健騮生平簡述〉和〈溫健騮創作年表〉。由於編排，台灣版《苦綠集》的頁數和香港版《溫健騮卷》竟然相當，後者另有四頁相片、手跡，以銅版紙印刷。

溫健騮於1944年出生於廣東高鶴，五歲時到香港，1960年到64年間在台灣政大外交系讀書，1968年到1974年間在美國，參加愛荷華大學國際寫作計畫，其後並在愛大獲文學碩士學位，1972年曾轉到康乃爾大學攻讀博士學位，卻因病而返港。從大陸到香港，從香港到台灣、美國，溫健騮的香港心、中國情，乃至對現代主義的批判等，均反映在〈溫健騮卷》中。可以這麼說，幸好有好友辛苦為他編定詩文集，否則香港人可能已經忘記六、七十年代曾有一位熱血的年輕詩人[3]，台灣人可能無法了解曾留學台灣的一位「香港僑

---

2 見《溫健騮卷》封底簡介。

3 根據《溫健騮卷》附錄資料看來，溫健騮在1968年赴美以後受到「整個歷史潮流的衝擊」，捲進保釣運動的狂飆之中，「參加在美國的愛國活動，國是討論會；和右派鬥爭」（聶華苓語），1974年由美返港以後，擔任編輯寫作，「不斷的參加各種的文藝活動」（古蒼梧語），並籌編雜誌，他情緒昂揚的告訴聶華苓說他很高興回到了香港，因為「可做的事太多了」。這樣一個年輕人，謂之「熱血」，誰曰不宜？

生」溫健騮其實對台灣很有意見[4]，大陸學者可能不會把溫健騮寫進香港文學史的有關著作了[5]。

我是在1988年到中文大學參加「香港文學國際研討會」時在銅鑼灣的商務印書館購得《溫健騮卷》的，那時我對他的了解還非常有限。1989年4月18日余光中先生「代贈」《苦綠集》給我，我細讀了余先生的〈序〉，感觸頗深，當時也曾簡單對照一下兩本集子，但真正細讀則是最近的事了。我這篇文章打算討論溫健騮現存最早期的詩，亦即1968年5月他離港赴美以前所作，大約是《苦綠集》除第四、五輯以外的作品[6]。

## 二

溫健騮最後的作品，有標寫作時間的是在1974年8、9月，而作為《苦綠集》代序的〈我的一點經驗〉原刊〈學苑．文社演講〉1974年9月1日，所以這篇短文幾可視為他十年（1964-1974）詩之創作的總結。在這裡，他仔細批判自己過去那種「寫個人對世界的主觀的感覺」的創作路線，說「自己詩裡常常出現的主題，是時間的

---

4 溫健騮除批判台灣的現代詩外（見《浮鼻集》之〈抽了橋板，不必過河〉、〈「現代詩」正名〉、〈現代、古典、新詩〉等），說蔣家在搞「蔣獨」（《浮鼻集外》之〈闊人的藝術觀〉），從台灣斷電談到台灣民謠〈天黑黑〉；「天烏烏，沒有了光明，不論那是日據還是蔣治」（同上，〈「天烏烏……」〉）。在1975年，他已經主張兩岸要「互相郵遞，相互訪問」（同上，〈札記數則〉），凡此皆可覷出溫健騮對台灣的看法。

5 如潘亞暾主編《台港文學導論》（北京高等教育出版社，1990）、王劍叢著《香港文學史》（南昌，百花洲文藝出版社，1995）、劉登翰主編《香港文學史》（香港，香港作家出版社，1997）等。

6 第四輯、第五輯寫作期間從1968年9月到1970年3月；第三輯有兩首〈廟〉、〈死亡沒有性別〉是1968年9月所作；古蒼梧所補編的第六輯只有最後一首〈枕中記〉是1969年作品。從全集看來，離港前最後一首作品應是初作於1968年4月的〈已是拋起一束光那樣的黎明了〉，有後記「小玲臨別所贈之聖牌，喜甚，特記」。

壓迫感」，那時「鑽牛角尖，鑽得太深，竟然看不到人的因素，看不到人還是可以在廢墟上建立起新的城市來」，而為了要擺脫時間的壓力就要擺脫「特定的空間」、「人和自然、人和人的關係」、「自己的這付形骸」、「自我」，這是「把自己從生活著的社會中抽離出去」；而翻新「古語」也正是一種抽離，那是不對的，因為「創作要從生活中來」。他是赴美之後「重溫了一百多年的中國近代史，投身到與中國人有切身關係的現實裡」，才覺悟到要走出過去那種「弄弄矛盾語法，做些古語翻新，追求文字的感性」的小格局。

我們當然相信這種反省是誠懇的，就像古蒼梧所說：「健騮在七十年代之後，對港台現代派新詩的尖銳批評，其實也有自我批評的成分。」（〈編後記〉），這樣的例子也可以在唐文標身上發現，七十年代前期〈僵斃的現代詩〉、〈現代詩的沒落〉那樣猛烈的批判，雖然難免在詩壇引發一場惡鬥，但還是把台灣現代詩從惡性西化拉回東方，把虛無、晦澀之風導向比較健康、清明、寫實的路上來，而唐文標也正是經過保釣洗禮的熱血青年。[7]

但是當事過境遷，激情不再。今之視昔，雖也能感同身受，但文學畢竟靠著文字媒介而存在，把所有一切文本還原到創作情境及社會脈絡來看，詩人之自覺是詩風變化的動因，不論他的自覺如何形成。但變化的前後實在很難用一把尺來丈量其長短，基本上我認為在什麼樣的情況下創作出什麼樣的作品，都可以通過分析理出一個所以然來，說好說壞皆主觀認定，尤其是作者的自我認定，可以參考，倒不一定要完全接受。以溫健騮的情況來說，原來在香港受中國三、四十年代詩的些微影響，赴台留學後，便身處六十年代

---

[7] 唐文標（1936-1985），廣東開平人，出生於香港，畢業於新亞書院。有關生平資料詳見尉天驄編《燃燒的年代》，台北，帕米爾出版社，1986。

台灣現代詩的氛圍了；赴美後大轉變，高舉的便是「批判的寫實主義」的大旗了。但是既已「現代」過，縱使有意揚棄「現代」詩，但是從《帝鄉》那些散文詩來看，和台灣超現實主義者商禽等的散文詩，也還是一脈相傳[8]，古蒼梧認為溫健騮最有創意的作品是《帝鄉》中的作品，一方面肯定其現實性，卻也不得不指出「這一系列作品，就其創作觀念來說，是現代主義的」，但是這樣的話是在1985年5月說的，1970年代的古蒼梧應該說不出來。

我並非想和誰抬槓，只是想找一些理由支持我以自己的方式來討論溫健騮自己所批判的那些早期作品，我很清楚了解那些作品是一個「中英文根柢都很好，對詩尤有穎悟」（余光中語）的香港留台生，在20來歲時所寫的作品，社會經驗當然不足，但唯其如此，詩更會是階段性生命的自然呈現，值得細讀，再思。

## 三

詩人再三提到「在時間的壓力之下」（〈我的一點經驗〉），表示在「和學校以外的社會生活非常脫節」的情況下，「時間的壓迫感」成了詩中常常出現的主題。是的，讀溫健騮第一階段（1964-1968）的作品很快就可以發現這點，除了詩題上有「時間」的〈那夜，時間死去〉；以季節來說，〈夏〉、〈某一個春天〉、〈四行——憶1964年春橫貫公路旅次〉、〈秋別〉、〈秋來〉、〈冬至〉、〈春天〉；以月份來說，〈七月〉、〈四月〉、〈九月〉；以日來說，〈那日〉、〈1967年8月1日〉、〈颱風日〉；以

---

8 關於「散文詩」，台灣．暨南大學中文研究所1998年碩士論文《台灣散文詩研究》（蔡明展著）有很詳細的討論。

一天的時間來說，〈一個墓地的下午〉、〈烏溪沙的白夜〉、〈春城暮〉、〈夜已央〉、〈夜之印象〉、〈已是抛起光那樣的黎明了〉、〈你踩在夜涼裡〉等。從這裡我們是可以感覺到他對時間的敏感與重視，進一步在詩行中去體會，時間確實形成一種壓力，「歷史消失；／時間滋生；／有哀愁自無處來」，「苦吟的鞭梢／響在我的背上；／被時間驅逐／往寒冷，黝黑和孤寂」（〈零篇（乙）〉）。時間的感覺正是哀愁之生，可以把一個寫詩的人「驅逐」到寒冷、黝黑和孤寂之處，但相對的有沒有和時間相抗的力量呢？想來只有白色百合在楚楚開放的當下，「自憐自惜復自傲地／展露一團光，推開時間的黑手」（〈零篇（甲）〉）。

在時間的大主題下，追尋永恆便成為一種生之動力。〈永恆〉一詩以「我」摔掉了所有的昨日，踽踽登臨高寒之處，尋「你」霧封之門開始。這「你」，顯然是指所謂的「永恆」，登臨一事當是虛設，過程驚悚，困難重重，但究竟是為何而來？

> 猶豫間，時間的長飆
> 昇自谷底，拂起
> 我棘草的髮！
> 我陡然舉手
> 叩你底門環——
> 卻只聽迴聲空空；
> 而愴然回顧，
> 生之曇花
> 已悉數落盡……

時間的催逼於此形象化，迴聲空空更是追尋之落空，結尾以曇花喻生命之短暫，正說明以短暫生命去追求永恆存在的徒勞無功。

永恆不可求，在時間的長流中，從遙遠的過去到現在的今昔之間，甚至往下延伸到不可知的未來，是詩人可以著墨的地方，〈進化〉和〈那夜，時間死去〉皆從遠古的洪荒開始寫到現代，仰望不該仰望的，爭執不該爭執的，古往今來何嘗有所不同，「河川改道／改不了生死的路」，在變與不變之間，這就是所謂「進化」嗎？詩人語含諷諭。至於洪荒的原始與野蠻，走過堯年舜日、隋唐歷史，而終也要落到我身所在的當下：

> 而我落花不曾滿肩，便鐘鳴一句
> 遂使這四面牆的宇宙中
> 一珠薤露凝冷的歷史
> 竟化為一幕黑夜　和
> 一顆星的孤獨（〈那一夜，時間死去〉）

宇宙的空間性原極大，而今只「四面牆」；歷史的時間性本極長，而今卻如一珠（粒）凝冷的薤上之露[9]。而一幕黑夜、一顆星，言所處環境，言孤獨也，所謂「那一夜，時間死去」，其實便是在時間的巨大壓力下所感受到的生命存在之困境。

〈神木〉、〈前生〉的時間沒那麼長，但前詩從眼前所見神木回思六朝的風、唐代的雲，乃至於木之嫩芽始爆的溶雪之後。詩一下筆是這樣寫的：

---

[9] 「薤露」為古代樂府中相和歌的一種，是輓歌，取薤上之露易晞滅之義，謂時間極短暫。溫健騮此時期的詩〈缺題．之二〉中另有「去守望薤露的圓缺」句。

風霜啊，時間啊，竟支持你
擎茸茸碧綠於絕頂，一若
苦行的頭陀，任鳥雀
營巢你底髮間

這首神木之頌重點擺在它將來可能「燬於火」，卻以鳳凰的悲劇為喻，這頗耐人尋味，「燬於一陣燃燒」當然是悲劇，但浴火的鳳凰亦將重生，是否這裡面也暗含生機。

〈前生〉當然也是一種想像，詩一開始的「荷一肩的星光入山門／用我頂上的光暈／照見你底前生……」，從中間兩段「我」之於「你」的匍匐膜拜、追跡以及飲（你底眼色）餐（你底垂顧），乃至末段「你」之於「我」的「教」——你教我如何用笑／去覆蓋死；用沉默／去揭示歡愉；用痛苦／去凝固永生」，我們大體可以猜測，「你」之於「我」或許是宿昔之典型，一個學習的對象。我頂上的光暈既照得見「你底前生」，則表示「我」已有再溯源的能力，這裡面顯然要找出相承的脈絡。

至於未來，前述〈神木〉留下了焚燬與再生的可能。〈在異域的杯上〉，由於是「在凶年」，所以「不曾有過明天」，「踏不住明天」，明天真是不可知的未來。是的，未來充滿不確定性，年輕的詩人不能不焦慮，在一首題為〈力〉的作品中，「下一個世紀」出現：

風起時，繞天匝地的悲涼
把你裹著。孤獨是一種捶鍊

你想，一若火的燃燒
或冰的凝固。行走在七月
常欲穿越這時間的拱門
到下一世紀——

到那時，不知這風，
這孤獨，這悲涼可仍認得
你就是那人——一雙
在風衣袋裡的手
要狠狠把寂寞捏碎

這十一行小詩，堪稱語近情遙、首尾圓貫。「你」當然可以換成「我」，基本上這是詩人面對本世紀所起之「風」的感受與聯想。龔自珍曾說「九州生氣恃風雷」（己亥雜詩），是期待大風大雷來改變現狀，形成蓬勃清新的氣象；而溫健騮筆下的「風」，卻是「繞天匝地的悲涼」，可見不是什麼「好風」，當然可以單純指季節之風（秋風），也可以視為戰爭風雲，或者惡質化的一種社會風氣，總之是負面的，因此而「孤獨」，這是渺小的自我面對大時代動亂的不幸，但是「孤獨是一種捶鍊」——或火燒，或冰凝，不管是否真的這樣想，或是自我安慰，總還是想穿越時間到下一世紀，你也可以說這是一種逃避心理，但是未來可期嗎？「可仍認得」是疑問句，存在著不確定感。

## 四

溫健騮特別愛寫夜晚，對他來說，夜是神祕的，「那些夢，如一扇扇／幽黯的窗／開向夜的神祕」（〈零篇（乙）〉）；帶著哀愁，「夜來時，我們（情人們）就用／凝視醞釀哀愁」（同上）；前引〈那一夜，時間死去〉的最後是「一幕黑夜」和「一顆星的孤獨」。六輯中有〈夜已央〉、〈夜之印象〉、〈你踩在夜涼裡〉，說夜冰涼、濡濕、冷寒，甚至於說「夜是一個很大很大的覆巢」（〈你踩在夜涼裡〉），而「但夜還我黑暗／還我去冬的空虛。／在這大覆巢的底下，／能孵出什麼來呢？」（〈夜之印象〉）這當然已經不只是時間的壓力，還有空間，這個「大覆巢」，這種「黑暗」，空氣中的「濡濕」，逼得人不得不逃離：

> 我欲逃離此刻，
>
> 星月突隱的此刻，
>
> 天幕冪冪的此刻，
>
> 愁啞！悲盲！的此刻（〈逃〉）

值得注意的是「盲」，溫健騮筆下常見「盲目」，「盲睛」，他也寫〈盲者〉，那種「光的隱退」所形成的「無盡的黑」，「一如初生的甬道／穿不透的渾厚」。就是這「黑」籠罩著年輕的詩人，瀑是「黑瀑」（〈那半臉〉），烽火是「黑漩渦」（〈長安行〉），秋蟬所唱是「黑色的歌」（〈逝水〉），連冷也是「黑冷」（〈冬至〉），悲愴也是「黑色的悲愴」（〈殘像〉），再看：

「把高傲給雲／卑微給自己／只欲掙脫一些死的陰影／一些彷彿偶然／而又必然的黑色／俯仰塵裡塵外／欲高歌，欲狂嘯／以燭照／生之涯岸的荒涼」（〈缺題・之四〉）

「還有那許多不曾完結的，／一句沒實踐過的話，／一些黑色的欲念／猶隱伏在你已爛的心裡……」（〈一個墓地的下午〉）

「是第幾次呼喚了？／你的淚落自哪一朵浮雲？／你已預知：死亡——這黑色鬱金香／能夠盛載多少你露似的悲傷。」（〈悼〉）

水晶的悼文中說：「溫健騮的詩，愛用黑色意象，對於死特別敏感。」黑色與死亡的關連，原也有其普遍性，「挽著黑暗在騁辯著生死」（〈缺題・之二〉），溫健騮苦思的其實是死亡，《苦綠集》的〈序曲〉中已然出現「我底生」與「我底離去」，臨去香港，竟有一首〈死亡〉詩：

我伸展如負重的路
接到你足踏的每一吋土；
仰臥或傾斜，總要
承住你或輕或重的腳步。

刻意的花、葉開許多笑臉，
唯我默默，我知道：
你還在遲疑，而且害怕
我這宿命的、黑暗的懷抱。

死亡永遠跟著你，「接到」、「承住」的意思大概就是這樣。誰不害怕死亡？但那是一種宿命。這裡又出現「黑暗」顯然由

「夜」而「黑」而「死亡」，是有其發展性，只是我們不能理解，溫健騮那時還那麼年輕便已「預知死亡」。

## 五

但溫健騮畢竟還真年輕，余光中在解釋「苦綠」時就直說是「慘綠也，令人有慘綠少年之想」。他寫「青春」，卻一點都不快樂，「縱小徑盡處還似春盡／只遺給我們一段茫然」，綠而言苦，即是這種茫然。

《苦綠集》中還真有些綠意，踏入一程鳥啼的碧綠／我神醉於光影的荇藻」（〈四月〉）、「數著落花，從新苔剛綠的牆頭／那兒落下來的——去趕赴時序的集哪」（〈如月之後〉）、「依稀是一片濕潤的綠／在眾山間沉默著：」（〈永恆〉），寫春天、寫山水、寫花樹，綠當然是主色。所以，當一陣嫩芽不滿冬的現實，那簡直是一場「到處進行著」的「綠色的革命」（〈如月之後〉），因為「每一寸坭土都包蘊／綠色的慾望」（〈春天〉）。但是時間如「逝水」——汩汩、茫茫，是「那樣一泓苦楚的滄浪」，結論是：

縱我是千春的綠意
亦作一爐無奈的柴薪

從「綠意」到「柴薪」，生命的無奈正是如此。

水晶說，溫健騮本來要把詩集命名為「待綠集」，「待」字充滿希望，「苦」較符合他那時的特性。

這樣一位苦吟的慘綠少年，竟在出國之後熱血沸騰起來，成了一個標準的憤怒青年，整個人都變了，詩風當然也就不同了。《苦綠集》中從1968年9月以後，到1970年初的作品，調子略為上揚，關照面是大了些，當然這不表示他不寂寞（〈給寂寞〉）、不孤獨了〈〈在荒野裡〉〉，但「中國」的聲音已時常想起，他已在「要不要向東」、「要不要向西」（〈日落方位〉）的方向上抉擇了。

總的來看溫健騮離港赴美之前這三、四年間的作品，中西典故都有，引詩、附注畢考慮到讀者之閱讀；短詩較多，但長如寫杜甫的〈長安行〉已有一百五十一行。至於主題，如上所述，主要是從時間的壓力發展出來的生之苦痛。不過，三首論詩的詩：〈詩——To muse〉、〈論詩〉、〈捶——致寫詩的兄弟們〉皆有可觀，頗有些自我期許；一首〈泣柳〉卻不是詠物，有殖民地香港之悲情；一首〈鳳之聲——to the Hong Kong poets〉諷刺香港詩人是「捕捉虛光的人」，頗具批判性。這樣看來，在起步階段，溫健騮其實已有多種發展的可能，值得進一步加以討論。

# 《張默・世紀詩選》序

## 一

從1950年在台灣開始「學習詩」迄今，張默已有近五十年詩齡，出版十本詩集。大略來說，它們可以分成兩組，一組是某一特定時段作品的結集，包括《紫的邊陲》（1964）、《上昇的風景》（1970）、《無調之歌》（1975），《陋室賦》（1980）、《光陰・梯子》（1990）、《落葉滿階》（1994）、《遠近高低》（1998）；一組是跨時段的作品精選，包括《張默自選集》（1978）、《愛詩》（1988）、《張默精品》（1996）。其中，《光陰・梯子》主要是八十年代的作品，但也有一卷從舊集選出（主要是《陋室賦》），不過每次精選，常收入一些尚未結集的近作，偶亦有以前從未編輯詩集的「出土」舊作。

這一次編輯他的「世紀詩選」，張默以過去出版過的詩集分卷，另加卷十一「集外篇」，收詩五十八首，平均一年才一首有餘，大約是他現存詩作總量的百分之十。比較起前三本選集，稍嫌單薄，重出當然不可避免，但《張默自選集》已逾二十年，《張默精品》是大陸出版，不必對照，需要注意的是同在爾雅出版社出版的《愛詩》，收1980到1988年間作品，出版也超過十年了，不過在選擇上張默顯然相當節制，所選作品，《紫的邊陲》三首中只一首相同（〈關於海喲〉），《上昇的風景》三首全異，《無調之歌》六首有四首相同（〈長頸鹿〉、〈鴕鳥〉、〈豹〉、〈無調之歌〉），《張默自選集》三首只一首相同（〈依稀鬢髮，輕輕滑過時間的甬道〉），《陋室賦》五首中三首相同（〈飲那綹蒼髮〉、〈內湖之晨〉、〈陋室賦〉），從《愛詩》選八十年代作品七首，而卷七以後作品的寫作時間皆在《愛詩》之後，當然不會是重出的。這樣看來，新的這本詩選取代不了《愛詩》，二者應可以並行。

## 二

張默自己也寫詩的評論，在詩觀的陳述、詩作的品賞以及詩史的敘述上，亦頗有表現，對於自己的詩路也很能掌握進展軌跡，幾乎每出一本詩集，於他而言都是一次反思，或是坦言創作心理及詩法，或是批評自己的過去，1975年在為《無調之歌》寫「代序」時說：「現在的我逐漸在修正過去的我。」以前詩寫得「文謅謅」，現在「可能會直接切入事物的核心，切入生命的深處，切入生活的底層」。1994年在《落葉滿階》的〈自序〉中對於早期某些詩作「晦澀混沌，表現不夠完整」，認為那是對「現代主義」的體驗不深所受的害，要到1969年以後，「才勇於超越一切的羈絆，毅然邁開創作的步伐，努力試圖建立自己的聲音」，這等於是以《無調之歌》為界，為自己的詩之寫作史分期，自認從此擺脫實驗，回歸傳統以追求澄明的詩境，但很快（四、五年後）他又自我質疑那種分期，認為那是「機械式的界定」，這主要是把詩還原創作的本質上思考，「每一首詩，都是一尊引人絕對獨立思考的存在」，這個發現很重要，進一步我們甚至於可以說，那樣的存在自有其價值，擺入詩人的生命史及寫作史，都有可言說的意義。

準此以觀張默的早期作品（1950-1970），當讀者習慣了直言、淺言，面對寫法表現較曲折的作品，總有些排斥，或者不知所措，但「晦澀」是有程度差別的，輕度晦澀者只要閱讀得法，有細心、耐心，常更有閱讀的樂趣，譬如那首詠名畫之作〈拜波之塔〉，是主體（詩人）面對客體（畫）的審美經驗之表述，我們（讀者）以「詩」為客體的審視，其實是面對著兩種經驗（詩與畫）的交流激盪，即使未能把畫拿來比對，單看詩作文本，亦應能體會詩人對於美的頌讚，並藉此傳達他的藝術理念。此詩不見錄於《愛詩》及《世紀詩選》，選進的三首，原作為書名的〈紫的邊陲〉改題為〈擲出一把星斗〉，從「春之水」、「夢之海」、「陽光」及自然與女體意象的交相疊映，當可知這是一首有性的情詩；〈關於海喲〉是此階段極重要的代表作，跨海來台的青年張默，身在海軍，「海洋」是他思索和寫作的重要對象，因此而成詩，在其時另有〈哲人之海〉及首次見於《愛詩》的〈海與星〉（1954），這其中的共同點是以哲人思想之深邃與海之實體相比擬，〈關於海喲〉更有層層譬喻，一是喜愛沐浴的嬰孩之「初生的逸樂的剛剛見過世面的」，其次是赤裸著的少女之「茫茫的飛躍的胸襟充滿無限希望的」，最後才是「沉潛如哲人的」，關於海形海狀海聲海色，以及詩人對於海的感覺，只有以優質人物（嬰兒之「真」，少女之「美」，哲人之「善」）置身其中，人海互動交映，才能彰顯詩人眼中的海及美感層面的海，乃至於更抽象、神祕的體驗。至於〈攀〉，喻指生命向上的一種躍動，所謂「眾生命的企圖」、「我們的願望」、「我將騰升，恒久的騰升」到「你們的願望」，詩思極有秩序的展開，最後落回在「泥土」與現實生活息息相關的「風車」，所以「騰升」，只為了尋找生命的高度，而不是「出塵」，那回返人間，走向生活廣場，才是終極目的。

這樣的詩怎會難解？更進一步來看，青年張默的詩作中存有一種向上的生命動感，除了〈攀〉，嬰孩之「始生」，少女之「飛躍」（〈關於海喲〉），擲出一把星斗之後要「躍上去」（〈擲出一把星斗〉）。更有意思的是，張默的第二本詩集以「上昇的風景」為名，則潛存在文本的內在必具有一種向上的生命動感，開篇第一首〈假面與迴旋〉連續疊用的「飛馳」使整首詩形成一種奔放，一種極快的速度。第二首，讚美的是各種藝術，仍然以「奔馳」為主調：

> 我以為它們會向上
> 所有努力的不屈辱的心靈會向上

〈門的探險〉最終的體悟是「我還不應推開天空嗎？」而在此之前是「寂寞在內裡鼓起千萬隻千萬隻翔舞的翅膀」，這等於是說「寂寞」成為一種「動力」，「推開」的其實是無形的「門」，是限制、阻隔之破除，追求的是自由自在。

張默不是不了解，孤獨與寂寞常伴隨著美麗而在，飛躍與靜穆雖相互矛盾，卻是並存的，他體認到「我們原只不過散步在滄海裡的一微塵」（〈去吧！美麗的孤獨〉，原題〈髮與檣桅〉），「散步」兩個字很重要，「一微塵」當然極渺小，台但「散步」卻彰顯生命的自主性，而且悠遊自在。張默就是以這樣的自我認知為基礎展開他的行為和思維，以及對於詩藝的追求。

這二十年間的作品只留下薄薄的兩冊詩集，選入世紀詩選的只有六首，其他值得一讀的作品還有不少，譬如看起來比較艱難的四首以「鰮頂」為題的連作（〈恒寂的鰮頂〉、〈曠漠的鰮頂〉、〈繆斯的鰮頂〉、〈鰮頂的鰮頂〉），用心梳理詩行脈絡，亦不難發現詩旨（大荒〈橫看成嶺側成鰮——論張默的四「鰮頂」〉可以參考）。

## 三

《無調之歌》收1964到1975年間作品《陋室賦》收1976到1979年間之作品，另外《張默自選集》中亦收有七十年後期的十餘首詩，包括〈旅韓詩鈔〉（五首）和實驗詩劇（〈五官體操〉等）等。我們大體可以相信，《無調之歌》是張默詩風轉變的里程碑，較直接、較明朗而且具有可誦性（代序〈並非閒話〉）。於張默本人而言，此期間的人生變化很大，1970年在澎湖與陸秉川女士結婚（三月），重返澎湖（七月）；71年生女靈靈；72年北調，舉家遷至內湖，生女謎謎，73年退役；74年開始主編《中華文藝》月刊。對於一位十七、八歲即離鄉背井來台，投筆從戎的張默來說，結婚、生女、退役、定居，何其重大的人生轉折，尤其是解甲之後成為一名文學刊物的編輯，生活形態改變，觀物思維必然隨之而變。當「我」與「自然」之間的關係調節得比較自然，詩中的秩序就會比較穩定，任意跳躍的情況稍微收斂了，看《無調之歌》，可以感受到他所舖陳的動感空間，在寫景、繪物以抒情、詠志的過程中，那情志是可感的，譬如〈與夫曠野〉最後落在「鄉愁」上面，〈露水以及〉其實是逝者如斯的喟嘆，而〈無調之歌〉表達的是無止境的漂泊人生。單純詠「物」的作品，在模型擬色之際，特徵的掌握就很重要了，像素描，重點一旦突破，才能彰顯題旨，〈詠鳥〉點出鳥之穿飛、鳴叫、凝視的恒常性然後直指「俺」從鳥聲所感受到的「孤單」；〈長頸鹿〉寫「鐵欄杆內」的牠之昂揚與佝僂等，歸結在牠之所望——無限的遼闊與伸長；〈駝鳥〉重點在「閒置」；〈豹〉擬其「內心的風景」，並寫其動作，最終與人類對比，

橫在牠的腳下的，是一片
無端的空白，寒冷以及顫慄
當人類鼎沸著某些淒絕以及毀滅的吶喊
祇有牠是不言不語的
惟一的醒者

當然也是寫物以詠志，把心願寄寓其中，清醒便是詩人的一種自我期待了。

除了〈詠鳥〉，另三首都選進《世紀詩選》了。還有一首〈硯〉比較特別，以散文詩寫意，「俺的輕輕飛翔的足跡，俺的忽明忽暗的景象，俺的每個每個清晨的假寐，還有俺的朋友愛倫坡以及杜工部，他們都曾情不自禁的從你水汪汪的微笑中奪眶而出……」第二人稱「你」指硯，「水汪汪的微笑中」指硯上之水，「奪眶而出」指書寫表現，前面四句則指曾寫出的「俺」的生命歷程，觸目所及，生活點滴以及平生所閱讀的古今中外名著，這是以小喻大，以有限暗示無限的寫法。

這些都是小品，生活化了，特別值得注意的是〈關於海喲〉中「初生的逸樂」總算成為一種真實了，當長女靈靈、次女謎謎連續

誕生，我們讀到〈河騰〉、〈變奏曲〉、〈嬰兒車〉、〈腳步〉、〈飛躍之歌〉、〈雪之謎〉、〈夜〉等七首，初為人父，張默通過愛女表達無限的生之喜樂，「她為俺紡織了／許多許多的活生生的春天」（〈腳步〉），陋室的歡愉延伸到《陋室賦》，〈四行小集〉、〈春，肌膚一樣流著〉、〈陋室賦〉、〈黑之誕生〉、〈夜與眉捷〉等，父女情深是不必多說了，〈黑之誕生〉深刻地觸及生命的嚴肅課題，〈夜與眉捷〉則在愛女的散髮中感受了「一縷縷／剪不斷理還亂的鄉愁」，離鄉近三十年的張默，不是不曾抒寫過他的鄉愁，當漂泊的生命在第二個故鄉獲得安頓，而且成家，而且有了兩個可愛的女兒，鄉愁會更加濃郁吧！然後，八十歲老母健在的消息傳來，糾纏在起的複雜情感如何書寫呢？於是我們讀到了〈飲那綹蒼髮〉、〈風雨之書〉兩首遙念母親的作品。

從《無調之歌》開始，張默的小詩漸多，最短的〈鴕鳥〉只有四行；《陋室賦》中〈五官初繪〉中各題從三行到五行，並首度出現〈四行小集〉（四首），張默在八十年代中葉曾編著《小詩選讀》應與從此以後不斷的小詩實踐有關，這些作品皆語近情遙，堪稱精品。

另一值得注意的是，從《上昇的風景》開始，張默就開始寫詩贈詩友（管管、沈臨彬、彩羽、碧果、瘂弦、洛夫、季紅、葉維廉、大荒、辛牧、辛鬱與商禽、梅新、沈甸），《無調之歌》又有贈友人詩（紀弦、蘇凌、周夢蝶、林亨泰與葉泥、羅門與蓉子、葉珊、沙牧、沉冬與錦淑、蕭蕭），《陋室賦》中還有一首（贈白浪萍伉儷），到了八十年代更有〈戲贈詩友十二則〉（收入《愛詩》）、八首仿友人體詩作（收入《光陰・梯子》）。這一類建立在詩友關係及讀詩體會的基礎上的作品，頗值得深入探索。

此外，從《張默自選集》起，我們發現另一類作品的出現，那就是旅行詩，在該集卷二中有五首以〈旅韓詩鈔〉為副題的作品，《陋室賦》中有四首〈旅韓詩鈔〉，八首〈東瀛小詠〉，有〈溪頭拾碎〉、〈埔頭街上〉、〈金門詩鈔〉（四首），往後遊中國大陸、東南亞，歐美等地皆有詩，旅行詩幾成張默詩的大宗了。

《陋室賦》中有一首五行小詩〈內湖之晨〉，雖不是異地風光，卻有旅行詩的屬性，又能反映張默此時期生活情境，錄下以供賞讀：

一片青翠蜿蜒在我的呼吸裡
今早的山路顯得特別短
伴著拾來的松枝
指點著眷舍盡處偶爾傳來的幾聲雞啼
噢！天是真正的亮了

天沒亮就去爬山，一片青翠、山路、拾來的松枝、幾聲雞啼組成的詩境，不只聲色雙美，路短之感以及「天是真正的亮了」的發現，，反映一種澄明的心境，夜盡天明，由彷彿遺世的空山而指向人境，生命的價值、生活的意義便在那一指之中了。

## 四

《陋室賦》之後的二十年間，張默維持相當旺盛的創作精力，《愛詩》中第三輯的〈家信〉及〈尋〉以及四、五輯，《光陰・梯子》中卷一〈月光曲〉六首及卷二、三之作、《落葉滿階》、《遠近高低》及本詩選的卷十一「集外篇」等，數量龐大，小詩、長詩、組詩都用心經營，詩形主要是分行自由體，也有少數散文詩（如《光陰・梯子》中的〈走進一片蒼翠〉，《遠近高低》中的〈水箱裡的魚〉等），至於題材，雖然張默曾說過他「無特別的偏好」，但詩取材於生活，既身在台北這個城市，俯仰其間不可能無所感，因此寫城市風貌及感覺乃是一種必然；既已重返神州故土，且愛旅行異域，足跡所至，自然景象及其歷史文化，當然會從筆尖流瀉出來。此外，年歲一過半百，歷經花甲到從心所欲的七十高齡，生活安定，思想與情感已臻成熟，俯拾各種題材，除了多一份歲月的滄桑，詩之旨意應更能深入。

本詩選從卷六第二首〈家信〉起三十餘首不外乎上述範疇，旅行之作將或近半，可以專題論述。大陸部分包括寒山寺、網師園、安徽故居、長安、黃山、太白樓、巫峽、嘉峪關等，錄〈獨步・嘉峪關〉來讀：

不管它是內城、外城，瓮城
不管它已走過六百載倉皇的歲月
今天，我虎虎的站在你的心臟地帶
大口呼吸塞外凜洌的陰風
並且安步丈量，從角樓到箭樓之間的距離
驀然驚見王昌齡的絕句
叮咚掉落滿地
於是，我回首俯身，拾起一切
霍霍，向山海關，竄去

1997年8月張默偕妻參加絲路之旅，歸後有〈絲路采風〉組詩七首，〈獨步，嘉峪關〉是其七，既可解成「天下雄關」的獨步天下，又可看成詩人獨步於此，從「虎虎」到「霍霍」，古今之「倉皇」是有天大的差別，在過去當然是敵人寇邊，而今天只

是驚見王昌齡的絕句——大概是〈從軍行〉吧〈青海長雲暗雪山〉，我覺得那「回首俯身，拾起一切」的誇張性動作，暗指一種禦敵精神的重建，但最後還是「向山海關，竄去」，可能是因為已經無法抗拒「塞外凜冽的陰風」，或者拾起的一切已經難以重組復元，不管怎麼樣，這裡面有歷史現場的感受和體會，是在大陸旅行寫作的主要內容。

就城市寫作來說，《光陰・梯子》中有〈城市素描〉五首，《落葉滿階》中有〈城市風情〉六首，寫書店街、路邊攤、電話亭、肯德基、摩托車、麥當勞、停車收費員、挑磚工人、紅綠燈、地下道、馬路開挖等，非常寫實，有感觸，也有批判。本詩選收前者中的一首〈飛吧！摩托車〉從頭到尾都是負面的觀感，不只是交通安全的、環保衛生的，它都是破壞者，是「萬夫莫敵轟轟烈烈的怪物」。

此期最受詩評家重視無疑是作於1992年的〈時間・我繾綣你〉（收入《落葉滿階》）了，這組作品凡四十章，每章六句，「主要是紀念咱們這一群並肩走過五、六十年代的坎坷歲月，現在是六十歲左右猶在詩壇打拚的老伙伴」，大陸詩評家熊國華、沈奇皆有長文評析，已附於該集之後，本詩選未收，錄最後一首以呼應前述大陸旅遊之作。

時間，我悲懷你
一滴流浪天涯的眼淚
怔怔地瞪著一幅滿面愁容的秋海棠
嘉峪關之外是塞北，秦嶺以西是黃河
我遨遊，一遍又一遍，我丈量，一寸又一寸
啊！且讓幾兆億立方的滾滾黃土，寂寂，把八荒吞沒

用語淺顯，而充滿悲情，流浪天涯的辛酸全都匯集於一滴眼淚之中了。

## 五

張默仍在創作，《張默・世紀詩選》的「集外篇」主要是域外旅行之詩，最後一首〈雙叟，在冷雨中怦然閃爍〉已是公元2000年的作品，面對曾在世界文藝思潮上引起重大影響的巴黎文化景點，來自台灣的詩人「深深為它神祕的、自在的氣氛所迷醉」（「雙叟」是一間咖啡館之名），這種文化詩的內在含有認同成分，還有發展的空間。

「集外篇」另有一首〈經華陰街憶詩人吳瀛濤〉正好和〈雙叟〉可以相對解釋，應是張默對於台灣本土的愛的一種表現，是台北城市文化反思的一個角度，在〈內湖之晨〉、〈埔頭街上豬豬鹿港小誌〉、〈澎湖風櫃〉之後可以經營的一方天地。

2000年3月6日完稿於台北書房

# 語近情遙
## ——渡也詩試論

## 一、渡也詩事

現在目前為止，渡也總計出版十二本詩集，從出版形態上來看，比較明顯有詩類考量的頗多：

（1）情詩：《手套與愛》[1]、《空城計》[2]；
（2）兒童詩：《陽光的眼睛》[3]、《地球洗澡》[4]；
（3）敘事（歷史）詩：《最後的長城》[5]；
（4）詠物（民藝品）詩：《留情》[6]；
（5）散文詩：《面具》[7]；
（6）一般詩集：《憤怒的葡萄》[8]、《落地生根》[9]、《不

---

1 故鄉，1980；漢藝色研，2001，改類為「情色詩」。
2 漢藝色研，1990。
3 成文，1982。
4 彰化縣文化局，2000。
5 黎明，1988。
6 漢藝色研，1993。
7 台中縣立文化中心，1993。
8 時報，1983。
9 九歌，1989。

准破裂》[10]、《我策馬奔進歷史》[11]、《我是一件行李》[12]、《流浪玫瑰》[13]。

從這裡我們可以發現，渡也的詩之創作具持續性、多面性，以及出版的策略性。就前者來說，第一本詩集雖然在1980年問世，但要累積到那樣的量以及知名度，沒有十餘年是不可能的事，事實上渡也從青少年時期就開始寫詩，到如今，多少當年和他一樣才情洋溢的年輕詩人，不是早已停筆，就是創作量銳減，但渡也依然維持旺盛的創作力。

就多面性而言，可以分形式與內容兩方面來說：在形式上，短如〈雨中的電話亭〉（四行，《憤怒的葡萄》，頁93）以及《我是一件行李》之〈俳句十首〉、〈人間俳句〉、〈新詩極短篇〉等，長如《最後的長城》中一、二百行的得獎之作；分行自由體當然是台灣新詩主流，渡也主要的作品也是這種形式，但他另有極具特色的散文詩，此類亦有短長之分，甚至有長篇組詩，如「嬰」系列及〈子夜聞雷〉六首，也有劇詩〈金閣寺〉（俱見《面具》）；在內容上，抒情、敘事、詠物都有，通過近代史事寫現實之憂懷、批判當下時局，表達一種社會理想、借男女情事的敘寫（或自述，或代言）彰明愛的諸貌及真諦、感物體物寫物以詠在心之志等，可說是無所不寫，而且皆能用心經營，時見巧思，最值得觀察的是，渡也發展出一種主題企劃寫作，如民藝品系列，把生活中的趣味轉化成詩之材料（《留情》和《流浪玫瑰》第一輯）；「講師日記」以嘲

[10] 彰化縣立文化中心、1994。
[11] 嘉義士立文化中心，1995。
[12] 晨星、1995。
[13] 爾雅，1999。

諷和批判的語調，重建新的師生關係（《落地生根》第一輯）；「盆栽研究」亦來自日常生活，經由詠物以呈現觀物思維，寄寓身世與人生理想（同上，第二輯）；「返鄉」系列寫外省老鄉重返大陸故土的時代現象，有歷史與政治的雙重譴責，亦見人道關懷（《流浪玫瑰第三輯》）。這可視為「組詩」寫作，集中全力表現比較大的主題，帶有明顯的策略性。

從詩集出版的角度來看，《手套與愛》的初版圖文並貌，且明標「情詩集」，顯然有行銷的考量，新版再印時改標「情色詩」，無非是要吸引讀者；《落地生根》二輯分由蕭蕭和李瑞騰針對每一首詩加以解說，《空城計》和《留情》企劃成筆記書的樣子，想來是希望以一種特別的方式和讀者見面，這些都可以理解。出版社部分，時報、九歌、爾雅、漢藝色研、黎明、晨星等都有很好的信譽，比較值得注意的是1990年代有三本分別在三個縣市文化中心出版：台中縣、彰化縣、嘉義市，渡也顯然被這三個縣市政府的文化中心（今已改成文化局）認為是各該縣市的作家，這很有趣，也比較少見；我在想，渡也之所以接受這樣比較非商業性的出版，也意味著他對於出生及成長地、工作地、住家所在地的認同與參與。

## 二、菊花與劍

想更深入了解渡也其人其詩，或可從他的身世開始說起。

渡也在幾篇散文中交待了他的身世：首先是〈遺言——紀念一棵巨樹〉（《永遠的蝴蝶》，頁19-20）寫他的祖父，〈漂流在歲月裡的父親——紀念一段痛楚而多難的日子〉（同上，頁34-36）寫他的父親，〈銀白的髮絲〉（同上，頁49-51）、〈秋天裡的母親〉（《夢魂不到關山難》，頁16-17）、〈櫻花〉（《台灣的傷口》，頁14-15）等寫他的母親，從這裡我們大約可以了解，渡也的祖父由澎湖來台發展，白手起家，經營鐵工廠而致富；在父親手上，也曾飛黃騰達，「富足而愉悅」，最後卻「在商場上失意」了，致使渡也「因繳不出龐大的學費而終告失學」，而他的母親——一位來自日本的女性，「母親是上帝特地派來照顧我的」，在他父親經商失敗，經濟困頓，母親復百病纏身的情況下，「在那最苦、最冷的日子裡，她表現最大的忍耐，宛如日本的櫻花」。

祖父之白手起家，父親之經商失敗，家庭的起落對渡也的成長經驗必有大影響，影響最大的應是他那種愈挫愈勇的奮戰經神，在求學上，中學讀高工，畢業後一邊當工人一邊準備大學聯考，考上物理系轉中文系，然後一路讀到碩士、博士。此十年間的實況我皆經眼，感受特深；其後他長期為胃痛、腰痛所苦，乃至在學院中升遷之受挫等，皆聽聞他咬緊牙關撐了過來等。和我輩相較，這倒也並非有什麼特別之處，但他恩怨分明，以行動和詩文報恩的例子甚多，而一但有怨，則「發出怒吼」（《台灣的傷口》，頁59），有「挑戰惡勢力，打擊黑暗面」（同上，自序，頁4）的勇氣與決心。

這或可說是「劍」的性格，很難說這和他有一半的日本血統有絕對的關係，但拿來討論也不無助益。

美國人類學家露絲．潘乃德（Ruth Benedict）在她研究日本民族的大著《菊花與劍》（黃道琳譯，華新，1974）中說，日本這個民族有「對劍的崇拜以及武士的尊貴」，而且「酷愛菊花的栽植」：

菊花與劍都是構成日本民族性的一部分。日本民族無與倫比的兼具了下列各種性格：好戰而祥和、黷武而好美、傲慢而尚禮、呆板而善變、馴服而倔強、忠貞而叛逆、勇敢而懦弱、保守而喜新。（頁2）

劍是武士之勇的象徵，它不能生鏽，佩劍者有責任保持劍隻的明亮；而栽植於盆鉢中的菊花，以看不見的小線圈架在花中，當線圈取下，回歸於自然的土地上，未經刻意修剪的菊花也一樣美麗。（頁270）

「渡也」是陳啟佑的筆名，其他另有「歷山」、「江山之助」，都有點日本味。他的詩以菊花與劍為名的不少：收入《手套與愛》中的有〈菊花的回答〉、〈復仇的菊花〉、〈鷹與菊花〉、〈梨子與劍〉、〈菊花與劍〉，《落地生根》中有〈菊花〉，《空城計》中有〈七年菊〉、〈菊花淚〉，《我是一件行李》中有〈筆和劍〉。渡也對潘乃德的書應不陌生，判斷渡也曾受到啟發，但由於此二物擺入中華傳統中皆有其文化意涵，在文學上有所謂「普遍的象徵」，「菊」作為四君子之一的「淡」之味自不待言，至於「劍」，渡也自己就曾寫過〈十年磨一劍〉的論文（收入《普遍的象徵》，業強，1987），不過一入於詩，用意就必須出來，從詩行脈絡來看，菊花正作為美麗且柔弱的女性意象，劍乃因其鋒快無比而象徵剛強權力。但〈菊花與劍〉卻被渡也逆轉過來：「如我不幸為臨刑的菊花，妳便是含著恨的劍了」，表達「九死不悔」的堅決之情，如詩前所引沈三白所說之「願生生世世為夫婦」的企盼。

## 三、渡也情史

渡也是寫情的能手，根據他自己的說法，「我的情詩和我的戀愛經驗其實是一體的兩面」（《手套與愛》自序，頁2），這情當然是男女之愛情，渡也一方面書寫一己的愛情經驗，一方面以這經驗為基礎用詩去寫天地間諸多愛情。不只有專輯/集，前述所謂一般詩集中也有很多愛情詩，我們幾乎可以這樣說，情詩是渡也詩中的最大宗。

關於前者，寫得迂迴曲折如早期作品〈鏡子〉、〈草原〉、〈雪原〉等，幾近白描的如後期的〈敵機〉等。渡也常會用具體的時間、地點來明確化兩情的相對關係，如〈鏡子〉一詩的1971、1972、十九歲、二十歲、北上、南方等，在兩本情詩集中經常出現的「七年」更是一個重要的觀察點，包括〈旅人〉、〈相思〉、〈筆名〉、〈素描〉、〈梧桐與孤雁〉、〈回來好嗎〉、〈襪子〉、〈復仇的菊花〉、〈鷹與菊花〉、〈樹影〉、〈站牌〉、〈春蟬〉、〈好嗎〉、〈橘子〉、〈泥上偶然留指爪〉、〈舊情〉（以上見《手套與愛》）、〈愛與蘿蔔〉、〈七年菊〉、〈菊花淚〉（以上見《空城記》），我們大約可以確信渡也寫的就是「牧凰」，情況大約是這樣：這一對戀人分手了（女孩嫁人了），七年以後重逢。那不是小說的情節，而是現實的人生，簡單的說，渡也惜情而有怨，以大量的作品真實的刻畫這一次重逢的激情與哀痛，而且不避「牧凰」，渡也之寫〈舊情〉坦率如是：

今晚妳從大林打電話來

雖然妳輕聲說妳已長成一株秋菊
我突然想起一首哀怨感人的樂府
上邪！我欲與君相知
長命無絕衰……
我回答說我已無花盆
妳要的花盆已在七年前碎裂了
而那首樂府詩我也尚未完全記起
妳便在電話中寂然萎謝了

時地皆有，菊與花盆之喻，秋、萎謝、碎裂之狀態描述，樂府〈上邪〉的典故運用，這是渡也詩中相當具有代表性的詩法，於此喻指情變，菊花的復仇、菊花的眼淚、菊花的呻吟等等愛的意象，聯綴成一齣充滿情愛掙扎的悲劇。

對象當然不只一人，對於渡也來說，凡愛過的女子而入於詩，「或寫實，或虛寫，或嚴肅正經，或浪漫幽默」，[14]虛實可互補互化，嚴肅和幽默與詩情有關，詩人自有其寫作上的考量，只要不流於輕佻皆無不可。大體來說，自述情愛因有切身之感，相對來說比較容易掌握，而代他人立言，如〈棄婦〉、〈寡婦〉、〈蘼蕪〉、〈閨怨〉等，或客觀詮釋愛情的意義，如〈門〉、〈愛〉、〈情〉等，就複雜多了。

幸運的是我們最終可以讀到幽默有趣的〈耕耘機〉、〈敵機〉，前者寫庄裡阿牛和阿稻的匹配，「每晚每晚／深耕，播種／臥室傳來耕耘機的歡呼」[15]；後者寫「與太太戀愛、結褵二十

[14] 詳見渡也《流浪玫瑰・序》，頁3。
[15] 渡也《流浪玫瑰》，頁72。

五載」，有「敵機」來襲時太太的對應狀況，這「敵」合當是情敵，不管怎樣的敵機、怎樣的戰況，「她每次皆凱旋，安然返回基地」：

> 如今我機身已老舊
> 已無法自由飛行
> 如今仰望天空
> 唉，再也沒有太太所謂的敵機
> 飛來[16]

一個「唉」字傳達多少「機身已老舊」的男性的喟嘆（當然有點誇張），回頭對照早期〈曩昔的月光流著〉中「雨子」的呼喚與哭泣所透顯的深情，則渡也之情史就隱約有其脈絡了。

## 四、以嬰為題

情詩涉及愛情與婚姻，在人際關係中最私密最切身，一旦有了愛的結晶，另一層人際關係便形成，那就是親子關係。渡也寫父親[17]、寫母親[18]，前者用情至深，後者在父子異同的比較中，存有一個精神上的傳承，其中或有虛擬成分，但無礙人子孝心與詩意流通。這些就不多談了，在這裡我想探討渡也詩中一個極具震撼的「嬰」。

---

[16] 同上，頁79。
[17] 詳見渡也〈土壤改良與文學研究——寫給父親〉，收入渡也《憤怒的葡萄》。
[18] 詳見渡也〈電話〉、渡也〈活在電話裡的母親〉，同上。

渡也以嬰為題的詩有《憤怒的葡萄》中的〈嬰〉，《面具》中的〈父親與嬰〉（二首）、〈嬰〉（二首）、〈嬰兒出走〉、〈母親與嬰〉（四首），《不准破裂》中的〈戰士與裸嬰〉，《我策馬奔進歷史》中的〈嬰〉、〈似乎有嬰兒向我招手〉等。第一首〈嬰〉以第一人稱「我」敘述，即嬰的本身，換句話說，這是一個被流產胎兒的控訴，對象是大人，是母親，是醫生和整個社會，有極強烈的反諷意味：最後一首的裸嬰是虛擬的，根本是現實之不足（尚無子女）的想像，有補償作用；〈似乎有嬰兒向我招手〉以第一人稱「我」說話，是一個男人帶太太到婦產科動手術，原因是第二人稱「你」（胎兒）「在母體內萎謝」，表面上沒有太多的悲傷，也沒從太太的立場說話，但一句「把我們的春天全帶走」，其實是絕望透頂的話，然而問題究竟出在哪裡？

是因為我
在人世上不夠莊重
對兒童的關懷
仍然不足
所以還沒資格當父親嗎

沒有呼天喊地，也沒有委諸命運，這樣的提問非常社會性，涉及到兩個層面：一是「在人世上不夠莊重」，二是「對兒童的關懷／仍然不足」。渡也曾幾次寫兒童：〈兒童〉[19]、〈娃娃車〉[20]、

[19] 收入渡也《憤怒的葡萄》。
[20] 收入渡也《不准破裂》。

〈兒童節〉[21]。大體而言，嬰兒與兒童出現在文字文本之中，常是和大人相對應的一種情境，就像〈兒童節〉一詩中所呈現的「兒童的喜悅」和「成年的悲哀」的強烈對比，這表示渡也對兒童確有其關懷。

散文詩集《面具》中與嬰有關的詩應是計畫性寫作。渡也的散文詩是他的標誌，特別的是他虛擬情節的極短篇小說式的寫法，常令我驚喜動容。這九首作品中，〈父親與嬰〉、〈母親與嬰〉都寫未出世的孩子，視點不一，有時是父母，有時是嬰，但總的來說，男女由交配、受孕到以手術墮胎，不論生物性的，或是人為的，或許都有其不得不然的理由，不管如何，一個生命無法孕育完成，總令人遺憾和悲傷。這其中，父親和母親的角色不同，我們相信對女性的撞擊遠超過男性。由於散文詩的分析比較難以割裂文本，在這裡只舉一首〈母親與嬰〉：

> 從醫生寒冷的眼裡出來，她隨風飄入產科醫院附近的咖啡廳，掉進一杯溫暖的咖啡裡休息。趁熱吞下護士小姐隨意塞給的兩包藥粉一包手術刀的笑聲解渴。直到她發現漸漸冰涼的咖啡杯中，靜靜漂浮一個潔白微笑的嬰屍，才苦苦游向櫃台，揮汗打開驚慌的錢包，急欲付賬離去。
>
> 然而在昏黃的燈光下，許多淤血的嬰屍，自錢包茫然張開的嘴裡，緩緩湧出來，一一倒在默默的櫃台前，揮淚，急欲付賬離去[22]

---

21 收入渡也《我是一件行李》。

22 波也〈母親與嬰〉第八首，收錄在波也《面具》，頁39。

讓嬰屍復活，在任何情況下都有譴責或報應的意味。渡也讓「漸漸冰涼的咖啡杯中，靜靜漂浮一個潔白微笑的嬰屍」，讓「許多淤血的嬰屍，自錢包茫然張開的嘴裡，緩緩湧出來」，從「一個」到「許多」，那種擴大化了以後的沉重感之增強，如何負荷？我們不願猜測這位女子的行業是否與「錢包」有關，然已不是第一次墮胎是可以確定的事，所以那種可怕的幻覺的擬設，代表詩人的一種態度。

另一首〈嬰兒出走〉也夠令人震撼：醫院育嬰床上的嬰兒「集體出走，消失」，詩人說：「是為了拒絕成為嬰兒，成為人類吧！」[23]

〈戰士與裸嬰〉是這些作品中唯一無關墮胎者，詩寫一戰士從傍晚到夜深在戰場伏進，開槍射擊的過程中與「裸嬰」產生的關聯。情境當然是虛擬的，那扣扳機的三段情節：

> （一）卻沒有槍的叫聲／有雛嬰的笑聲／不知自何處傳來
>
> （二）自槍管冒出的／不是子彈／也不是恨／而是，一個個／一個個潔白的裸嬰
>
> （三）面對成千上萬的裸嬰／槍目瞪口呆／世上所有的子彈／也說不出話來[24]

戰士、槍、扣引扳機、子彈合成一幅戰爭與死亡的悲慘構圖，然而面對潔白的裸嬰，槍和子彈皆已無用矣。這充滿浪漫的想像，

---

[23] 引自渡也《面具》，頁33。

[24] 收入渡也《不准破裂》，頁136-137。

非常超現實，但我們知道，其中所要傳達的是對生命的尊重，戰士最初的生命形態，不也正是潔白的裸嬰嗎？讀過《老子》的人都知道，嬰兒意象象徵道的最高境，原始而純真。從世俗角度來看，其得眾人之呵護，如有無窮之力在焉。

## 五、寫物詠志

如上所述，許多以物名為題的詩是情詩，包括後來的玫瑰等，物之象與言之意之間當然有其關聯，由於重點在愛情，物成為喻依；而一旦物成為主角，寫物與詠志之間的關係乃成為閱讀的關鍵，渡也的詠物詩非常多，最主要的部分當是盆栽與民藝二類。

〈盆栽研究〉（三十九首）詩收在《落地生根》中，當年出版的時候，我曾逐首解說，在前言中，我提到詩人之感物而「聯類無窮」的問題，如何聯類？是形式，還是內容意義，抑或是精神旨趣？詩之簡潔明亮、陰暗晦澀，全都繫乎此，請看下面這首〈聖誕紅〉：

秋天剛過
它便開始引火自焚
朱紅色的火燄
燃燒一整個冬天
卻沒有灰燼
我和弟弟常蹲在它身邊
取暖

其實只是一個巧喻所造成的聯接：紅如火，物形物色就這麼自然呈現出來了；進一步是冬天之冷與取暖之間的關聯，聖誕、信仰與溫暖幸福之間的牽繫。詩原不必一定要寫得複雜，辭彙也不必一定要如何華美，高手腕底自有風雷，語雖近（淺近）情卻深（深刻）。

民藝有部分收入《留情》，是彩印書，圖文並貌；另外就是《流浪玫瑰》中的「民藝」一類。在這裡我們略讀一首〈石磨〉：

斧鑿痕跡斑斑
幾十年前我在竈邊在曬穀場
慢慢磨出點點滴滴的
米汁，磨出點點
滴滴的歲月

米汁和歲月
沿著我寬厚的下巴慢慢流入
人類的腸胃，流入
歷史的腸胃

如今依舊鑿痕斑斑
我楞在古物收藏家的客廳
無所事事，成為
後現代，成為一個
生硬的笑話[25]

[25] 收入渡也《留情》，頁120。

物之形、物之性、物之用全都有機渾成在詩行脈絡中，從幾十年前到如今，那樣大的變化，令人不勝感喟！渡也素筆直書，連譬喻都不用，疊字、類詞就讓時間之流淺淺清唱出動人的韻律，語近而情遙，實是現代新詩的精品。

## 六、結語

本文夾敘夾議略論渡也的詩，因時間因素未能全面，以開頭所說詩類，至少尚缺寫古人史事者，渡也作為一個中文系出身的學者，熟讀古籍，會有不少這方面作品是可以理解的。此外兒童詩亦應納入討論，以見其擬童心說稚語的背後的人生態度，可惜力有所未逮。至於形式方面的討論也不夠，整個來說只能期待來日了。

# 葉笛論

1994年底，《文訊》雜誌積極籌備於次年春天舉辦大規模的「台灣現代詩史研討會」，我們輾轉得知長期旅日的學者詩人葉笛先生已於去年返台定居故鄉台南，於是冒昧向他約稿，希望他討論日據時代的「風車詩社」。

我們很快收到他的論文〈日據時代台灣詩壇的超現實主義運動——風車詩社的詩運動〉。這篇論文分三節：一是前言，提出日據時代台灣新文學運動的大背景，特別是在詩文類上，寫實主義理所當然是主潮，因此「異軍突起，惹起不少不同的評價」的「超現實主義者」楊熾昌（水蔭萍），就顯得特殊而深具探討之價值了。二是「超現實主義理論的淵源、播遷及其影響」，先談超現實主義在法國之興起，重要的還在它「在日本」及「在台灣詩壇上」，後者當然就是楊熾昌及其主導的風車詩社。第三節是「風車詩社的作品及其風貌」，只論楊熾昌的作品。

對於台灣新詩發展史來說，這是一篇足以補闕的重要論文。葉笛先生熟悉日本文壇及文學思潮，對於台日文學關係有很具體的掌握，回看台灣文學史事，自然能夠觀瀾索源。我印象最深刻的是，他從最原始的日文文獻下手，而且自己翻譯詩作，後來發現，葉先生之所論述，只要有日文資料，他一定自己翻譯。這形成一種特色，也是他對於台灣文學史再建構工程一項極大的貢獻。

我在研討會的現場第一次見到葉笛先生，他的溫厚儒雅讓我印象深刻，遺憾沒能多向他請益。往後幾次的會面，也一樣是在聚會的場所，打個招呼而已。2004年10月，笠詩社假台南國家台灣文學館舉辦成立四十週年的國際學術研討會，我應邀評論他的大作〈論《笠》前行代的詩人們〉，這篇具有集團性及世代性的詩史專論，寫來舉重若輕，葉先生也是從大背景談起，把《笠》前行代詩人（巫永福、吳瀛濤、詹冰、陳秀喜、陳千武、林亨泰、杜潘芳格、錦連）擺進去，合論再分論，最後再談銜接前行代的二位詩人（黃騰輝和李魁賢）。

葉先生這裡所謂「前行代」，是以詩人年齡立論，而不是詩社史觀點，我認為尚有討論空間；而所謂「銜接者」，指的是相對比較年輕的詩人，本篇未能論及者尚多。對於我的提問，葉先生委婉回應中自有堅持，其中涉及寫作方式和論述策略，可以理解；我對於他簡單幾筆即能彰顯個別詩人特色，覺得是一種卓越的讀詩能力，想必和他長期的詩經驗有關。

我尚未讀到他於1995年出版的《台灣文學巡禮》（台南市立文化中心），但2003年的《台灣早期現代詩人論》（國家台灣文學館）卻已仔細拜讀。像這樣的專著，是寫斷代詩史的預備作業，包含原始文獻的蒐尋、翻譯與詩作之解讀，非常費力，但葉笛先生「心中一直渴望著探索日據時代台灣現代詩的來龍去脈」（〈前記〉，頁2），因此而不畏煩瑣，比起大陸某些台灣文學研究者，用二手資料就寫起詩史，不啻天壤之別。

本書除張我軍一篇，其餘十一篇皆發表於張默先生主編的《創世紀》（賴和、王白淵、陳奇雲、楊雲萍、楊華、吳新榮、水蔭萍、郭水潭、江文也、巫永福、林修二），其中陳奇雲、江文也、林修二三篇，也許是比較少見相關的討論，特別覺得有價值。大體來說，這裡面有日據時代的歷史及詩史概況，有詩人的出身背景及其與時代的對應關係，有詩人寫詩歷程及其特色。其所引述，頗多中日文對照，則本書之史料價質，不容忽視。

更特別的是，本書各篇之後皆錄有一首專為詩人寫的詩。這十二首「致詩人」詩，也可以視為「論詩詩」（如杜甫〈論詩絕句〉及其後以此為名的作品）或「志人詩」（一部分的「詠史詩」、「贈答詩」），它建立在對於詩人的深刻理解上（這是「接受」），抓重點（這是「選擇」）去呈現（這是「寫作」），非精於詩藝者，寫不好這樣的作品。

葉笛先生是詩人，遠在1954年便已出版《紫色的歌》（台北，青年圖書公司）。最近陳鴻森教授告知葉先生自己手上無該本詩集，我從張默先生贈書中找出，複製乙冊以贈，乃利用機會讀了一遍。

總的來說，青年葉笛素樸的筆觸傳達出飽滿的情感，他一方面面向自然，「吮飲強烈的生命之光，／呼吸鮮新的大地之氣，」（〈孩子與野花〉，頁19）；一方面熱情呼喚愛情，「從你那盈溢光輝的微笑裡，／我感悟了青春和生命的意義！」（〈你可曾知道！姑娘〉，頁15）。他時而高唱「牧歌」，時而告訴我們，他「徬徨」、「孤獨」、「寂寞」，他渴望「愛」！他的朋友郭楓說，這些作品「該被珍惜和熱愛」，因為：

> 它吸吮著感情的乳汁而從豐厚的泥土所生長，
> 它閃爍著誠摯和動人的真實，
> 它由自然取得了一分美，光澤和顏色。（〈關於紫色的歌〉，《紫色的歌》頁1）

翻譯和評論掩蓋了葉笛在創作上的光彩，1990年，他出版了第二本詩集《火和海》（台北，笠詩社），戰爭與死亡意象交相疊映，蘊含明顯的反戰思想；2003年，出版了第一本散文集《浮世繪》，「反諷更批判庸俗、虛妄、冷酷，講理性卻不講理的現代社會」（許達然〈論葉笛的散文〉，本書序，頁24），都沒有引起文壇太多的注目。其實，像葉笛這樣一位作家，出身台灣、長年旅日，然後回歸鄉里的背景，教研與創作並存的資歷，其豐富的文學內涵，值得我們深挖細探，特別是值此台灣文學研究亟待深化之際，我們不能只享受他譯述之成果，對他進行更多方面的理解，是我輩責無旁貸之事。

# 來自曠野的呼喚
## ——席慕蓉之以詩論詩

席慕蓉在一篇題為〈追尋之歌〉的散文中說過：

> 有些詩人，可以把自己的創作經驗和作品分析，寫成一本又一本有系統可循的書，……
> 有些詩人，則是除了他的詩作之外，從不多發一言。……
> 而我呢？我當然絕對做不成前者，但是，也更做不成後者。
> （《寧靜的巨大》，頁36）

我初步的體會是，她真的做不成後者，作為一位現時代的詩人，尤其是成名詩人，要做到「除了他的詩作之外，從不多發一言」，是不可能的事，因為詩評家會逼你說，媒體記者會要你說，你的讀者會希望你說；但是她並非「做不成前者」，而是不想；她其實是經常分析自己的創作經驗，有時也會分析自己的作品，只是方式並非論述，不是「一本又一本有系統可循的書」，而是用她自己擅長的文類——詩和散文，認認真真的談著自己的詩之經驗。

用散文談詩，不管說得多麼輕快，就是在講理——一種從創作實踐中得到的詩之理。我們相信，經驗的系統化即可成理論，因此詩人也可能成為詩論家。而用詩談詩，在漢語詩史上早有先例，唐代杜甫的〈戲為六絕句〉開啟了論詩絕句的傳統，司空圖〈詩品〉是論詩之風格的詩話，許多詩人在相互贈答的詩作中皆無可避免地觸及寫詩之事。

席慕蓉以散文談詩，《寫生者》中有〈詩教〉、〈詩人啊！詩人！〉，《黃羊玫瑰飛魚》中有〈論席慕蓉〉、〈詩與詩人〉，《寧靜的巨大》中有〈追尋之歌〉、〈詩人與寫詩的人〉等；至於以詩談詩，例子不少，可以合組成「慕蓉詩話」，以下我將擇要討論，藉此了解席慕蓉對詩的看法。

## 詩的本質、詩的價值，以及恐怖的說法

詩到底是什麼？性質與功能如何？這些都是大哉問，詩論家真可以寫一本又一本的書去討論，席慕蓉在她上一本詩集《我摺疊著我的愛》中有一首〈詩的本質〉（頁80），寫一位女性詩人讀自己詩集的校樣（從印刷的字體上重新再閱讀一次自己的詩），「她真切地感覺到了生命正在一頁頁地展現，再一頁頁地隱沒，如海浪一次又一次地漫過沙岸。」她因此而感到「這是何等的幸運！」

從「生命」，她進一步想到「歲月」之「如此豐美而又憂傷，平靜而又暗潮洶湧」，在這種情況下，「能夠拿起筆來，誠實地註記下生命內裡的觸動，好讓日後的自己可以從容回顧，這是何等的幸運！」。接著，她又想到「時光」，想到詩之寫作「越寫越慢」，想到紀伯倫說的「愛是自足於愛的」，想到「詩是自足於詩的」；而這就是「詩的本質」。

在時光的移動中，如何生活？如何展現生命？這是人的根本問題；而聞見之間有所觸動，情動於中而形於言，言意理應相應，關

鍵在於是否「誠實地註記」。因為有這樣的一些註記，再閱讀時，生命才會逐次展現並隱沒。

這詩寫在2002年，前此二十餘年，她在〈詩的價值〉（《無怨的青春》，頁18）一詩中把寫詩比擬成金匠之「日夜捶擊敲打」，「只為把痛苦延展成／薄如蟬翼的金飾」，就詩之表現來說，即是「把憂傷的來源轉化成／光澤細柔的詞句」。和前一首詩對照，「憂傷」只是生活中的一種「觸動」，其他的情感類型，亦然。詩價值之所在正如是。

後此七、八年，席慕蓉用一首〈恐怖的說法〉（《以詩為名》，頁124）將「自足」作了演義：

詩　是何等奇怪的個體
出生之後 就會站起來　走開
薄薄的一頁　瘦瘦的幾行
不需衣衫　不畏凍餓
就可以自己奔跑到野外

有一種恐怖的說法：
詩繼續活著　無關詩人是否存在
還有一種更恐怖的說法，是——
要到了詩人終於離席之後
詩
才開始真正完整的
顯露出來

前段指詩脫離創作母體之後，成了「何等奇怪的個體」，不只是有自己的生命，而且一出生即會站會走會跑，其形雖薄弱，卻不需衣衫，不畏凍餓。「野外」是一個寬闊的天地，可任詩馳騁。二段扣題，兩種說法，一種比一種「恐怖」：詩之存活，與詩人無關；要等到詩人身後，詩之形構、意義等才能真正顯露出來。我們都記得，上世紀前葉在英美流行一時的新批評，1960、70年代影響台灣很大，他們無視於文學活動空間的前後兩端（作者、讀者）之存在，認為文本獨立自足，雖也曾造成一些解讀上的問題，但重視文本的完整、嚴密、藝術性等，於作家之寫作、讀者之賞讀，也有相當程度之助益。對於席慕蓉來說，雖以「恐怖」形容，但應也有寫好作品才最重要的體悟。

## 詩的成因、詩成、執筆的欲望、一首詩的進行

在席慕蓉的詩裡，我們頻頻聽到她的叩問：我為什麼要寫詩？我為什麼還在寫詩？1983年，她有一首〈詩的成因〉（《時光九篇》，頁16），前二段寫她整個上午都在調整步伐好進入行列，卻沒人注意到她的加入；整個下午都在尋找自我而走出人群，但也沒人發現她的背離。每天「為了爭得那些終必要丟棄的」，卻得付出整整一日，甚且整整一生。必須等到日落以後才開始：

不斷地回想
回想在所有溪流旁的
淡淡的陽光
淡淡的　花香

她顯然體悟到，在現實之爭中付出的代價太大，自然界卻有許多被忽略的美好景物。在去取之間的調適，這就是她的詩之成因。

2000年，她另有一首〈詩成〉（《迷途詩冊》，頁22），前二段分列物色之變的「無從回答」、「無法辨識」，然後，有什麼在「慢慢浮現」？有什麼在「逐漸隱沒」？取捨由誰在決定？那真正的渴望是什麼？等等，喻指詩心之萌發。詩之所以成，有其緣由，有其過程，正對應著不知能完成些什麼的一生：「如熾熱的火炭投身於寒夜之湖／這絕無勝算的爭奪與對峙啊」這就是為什麼「窗外　時光正橫掃一切萬物寂滅」，而「窗內的我　為什麼還要寫詩？」

2009年，她有二首叩問與回答都更深刻的作品：〈執筆的欲望——敬致詩人池上貞子〉（《以詩為名》，頁12）、〈一首詩的進行——寄呈齊老師〉（同上，頁16）。

池上貞子以日文翻譯了席慕蓉的詩，席慕蓉用詩告訴她自己為什麼要寫詩？為什麼到現在都還沒停筆？

這執筆的欲望　從何生成？
其實不容易回答
我只知道
絕非來自眼前肉身
有沒有可能
是盤踞在內難以窺視的某一個
無邪又熱烈的靈魂
冀望　藉文字而留存

她雖然用的是問句，但應是有感卻不十分確定。我們都知道，持續性寫作是極不容易的，特別是寫詩，有人說三十歲以後如果還在寫詩，很可能就會寫一輩子，那是因為有不得不寫的理由，而且一定是內生的，所謂「盤踞在內難以窺視的某一個／無邪又熱烈的靈魂／冀望　藉文字而留存」，聽來略顯抽象，但這大約也就和意內而言外的說法相近，那存於心的意念，總要向外表現，才能留存。席慕蓉在自我交代，觸及了詩之寫作的原理。

〈一首詩的進行〉為寄呈齊邦媛老師之作，可以說是是席慕蓉的詩之創作論，相當複雜，可能得另文分析。詩人一開始說「一首詩的進行／在可測與不可測之間」，結筆處說：

是否　只因為
愛與記憶 曾經無限珍惜
才讓我們至今猶得以　得以
執筆？

這「愛與記憶」可說是這一系列叩問的總回應。

## 詩的曠野、詩的囹圄、詩的蹉跎、詩的末路

在漫長歲月的寫詩生涯中，席慕蓉總期待一個寬闊的馳騁空間，那就是〈詩的曠野〉（《以詩為名》，頁72）：

在詩的曠野裡
不求依附　不去投靠

如一匹離群的野馬獨自行走
其實　也並非一無所有

有遊蕩的雲　有玩耍的風
有潺潺而過的溪流
詩　就是來自曠野的呼喚
是生命擺脫了一切束縛之後的
自由和圓滿

真實的曠野空間廣袤，有雲遊蕩，有風嬉耍，有溪流潺潺而過，自在自如；詩的天地亦如是，然已抽象化，在其中，詩人可以不依附任何幫派勢力，不投靠任何達官顯貴，這不去不求，特有一種獨立自足的生命形態，在這樣的空間，詩人「如一匹離群的野馬獨自行走」，這野馬之獨行的闢喻，說明「詩的曠野」之可貴；進一步我們看到具象的曠野和心靈的曠野的融合，也看到二者與詩的關係重組：詩即「來自曠野的呼喚／是生命擺脫了一切束縛之後的／自由和圓滿」。

用另外一種說辭，也就是〈詩的囹圄〉（《迷途詩冊》，頁92）前段所描述的遼闊的天地，不論是巨如鷹鵰，或細如一隻小灰蝶，都可以「盡量舒展雙翼」；詩人不解的是：

這天地何其遼闊
我愛　為什麼總有人不能明白
他們苦守的王國　其實就是
我們從來也不想進入的　囹圄

這「我們」與「他們」的對立，「曠野」與「囹圄」的對比，只能說人各有志吧，所以還是回到自我的省思上，在這理我想談席慕蓉所謂詩的「蹉跎」與「末路」。

「蹉跎」本是「失足」，後引申為「失時」、「失志」。寫詩一事與「時」與「志」關係密切，蓋「志」為詩的內容，所謂「在心為志，發言為詩」（〈詩大序〉）；「詩」與「時」皆從「寺」得聲，聲韻學上有凡從某聲皆有某義的說法，我一直以為時間根本就是詩的靈魂。因之，〈詩的蹉跎〉（《邊緣光影》，頁4）即從時間寫起，說「消失了的是時間／累積起來的 也是／時間」，這等於是說「時」其實是可以失而不失；然而「志」呢？詩接著的二、三段如下：

在薄暮的岸邊　誰來喟嘆
這一艘又一艘
從來不曾解纜出發過的舟船

一如我們那些暗自熄滅了的欲望
那些從來不敢去試穿的新衣和夢想
即使夏日豐美透明　即使　在那時
海洋曾經那樣飽滿與平靜
我們的語言　曾經那樣
年輕

薄暮蒼茫中，有那麼一艘又一艘從來不曾解纜出發過的舟船。對一個寫詩的人來說，觸這個景會生出什麼樣的情？是舟船，就該下水，就該航行在萬頃碧波之中，但是它們卻「從來不曾解纜出發過」，形同廢棄，更嚴重地說，那就死亡了。詩人說「誰來喟嘆」？這是「詩的蹉跎」。進一步用了「那些」、「那些」、「那時」景況，全都是。結筆處的「我們的語言　曾經那樣／年輕」，言下之意應是說，如不再蹉跎，可以用更成熟、更厚重的詩語去面對那些「欲望」、「夢想」以及豐美透明的夏日、飽滿與平靜的海洋。

這頗有寫詩要及時、要持續、要挖深的意味，但即便如此，席慕蓉感受過不斷重複而來的悲傷與寂默，了解「生命裡能讓人／強烈懷想的快樂實在太少太」，她曾有過更深層的思索，在〈詩的末路〉（《邊緣光影》，頁32）中，她寫道：

> 我因此而逐漸膽怯
> 對每一個字句都猶疑難決
> 當要刪除的　終於
> 超過了要吐露的那一部分之時
> 我就不再寫詩

「字句都猶疑難決」並非單純的遣詞造句問題，「膽怯」是心裡問題，是生命的困境引發了寫詩的瓶頸，這很嚴重，根本已是詩人角色認同危機，「當……之時」「我就不再寫詩」是一種假設，但也是一種宣告，對於詩人來說，當然是「詩的末路」了；而那是一種什麼情況呢？「要刪除的」「超過了要吐露的」，就詩之表現來說，是詩心與詩筆的衝突，其苦痛不言可喻。

## 母語、以詩之名

席慕蓉在她的詩中談詩之處當然不只上述，連「譯詩」一事她都有詩（〈譯詩〉，（《我摺疊著我的愛》，頁42）。有興趣的讀者可以逐冊逐頁搜尋點讀，我就不再多引述了。最後想談她的一首〈母語〉。

本詩送給一位蒙古國詩人巴・拉哈巴蘇榮，大意是「你」為什麼「可以　一生都用母語來寫詩」，而我卻不能：

從母親懷中接受的
是生命最珍貴的本質
而我又是何人啊
竟然　竟然任由它
隨風而逝……

不能用母語寫詩的遺憾，我們可以理解，但在事實上，席慕蓉並非在主觀上願意「任由它／隨風而逝」。在一個翻天覆地的時代，一位出生四川、台灣成長的蒙古孩子，註定已喪失了學習母語的環境，多年以後，他以成長過程中習得的漢字，不斷地書寫蒙古草原之美及其困境，父親的蒙古已漸轉成她的了，無法使用母語寫詩的遺憾，也算有所補償了。

2008年，她寫下〈以詩之名〉：以詩之名，「搜尋記憶」、「呼求繁星」、「重履斯地」、「重塑記憶」，其「實」即「原是千萬株白樺的故居」，有「何等悠久又豐厚的腐植層」的「這林間」，以及「過去了的過去」。我們能肯定地說，那正是蒙古的土地。

「以詩之名」成了席慕蓉最新一本詩集的書名，她自己、她的詩、她的蒙古，三者已然合體了。

# 洛夫解構唐詩的突破性寫作

洛夫先生從加拿大來信說，他近來致力的「唐詩解構」寫作計畫已完成，九月間將由遠景出版社在台灣出版。由於多年前我曾寫過一篇論述長文〈試探洛夫詩中的「古典詩」〉，洛夫希望我讀一讀他這些近作，表示一點看法。我想起三十餘年前，當我還在陽明山讀碩士班時，洛夫曾和蕭蕭在滂沱大雨中拜訪我在菁山路的小屋，歲月悠忽，情景猶新；而自他十餘年前移居加拿大以後，海空遠隔，相見不易；去歲，蒙他惠贈新書《如此歲月——洛夫詩選1988-2012》（台北：九歌出版社），「唐詩解構」已有十一首收入其中，序中說他急於想談此系列詩作，可見他自己對此次的計畫性寫作非常重視。

## 一

對於寫詩一事，洛夫探求詩藝高度的自覺性很強。在超過一甲子的寫詩歲月中，他有幾度有計畫的設限寫作，皆存有高度實驗及自我突破的意圖。

早期的《石室之死亡》（台北：創世紀詩社，1965）寫他在金門戰地一年的經驗，環繞著戰爭和死亡，展開對於人之存在的諸多探索。這樣龐大的散狀的詩思結構，本該不拘形式以求其自在，但洛夫卻以十行為之，而且每首皆上五下五的兩段式結構，總共六十四首。大處著眼，小處著手，令人讚歎。

上世紀九十年代初，他用了二年時間寫了四十五首「隱題詩」，出版《隱題詩》（台北：爾雅出版社，1993）。這種從古代藏頭詩發展而來的創作，雖帶有點遊戲性，但「題」的選擇、「隱」的位置，乃至經此設限，又將如何滿足詩藝要求，特別是形式和內容的和諧統一，對詩人來說，當然是一大挑戰。

這幾年，他閱讀唐詩，細細體會其要旨及表現方式，然後再創作，完成五十首，結集成《唐詩解構》。洛夫用「解構」觀念詮釋此創作行為，在〈自序〉中有很清楚的說明。這是一個複雜的過程，首先是對於原文本的接受與理解，這對洛夫來說並不困難；其次是如何找到一個重新詮解的角度，並以之成為再創作的主題旨，其中可能會有讚歎、稱揚、問難、調侃等等主觀評價性意涵。

洛夫之所精選，都是唐代著名詩人的名篇：詩人二十五位，作品五十首，選二首以上的詩人有十一位，依序是：七首的李白，五首的王維、杜甫、李商隱，二首的孟浩然、王昌齡、韋應物、劉禹錫、白居易、張祜、杜牧，其他的都是一首，包括陳子昂、賀知章、王之渙、崔顥、王翰、張繼、崔護、常建、韓愈、張九齡、柳宗元、賈島、李賀、杜秋娘。我們發現，有八成以上出自他從小就愛讀的《唐詩三百首》，只有八首不是，它們是：王維〈鳥鳴澗〉、李白〈訪戴天山道士不遇〉、崔護《題都城南莊》、韓愈〈左遷至藍關示侄孫湘〉、白居易〈花非花〉、李賀〈馬詩〉（二十三首之四）、杜牧〈江南村〉、李商隱〈宿駱氏亭寄崔雍崔兗〉。

清代孫洙（蘅塘退士）編的《唐詩三百首》廣為流傳，所選大都語近情遙之作，因之能雅俗共賞，膾炙人口。書中將唐詩分古詩、律詩、絕句，皆再分五、七言，而五古、七古、七律、五絕、七絕另別出樂府。洛夫所選，以絕句為多，七絕十八首，五絕十二首，總共占有全部的六成；其次是律詩，七言五首，五言八首。另有古體二首，樂府四首。最特別的是，白居易〈花非花〉其實是「詞」。

## 二

洛夫說他的《唐詩解構》是一種「古詩新鑄」，這讓我想起魯迅的《故事新編》。魯迅從古代「神話、傳說及史實」取材，加以「演義」，創作現代短篇小說，等於是和古人做了一次精神的交流。詩和小說不同，從本事而來的點染和虛構比較有限（演），但再創作既無法脫離原作，又不能沒有新意新意，亦即面對古詩意旨的再思和當下新的感受（義），一定存在。以下謹試讀幾首：

首先是陳子昂〈登幽州台歌〉，原作將自我面對綿長時間廣袤空間的渺小與孤獨之感集中於「愴然而涕下」，解構新作改「台」為「樓」，讓「樓上的人」「從高樓俯首下望」、「再看遠處」，然後有了結筆之「一滴淚」。因此重點是他之所「望」、所「看」為何，然後便是所「思」所「感」了，「天長地久」正是其泣因，洛夫以「天長地久」起首的四句景象來描述，說明視野之遼闊，並寓城邦和宮殿內外相對的孤寂處境，因此，這「一滴淚」也就「天長地久」了。

第二首是賀知章〈回鄉偶書〉，原作由三組對立性情境組成：少小離家／老大回，鄉音未改／鬢毛摧，兒童相見／不相識，最後一個「客」字承載了這樣的流離人生之無奈。新作從回應兒童之問起筆，但答的方式很不「兒童」，「我」從哪裡來呢？那是「離家」後不定的居所：風裡雨裡、茅店雞鳴裡、寒窗下的燈火裡、丟了魂的天涯裡、比我還老的歲月裡、淺淺的杯盞裡……他或已意識到孩子不能解，後段乃回到「鄉」的主題上：「孩子，別說不認識我／這鄉音／就是我守護了一輩子的胎記」。

接著我想談一首送別之作——王昌齡〈芙蓉樓送辛漸〉，詩從「寒雨」寫到「冰心」，也就是從環境寫到心境，友人辛漸赴洛陽，王昌齡為他送行，以「楚山孤」自況，提到洛陽親友，則以「一片冰心在玉壺」自誓。新作有「夜雨」，但「寒」沒了；原作中只以一個「送」字點題，新作翻轉送客之殷，以「臨別時你我對坐無言／無味無覺無菸無酒之／諸多無奈」來表達此送別之無趣，相應於王昌齡的謫臣身分，以及冰心玉壺的自我表白，可能更貼近實情。接著也是自述，說他近況不佳，原作中以冰心玉壺喻己之純白無瑕不見了，變成吞吞吐吐說不出來，「就說……／說俺正在一把壺裡醞釀一場大雪」，少了「玉」，「冰心」改成「一場大雪」，壺裡大雪，根本是自嘲。

最後談杜牧〈泊秦淮〉，原作首句寫景，大意是：煙霧籠罩著冷寒的河水，月光遍照河中沙洲；二句敘事，情況是：在這樣淒迷的夜晚，詩人搭乘的船，停泊在靠進酒家的秦淮河上；三句由酒家引出商女（歌女），歌舞昇平的背後，正是悲涼晚唐，歌女所唱〈玉樹後庭花〉，原是陳後主所作，隔江聽來，彷彿帝國已日薄西山矣！新作前半是原作首二句的細部重寫，後半集中寫商女歌聲之「醉人」，並列五句「唱得」，哀一個逝去的朝代——陳朝，且以陳喻唐。

## 三

詩貴含蓄，詩人總用心於筆墨之外，所謂言外之意是也，能內外雙讀者不多，洛夫以今視昔，逡巡詩行之際，充分感應唐代詩心。以上所舉四首，分別寫登高、返鄉、送別、時局，都是普遍性題材。登高之作，唐詩中很多，洛夫所選另有王之渙〈登鸛雀樓〉、王維〈九月九日憶山東兄弟〉、杜甫〈登高〉、李商隱〈登樂遊園〉等；離／回家（鄉）之作可與流離之作相結合，像孟浩然〈宿建德江〉、杜甫〈旅夜書懷〉等；送別之作，如李白〈黃鶴樓送孟浩然之廣陵〉、〈送友人〉等，都在情義關係上著墨，因之可以和友人相互往來之作並觀，如李白〈訪戴天山道士不遇〉、杜甫〈天末懷李白〉〈客至〉、白居易〈問劉十九〉、李商隱〈宿駱氏亭寄崔雍崔兗〉〈夜雨寄北〉等；時代家國之作，從詩經起便形成傳統，杜甫〈春望〉無疑是經典。

唐詩何止這幾類，清康熙皇帝御製《全唐詩》的〈序〉說：「詩至唐而眾體悉備，亦諸法畢該，故稱詩者，必視唐人為標準，如射之就彀率、治器之就規矩焉。」選本能收入者有限，洛夫意在實驗，選其所愛，就其接受體會，盡情盡力發揮之而已。

我想，洛夫取被視為中國古典文學精華之唐詩來再創造，自有其孺慕古典文化的浪漫情懷，一位現代詩人和一群名留千古的唐代詩人的詩心交會，自是一段佳話；我認為洛夫的實驗是成功的，對於歷來懷古詠史、論詩詩等寫作類型，更是一項有意義的突破。

# 為詩之用心

## 白靈詩四首

去年六月，白靈在北京作家出版社出版一本《白靈詩選》，以詩型分成六卷：五行「小詩」、百字內或十行內「小詩」、十一至三十行以內的「短詩」、三十一行以上的「中長型詩」、「散文詩」及「組詩」等。這一次，《創世紀》詩雜誌的「白靈詩作筆談」所選四首，在這本詩選中都有。

四首中最早的是〈鐘擺〉（1991），在《白靈詩選》卷一，是五行小詩，亦收入《白靈世紀詩選》（2000）卷一「五行詩」，列於卷首；〈金門高粱〉和〈聞慰安婦自願說〉作於世紀之交，編在《白靈詩選》卷三，是短詩，收入白靈最近期詩集《愛與死的間隙》（2004）；〈飲茶小集〉七帖最晚出（2005），是組詩。白靈自己從詩選中選詩，不是好詩或代表作，不可能入選。此外，白靈自己也是詩評家，選來供「筆談」之用，不無測試評者之意。

〈鐘擺〉不是寫「鐘」，故非詠物；寫「鐘擺」，誰都知到那左右擺動的滴答之聲，乃喻指時間，牽繫著人之生死、一日之黎明與黃昏、歲月的過去與未來，而在滴答的縫隙中，「無數個現在排隊正穿越」。基本上詩有巧思，講的是時間的存在問題；我唯一的疑惑是，「無數個現在」為什麼是「排隊」穿越。

〈金門高粱〉寫的是特定地域（金門）的特產（高粱酒）。金門的過去因曾是最前線，在兩岸敵對狀態下，替台灣擋了不知凡幾的子彈；高粱酒從種植、生產、飲用，到入喉如著火的香醇濃烈，皆有機組合成與金門歷史處境相對應的詩作。因此，此詩可以說是通過金門高粱的特質及飲者之飲，拉出一條海峽兩岸的敵對史——亦即詩中所說的「半世紀的驚濤駭浪」。

〈聞慰安婦自願說〉旨在嘲諷、抗議某些日本人所提出的：慰安婦並非被強迫，而是自願的。詩並比排列四種狀況：森林著火、房子搖晃、肉體受傷、頭臚掉落，從自然、人文到身體，皆反語針對「自願說」，最後才落在「番薯」（台灣）上面。

至於〈飲茶小集〉七帖，既是組詩，則如何一種組法，對於詩人和讀者都是一種考驗。大體來說，組詩可能非常鬆散，找不到有機的聯結；卻也可能具有一種聯章結構。白靈此作，大約介乎其間：首先，各帖三到七行之間，以一字為題，「偎」、「唇」、「手」、「沉」、「脫」、「騰」、「真」，依序標碼；其次，第一首有「落日」，第七首是「黃昏」。感覺上，這飲茶的行為是在一天忙碌之後，第一首指人，應是喝茶的伴侶，低聲問「泡茶嗎？」，說明兩情相悅；第二首當是茶葉沖熱水後以唇哈之的動作，葉片對唇口所說之「泡我」，情感化的形象，與前首之柔情蜜意相通；第三首突發奇想到沒被採茶姑娘採到的一根嫩芽，「採我採我」充滿被關愛的渴望，既為茶而不被採，如何可與唇之相接；第四首寫葉片之沉下與浮上，和水的微妙關係；第五首設想死亡，靈魂對肉體說，「謝謝，你為我們的人生／泡了一壺好茶」，指的應是愛飲茶者泡上一壺好茶，或可說不虛此生；第六首以「短暫的一生」和「一盞茶的時間」相對，是自我與他者的交流；第七首拈出一個「真」字，那是繁華事散，我獨對自我，因為有茶，因之，「這一天／真是雋永」。我們很難說，內有緊密聯章，然總是在寫飲茶一事，各首旨意不同，但總環繞著閒暇，有幸福之感。

總的來說，白靈的詩都偏短，擅用譬喻，有巧思，與生活、現實、人生都有關係。這四首的確是好詩。（原題〈不是好詩不能入選〉）

## 夏宇〈甜蜜的復仇〉

夏宇，本名黃慶綺，另有筆名童大龍、李格弟。1956年生於台北市，國立藝專影劇科畢業。除了寫詩，她也寫散文、劇本和流行歌詞等；著有詩集《備忘錄》、《腹語術》、《摩擦•無以名狀》、《Salsa》、《粉紅色噪音》等。

夏宇是台灣詩壇的異數，也是一則傳奇；她幾乎不參與詩壇活動，但讀者很容易就想到她，特別是她幾本詩集的出版，都是自己構想規畫，開本大小、內頁版型、紙張及印刷方式等，都是自己決定，每一本都不同，風格奇特。現在，像《備忘錄》、《腹語術》，都是愛詩人收藏的珍品。

她的創意無限，詩路不易掌握，充滿「無理而妙」的詩趣。

〈甜蜜的復仇〉寫於1980年，收在《備忘錄》中，詩才五行，分成二段，寫你我的相對關係（應是一對男女戀人）。首段三行，「影子」如何「加點鹽／醃起來／風乾」，把不可能變成可能的現在進行式，說明一種親密關係，以及珍惜當下美好狀態的期待。「老的時後／下酒」是未來式，但預言那時已不在一起（離異，或對方辭世），由於今之美好，把「加點鹽／醃起來／風乾」的「影子」拿來「下酒」，說白一點是孤獨飲酒，追憶過去，說是「復仇」，實是「懷恩」。

我曾見此詩被印製於飾品之上，感覺很好。（《漢語新詩名篇鑑賞辭典・台灣卷》）

## 唐捐〈流行〉

唐捐，本名劉正忠，1968年出生於台灣嘉義。畢業於高雄師範大學國文系碩士班，獲台灣大學中文系博士學位，研究「創世紀」詩社三位「異端詩人」：洛夫、瘂弦、商禽。創作部分，寫詩和散文，屢獲台灣各文學大獎。著有詩集《意氣草》、《暗中》、《無血的大戮》，散文集《大規模的沉默》等。

唐捐的詩走較險怪的路子，有巧思和諧趣；但也不乏平易近人之作，〈流行〉一詩即是。這詩才八行，分二段，上四下四，前寫一般的流行：流行歌、流行病，是在「地上」的人與人之間；後寫與「地上」相對的「天空」，人類的神（阿拉、佛陀、基督）都在那裡，人們各有其信仰及其膜拜的神，本是心靈的、私祕的，其所形成的宗教活動也應是和善仁慈的，但當這些神，一同出現在天空的螢光幕，在通俗媒介宣教講經，宗教已經世俗化，也是一種流行現象。

當「家家戶戶都拿起聽筒／卻沒人能夠call in」，也就是說那是不通的；信神，重要的是真心誠意，流行是短暫的，恆久的永信，惟存於心中。默禱比call in重要，唐捐記敘了人類社會的流行現象，批判宗教的世俗化。（《漢語新詩名篇鑑賞辭典・台灣卷》）

## 〈赤腳舞者〉

這位「赤腳舞者」應該是一位因失愛而對愛絕望，甚至失常的女人，她以「城市」為舞台，舞出了她「旋轉」的人生，最後的結局是倒下而死。一切的起因是「她發現這個世界上已經沒有愛了」，這個「發現」重擊她，快速「脫鞋」喻指她失常，「旋轉」寫她淪為妓女或遊民的行為動作，倒下死亡之前有傷有血，或指和其他女性之衝突，總之是「旋轉」的結果。此詩用語淺近，意蘊深遠，有如前輩詩人瘂弦的〈棄婦〉、〈坤伶〉，為不幸女子代言，頗為感人。（創世紀五十五年詩創作獎得獎作品，作者為若斯諾・孟）

## 〈油漆未乾〉等三首

〈油漆未乾〉有一個關鍵句子：「我刷我的牆」。有「牆」，因此有「裡」有「外」，外頭很吵，原本可以不出去，但裡頭也很吵，只能守住這面牆。因為有人塗鴉，所以要刷；但有人不讓刷，拿走油漆桶，我還是要刷，沒油漆，就用我體內的鮮紅的血。外頭的吵來自閒雜人等，裡頭的吵卻來自「我的心臟」，叫它「閉嘴」，不就停止呼吸嗎？心、血管都出問題，我還是繼續刷我的牆，堅持到底。

第二首寫一「稱職的管理者」。因為是第三人稱「她」，知是女性，她為人管理「別墅」，她的主人只有休假的時候才來，別墅裡掛著他的照片，她常常望著發呆。大大小小的事，「都不怎麼困難」；難的是身心的安頓。第二段最後二句已經告訴我們：她懷孕了。看樣子是被強暴的，「印象中，她只有那一次／沒有帶著獵槍出門」，詩人沒苛責她，還說她「稱職」。

第三首寫一種「疊積木」遊戲，兩人競比，「抽出／再疊高／換人抽出／再一次疊高／直到對方崩塌」；競比到了關鍵性轉折，從「你的眼神」，我讀出且看到「你的傾斜」，用「風有點大」來作解釋，不只外在，而且已暗指心裡也有「風」了。後段跳接得厲害，從前段一塊塊積木到「一塊塊方糖」，而且喻「我」；我是「方糖」，而「你仍堅持睡前一杯／微溫的黑咖啡」，「方糖」完全無用。

詩寫你我相對關係已是「崩塌」、「傾斜」、「碎」，結尾二句有點費解，似指過去。（創世紀六十年詩獎得獎作品，作者蘇家立）

輯二

# 詩史現象

# 《八十年詩選》導言

## 十年磨一劍——《八十年詩選》導言之一

爾雅《年度詩選》從民國七十一年開始，到八十年，整整出滿十集，由一到十，圓滿成章，值得慶賀。但不幸的是，這也是最後一集，我要代表編輯群向讀者宣告它的結束，並向支持這項計劃十年的爾雅出版社發行人隱地致上最高的敬意。

做為這個編選和出版計劃的末代主編，做為一個愛詩的人，做為一個關切台灣文學發展的文學工作者，值此之際，我有很多話想說。

每一年，在台灣大約有一千位寫詩人發表了四千多首他們自己認為滿意的作品，這個數字是我在編《七十四年詩選》時詳細統計出來的，到了今年，量顯然沒有減少。這麼龐大的作品群，全是詩人用心寫出來的作品，形形色色各自展現他們的文字美姿，但大部分的作品，除了少數幾位朋友有用心去細讀，我想是沒有多少讀者的，詩人似乎只能孤芳自賞，把作品當作內在生命的外現，不必計較是否能夠和當下時空的人們共享文字意象之美。

然而詩畢竟還是寫出來，而且經由大大小小的傳媒發表出來了，做為社會的共同資產，我們似乎也有很充分的理由去重視。但是詩太多了，而且分散在各報紙副刊、文學雜誌和詩人辦的同仁詩刊上面，蒐羅匪易，所以這時候最迫切需要有人能披沙揀金，編選出具代表性的詩選來。

問題是，誰以什麼樣的標準從那些媒體進行艱苦的選編？又有誰願意支付轉載費、編輯費以及為數不小的製作成本來出版這種市場狹窄的新詩選集呢？把這樣看來不太可能的事變成可能，必然是有對詩的執著與熱情，有回饋之心和奉獻之意，當張默遇上了隱地，便已注定此事的必然性。

編輯群的組成當然也是多方考慮的，張默和向明是前輩詩人，在台灣詩壇應該算是第二代，分屬「創世紀」和「藍星」兩詩社，在該社中皆屬務實派的幹將，是實際參與編務的，詩壇的關係良好。張漢良、蕭蕭、李瑞騰、向陽都是戰後出生，兩個外文系（張、向），兩個中文系（蕭、李）；兩個以詩評見長（張、李），兩個是詩人兼評論家（蕭、向）。就所屬詩社來說，張屬「創世紀」，蕭曾加入「龍族」，後來是「詩人季刊」成員，李、向皆是中部「詩脈社」同仁，向同時是七十年代末八十年代初活躍詩壇的「陽光小集」的領導者。

這樣的組合，發展出一套運作模式，前六集由主編初選，交由編委會逐首討論定案；後面幾集雖未逐首討論，但也能充分溝通。人生沒有幾個十年，在這十年間，在年度詩選的編選上，彼此互相信任合作，縱使詩觀互異，看法有別，也能有效對話，讓每一集都能順利出版。

在過去的九年中，爾雅版《年度詩選》總計收錄了248位詩人（569人次）的詩，作品總量是6632首；詩人年齡層分布以1950年到1969年之間出生者為最多，佔了將近六成（百分之58），所屬詩社仍以「創世紀」、「笠」、「藍星」三大詩社為最多，詩人所在地大部分是台灣，其餘皆點綴性質；九年都入選的詩人是周夢蝶、余光中、洛夫、羅門、白靈；作品出處，報紙副刊以《聯副》最多，雜誌部分以《藍星詩刊》最多；頁數最多、附錄最多的是七十四年；收錄詩人最多，作品最多的是七十一年。

十年磨一劍，此劍燦爛奪目，揮灑在十年來台灣文學的天空。我們為十年來的現代新詩以選集方式留下了珍貴的資產，我們有信心接受文學史家的檢驗。

做為爾雅版《年度詩選》的末代主編，我的回顧與統計很難完整呈現這個計劃的執行情況與選集風貌，但出版品皆在，不難考察。我的責任更大的是關於本年度的這一集，我希望能為它劃下一個美麗的句點。

## 八十年的詩之主題——《八十年詩選》導言之二

要從一年中所發表的大量詩作品，來發現所謂的年度特性或風格，是一件非常困難的事。大體上，每一年的情況都是這樣，就寫作素材來說，該年所發生的國際重大事件都有一些會被寫進作品中；國內社會的重大現象，也大多會被嚴重關切。從個別詩人來說，有一些人寫得非常賣力，發表量亦大，有一些詩人消失了，有一些詩人輕描淡寫了一兩首，更有一些新人冒出頭來了。就寫法來說，也仍然是明朗淺白者有之，晦澀深奧者有之；數十年如一日堅持一種寫法的有之，四處學習、見風轉舵者亦有之。反正情況就是這樣，除了因一位同性戀詩人被同居人殺害，成了社會版新聞，引起一些討論以外，民國八十年的詩壇，一切風平浪靜。

## 臺語詩與歌詞

如果勉強要說，那麼民國八十年台灣的現代新詩最值得注意的是「臺語詩」及「歌詞」現象。關於前者，民國七十九年我在寫以現代新詩為例談「閩南方言在台灣文學作品中的運用」時，[1]舉出的詩人只林宗源、宋澤萊、黃勁連、向陽、林央敏等數人而已，但到了本年，參與者大增，在《自立報系・副刊》、《民眾日報》「鄉土文化」版以及《台灣文藝》、《笠》等刊物上發表大量的臺語詩，蔚然成為大觀，甚至看蕃薯詩社發行《蕃薯詩刊》，使用的文字全部是臺語、客語，本年詩選自然不能視而未見，謹選出黃勁連〈抱著咱的夢〉、林沉默〈紅田嬰〉、許思〈食水拜溪〉、林宗源〈鹹酸甜的世界〉，讓讀者看看這種讓人不得不正視的詩類，究竟是怎麼樣的一種風貌。

歌詞部分主要是《中國時報・人間副刊》策劃一次專輯，然後成為專欄，有不少詩人參與寫作，像許悔之、林邊、陳黎等，也有一些歌者作詞者參加，像林強、黃舒駿等，這裡選了一首膾炙人口的〈向前走〉（林強），以見一斑。其他地方像小說家黃秋芳有一組臺語歌詩[2]，值得注意。

眾所皆知，詩與樂之間的分合問題，一直就是文學史上的重大課題，詩的音樂性也是詩學上恆常被討論的重點，音樂，由於訴諸於比較直接的聽覺，其在人間社會的流動和文字比較，自有它的優勢。在我們這樣的時代，視聽媒介發達，而且非常普遍，詩除保持它原有的文字意象之美以外，如何強化聲音效果，甚至於把詩

[1] 載於《台灣文學觀察雜誌》第一期，79年6月。

[2] 發表於本年4月2日《自立晚報・副刊》。

譜曲，或詩人去作詞，都是非常重要的事，這是一個有待開發的範疇。

「臺語詩」和「歌詞」發表時都特別標明了，所以很清楚就可以發現，基本上它們是形式問題，最主要是語言。以下我想針對本集所選作品，從題材選擇到主題表現方面提出一些觀察，希望能有助於讀者的了解。

## 國際視野

由於交通與資訊傳播的快速、方便，地球村落形成，我們再也無法閉關自守，無論如何都要把台灣納入世界格局中去思考。詩人的關懷層面也必然在這個情況之下隨之而擴大，以前我們也常讀到這類的作品，當國際間發生了重大事件，我們的詩人很快就會以他們所熟悉的書寫方式表達他們的看法，充分顯示他們的國際視野。

在1991年，最重大的國際事件莫過於前半年的波斯灣戰爭與後半年的蘇聯政情突變，關於前者，作品不少，本集選沈志方的〈李白 VS. 波斯灣〉、李魁賢的〈沙漠〉，沈詩的內在結構非常複雜，首先是詩人「我」面對李白文集和電視媒介的問題，其次是安史之亂與波斯灣戰爭的對映，李白之「白」和石油之「黑」、戰爭之「紅」（血色），然後是妻下廚起鍋、爆米花，兒子的卡通——聖戰士、無敵鐵金剛、霹靂貓等，詩人以對比和疊影手法呈現出他的根本關懷——「病」，包括我、時代、社會以及所有人類的「病」。至於李魁賢的「沙漠」，以抒情筆觸表達戰爭的悲劇、沙漠戰場的悲哀情境，連天空都流血、流淚的慘狀，令人悸動。

蘇聯政情的變化頗具戲劇性，從戈巴契夫開放改革的持續發展，得諾貝爾和平獎，到本年八月的三日政變以及其後蘇聯政體的瓦解、新國協的產生等等，有如電視連續劇般的驚險懸疑，向明親赴莫斯科，有詩；余光中寫了《戈巴契夫》[3]；辛鬱寫了《1991年8月某日莫斯科》。這裡選了後者，辛詩透過一個七十八歲已經退休的歷史教員的眼睛、看了這一幕政變劇的演出，他的基本訴求是人民福祉、人民力量，傳達了蘇聯人民「重見天日」的渴望。

除此之外，許悔之為緬甸和平反抗者翁山蘇姬所寫的〈肉身〉，觸及緬甸的處境、翁山蘇姬的和平反抗、宗教信仰和行動力量等，悲憫情懷布滿字裡行間。

## 大陸情懷

從1978-79年開始，臺海兩岸的關係因中共宣告新的對臺政策（和平統一）而有了一個新的轉變，加上其經改與開放政策的積極施行，在政府還沒有開放探親以前，各種接觸交流其實早就不斷在進行。一等到開放大陸探親，詩人作家學者重返神州，足跡所到，筆尖所及，故國山河便自然舖展開來，過去長期的歷史災難也成為篇章哀痛的根源。從此「探親文學」蔚然成風，文化尋根也漸在開展，大陸的情況隨時被台灣人民注意。

在本年所選的作品中，洛夫的〈出三峽記〉、向明的〈登天安門〉、席慕蓉的〈雙城記〉屬於這一類作品，洛夫出川，從瞿塘峽、巫峽到西陵峽，詩路亦是如此發展，寫法上是景觀與歷史雙寫，同時加上當下情節動作，內容極為豐富，最後歸結到自我定位：「我能通過上升的鳥道／找到屬於自己的星座？」「我盡量把思想縮小／惟恐兩岸之間容不下一把瘦骨」，洛夫的反思，包

---

[3] 向明詩題為「去過的莫斯科」，發表於3月17日《中國時報・人間副刊》，余光中詩發表於9月26日《聯合報・副刊》。

含太多對於現實的無奈，卻也充滿期待。向明〈登天安門〉，面對「血垢色裝點的廢墟」，感傷、恐懼與憤怒的情緒混雜在一起，筆尖如劍，直指權威的幻滅與歷史的空茫。而席慕蓉的〈雙城記〉則出現城市情感的矛盾，甚至隱約呈顯認同的問題。這個城市是「北京」，是「先母舊居」，但它同時是中國歷史故都，是中共「國都」，席慕蓉身在城中卻無法追尋過去，和母體生命更難以連接，甚至於「怎麼努力卻都不能清楚辨識」，其最終的體認是：「我於這城終是外人／無論是那一條街巷我都無法通行」，席慕蓉究竟是站在蒙古族的立場相對於漢族？站在塞外的原鄉相對於關內的北京？抑或是站在當代台灣的立場相對於「中共」的北京？實在值得我們深入思索。

好山好水任我遊，開放大陸探親以後，台灣詩人足跡遍及大江南北，名山秀水、歷史古蹟等紛紛進入詩中，有記遊之詩，也有詠史懷古之作，總之會是歷史與現實交會、地理與人文結合，這一類作品的出現有其時代特性，應該研究，譬如單一個武昌黃鶴樓，本年內就有數首（張默、大荒等）[4]，可以比較個別詩人的不同感受，也可以同歷史上眾多的黃鶴樓詩相對照一下，看看當代台灣詩人以現代自由體白話詩究竟怎麼寫，以及呈現了什麼樣的黃鶴樓之風貌與精神。

在這一方面，香港詩人的行動與感受更早，從大陸開放以降，內地旅遊之作就大量出現，代表「八十年代香港新詩在題材和主題上比較明顯的一種變化」[5]，但隨著九七問題搬上臺面，中（共）

---

[4] 張默詩題為「不如歸去，黃鶴樓」（《中華副刊》，6月27日），大荒詩題為「登黃鶴樓」（《台灣新聞報・副刊》，7月11日）。

[5] 見拙文〈八十年代香港新詩界〉，香港文學研討會論文，1988年12月。文載《亞洲華文作家雜誌》二十七期，79年12月。

英不斷談判，最後是「基本法草案」的訂立，然後就是讓香港人宛如睡夢中突然驚醒的見到1989年天安門事件，香港詩人面對祖國的山水早已了無浪漫之意，梁秉鈞一組〈中國光影〉[6]組詩，利如匕首擊中問題的核心；本年夏天華東大水災，陳德錦的〈一棵樹在水中呼救〉表現了人溺己溺的情懷，「像太多的悲哀，流過你的家門，／緩緩地流過，僵硬的土地；」……

相較而言，一位新疆詩人安鴻毅在南京的燕磯山寫「長江」，著墨在整個歷史長河中人與魚的相互幻化所呈現的生活與生存現象。安君另有〈活著的時候〉、〈苦難〉等詩同時發表，看他提出「保護」與「互相拯救」的原則，就可確知他的重點還在生活與生存上面。

## 詩與現實

詩人存活於他的社會，在解嚴以後，無所禁忌，他們可以盡情地歌唱。對於過去威權時代所造成的禍害，對於社會的不公不義等諸多病態現象，對於低階層民眾的處境等等社會現實，詩人當然要表示關切，方式或隱或顯，語言有的刻薄銳利，有的則宛轉曲折，各自展現不同的詩之風貌。

這方面的作品很多，譬如當安非他命的禍害蔓延開來，大荒懷念起林則徐，寫下〈掃毒〉；當南台灣嚴重乾旱，彭選賢寫下〈苦旱〉；莫那能藉著〈落葉〉表達了原住民處境之艱困；許思〈食水拜溪〉談的是河流汙染問題；路寒袖的〈午後潛逃〉直指白色恐怖；李敏勇〈季節的觸感〉呼籲大家「伸出手臂／歡迎飛翔的旅人吧」，顯然是針對過去所謂的黑名單而言。

---

[6] 發表於7月9日《中國時報・人間副刊》，計七首。

在這裡我特別要舉出吳夏暉〈中文系統〉和夐虹〈不向昨日算帳〉二詩來談當前台灣社會的內在矛盾。吳詩主要是以中文電腦系統為隱喻：同樣是「中文方塊」，卻「擊出無法相容的系統」。這當然是指台灣社會目前的兩極化現象，詩人把它歸因於「戒嚴」，同時且對台灣「移植」、「剪貼」大陸的山河表示不滿。而夐虹的詩很清楚的表示「不向昨日算帳」的呼籲，向前看、飛向光明才是正面的做法和理想。個人可以有各自的想法，多元化社會原就會有各種不同的聲音。不過，我們總有一些共同的信念與理想，譬如說我們這個社會應是自由、和平的，過去歷史的萬縷千絲，在今日如何運用智慧使之化解並澄明，這一代人是否能向歷史有一個令自己及後代子孫滿意的作為，全都繫於社會集體智慧的能量是否足以對應時代之困局。

夐虹將「城市」區分成正面和反面，正足以說明都市的困境確實存在。都市，做為大多數人存活的空間，有人〈向前走〉（林強）去面對它，把希望和理想寄託在將去的〈臺北〉，卻也有人決心〈遠離臺北〉（吳明興），而回歸田園。田園早就失落了，陳義芝的〈溪底村〉、林沉默的〈紅田嬰〉、徐望雲〈關於世紀末一座草原的存在〉都有失落的悵然；而城市早已生病，陳克華的〈公寓神話〉、羅門的〈世紀末病在都市裡〉都明顯指出都市的異化現象，我們可以具體感受到都市已不適人居。如果田園已經失落，都市又是這般的病態，那麼我們將立足在什麼樣的地方呢？

## 人、物、我之間

「詩人感物，聯類不窮」（文心雕龍・物色），面對客觀的物之存在，物形物狀、物聲物色之外，聯想到什麼？寄寓了什麼樣的情思？或引發了什麼樣的感悟？凡此皆是探尋詩之寫作的重點，任何時代、任何地方，這原則是不會改變的。在本集中我們可以看到：「小鳥」（王昶雄）、「雀」（周夢蝶、楊牧）、「紅田嬰」（林沉默）、「蛾」（白家華）、「犬」（陳黎）、「獅子」（岩上）等是動物；「花」（趙衛民）、「樹」（孫維民）、「芒草」（尹玲、趙天儀）、「葫蘆、仙人掌」（蘇紹連）、「落葉」（蓉子、莫那能）、「燈仔花」（巫永福）、「木棉」（游喚）等是植物；「季節」（李敏勇）、「雪」（張香華）、「冬」（梅新）、「夏」（彭選賢、陳德錦）等是自然物色；「水龍頭」（倪國榮）、「空罐頭」（吳錫和）、「銅」（尹明之）、「鹹酸甜」（林宗源）、「電腦」（吳夏暉）等是生活中常見之物。詩人面對這些物，觀其形而思其存在之意義，總會聯接上人生的諸多事情以及道理，我們看他們如何「觀」？如何「思」？總都在印證一己之體驗，感受詩人之感受，詩之功能其實就存乎其中了。

感於物而動之外，「人」是最容易引起詩興的對象了，一個歷史人物，如林則徐（大荒），因某種機緣而在詩中再生；一個現實社會中的人，如縴夫（舒暢）、鹽婦（羅葉），被詩人關懷並探索其生命；而至親的母親（席慕蓉、張默），恆在詩人的筆下被歌誦；至愛的另一半，三生有幸結髮為夫妻，恩愛不移，情如金石，余光中的〈三生石〉是一首感人的情歌；然而人際關係並不令人滿意，半嗔半笑生的〈盾——婆媳之間〉的矛盾，只不過是一例罷了。

這一類的作品都非常生活性，詩從生活中來，這是天經地義的，所以詩人必須很努力地去體驗生活，才能挖深織廣生活的素材，就像沈花末在輕快的筆調中勾勒她自己現階段的生活形態，

〈我的完全靜寂的生活〉細膩而深入，靜寂而美好，如果不是深入生活現場，如何能完成這樣的詩篇。

## 尋找歌唱的機會

詩已成小眾文類，在資訊氾濫的情況下，它已寂寞地退居到文學園地的小角落，形勢如此，誰也無可奈何，但詩人並未因此而放低他歌唱的聲音，他們仍精神昂揚地尋找歌唱的機會，小自我的生命仍然想去結合時代大我的生命，值得尊敬。

民國八十年的詩之主題大約如此，可以說是繁富多姿吧！詩人的努力不應被漠視，這一年如此，今後也應該這樣，期待另有一組人來檢驗詩人的成果，每一年都還能出版一本年度詩選。

# 六十年代台灣現代詩評略述

## 一、六十年代現代詩評景觀

六十年代的台灣現代新詩究竟是一個什麼樣的景觀，根據張默的紀錄，在此十年間總計出版二百二十四本個人詩集，數人合集和選集有十一本，詩評論集十七本，詩刊四十種。[1]這樣的量到底算是多還是少，實在很難論斷，但詩壇很熱鬧則是可以確定。由於詩集的出版並不是很容易，大部分都是自費編印，然後「靠行」[2]，印量有限，大都只是流傳在詩友之間，所以要獲得廣大讀者的青睞，並不太可能，倒是詩友很容易就會有所反映，通常是讀後感一類的短文，從詩學出發，擘肌分理之作較少，如有負面的評價，雙方你來我往是免不了，最後當然不了了之。不過詩人的表現，看在他人眼裡，不滿的可多了，他們的聲音若由傳媒發出來，嚴重的則會引爆成論戰。

這裡所謂「詩學」是指「詩」做為一個研究對象而形成一門學問。就研究性質來說，它可再分成三個領域：詩理論、詩批評與詩

[1] 這裡是根據張默編《台灣現代詩編目》（台北，爾雅，民81年5月）所作的統計。

[2] 台灣詩人自費出版詩集的所謂「靠行」，是指掛名詩社或出版社而言，從文藝社會學的角度來看，是一個頗值得關切的現象，可以量化，並進行詩壇關係之探討。

歷史。對文學研究已有理解的人都知道，它們彼此之間的關係非常密切，互相協助、影響。

六十年代的台灣詩學，在詩理論的建立這個部分，許多都還停留在觀念的澄清上面，「新詩」或「現代詩」的解說性文章四處可見，討論的內容不外乎是新詩怎麼來的？它和古典詩有什麼樣的不同？具有什麼樣的特質等等？充分顯示五四以降的這個「新詩」，還必須自我肯定，甚至於極力地去推銷，爭取認同。不過我們也發現有詩人企圖建構理論，譬如洛夫對於詩本質的深度探索，白萩對於詩的繪畫性廣度思考等，值得我們重視。[3]

在詩史的研究與撰述方面，量不多，主要是詩人的「回顧」，一方面是有一些人從五四時期新詩之萌生，敘源述流，如周伯乃〈中國新詩的源流〉，尉夫驄〈論中國新詩的發展〉等；另一方面，重點擺在台灣新詩的敘述的也有，如吳瀛濤〈台灣新詩的回顧〉、林亨泰〈台灣詩壇十年史——自民國45年至民國55年〉等[4]。這些帶有「詩史」雛形的歷史敘述，當然有助於新詩發展的概括了解，不過，從大中國角度和以台灣為視點，則隱約表示詩史解釋原本就存在著史觀之不同了。

比較起來，六十年代有關詩的實際批評還算豐盛，這些批評文字中，讀後感式的文章不少，詩友間善意的對話較多。不過，也有做得不錯的，譬如藍星的張健、創世紀的張默、洛夫、辛鬱，笠詩社的趙天儀（柳文哲）、葉笛等，可以說是詩評主力，其他的像周

---

3 洛夫〈論現代詩的本質〉，見所著《詩人之鏡》（高雄，大業，民58年5月）；白萩〈由詩的繪畫性談起〉，見所著《現代詩散論》（台北，三民，民61年5月）。

4 周伯乃文見《中央月刊》一卷七～九期，民58年5-7月；尉天驄文見《幼獅文藝》三十卷六期，民58年6月；林亨泰文見《笠》詩刊二十二～二十三期，民56年12月、57年2月；吳瀛濤文見《笠》詩刊三十三期，民58年10月。都發表在六十年代較後期。

伯乃、彭邦楨等亦值得觀察。此外，笠詩社自創刊號（53年6月）推出的「笠下影」、「作品合評」，雖非長篇大論，但直言好壞，彰顯詩意，自有其現代新詩批評史上的地位。

學院門牆內的學者，除同時也是詩人的張健和趙天儀，顏元叔在著有《文學的玄思》、《文學批評散論》之後，也已論及新詩了，開篇之作即是分析梅新的〈風景〉[5]。此外，就少看到學者討論現代新詩了。至於在新的詩評人力方面，一般來說，新一代文學人力的出現，常會對於原有的文學傳統形成挑戰，激盪出新的文學風貌。1970年之前光復以後出生的所謂戰後一代剛剛成長，在1969年3月，一個以「後浪」為名的詩社在台中成立，從此以後的四、五年間，崛起的年輕詩人群，包括「龍族」、「大地」、「主流」、「暴風雨」等詩社成員，以戰鬥之姿，昂首闊步在詩的原野，這裡面也出現一些新詩評論的健將，像蕭蕭、陳芳明、李弦、黃進蓮（勁連）等都是此中好手，不過，在六十年末，除了蕭蕭、陳芳明，其餘都還來不及出手。倒是笠詩社的新一代像鄭炯明、傅敏（李敏勇）、陳明台，則已經初試啼音了。[6]

[5] 顏元叔〈梅新的「風景」〉，發表在《幼獅文藝》三十一卷五期，民58年11月。收入顏著《文學的經驗》（台北，志文，民61年7月）。

[6] 蕭蕭從1970年起成為台灣最重要的詩評家之一，前一年（1969）他已寫有〈析論林鋒雄的「淨土」〉、〈略論現代詩的小說企圖〉發表於羊令野編的《詩隊伍》以及政大的一份學生刊物上，並見蕭著《鏡中鏡》（台北，幼獅，民66年4月）；陳芳明有〈林煥彰「斑鳩與陷阱」及其他〉發表於《青溪》月刊三卷六期，民58年12月。陳芳明後來為林煥彰詩集《歷程》（台北，林白，民61年9月）寫跋，題為〈寫在煥彰詩集「歷程」的後面〉，把前文之寫作的背景、緣由說得很清楚。至於傅敏、鄭炯明、陳明台三人同時出現在《笠》詩刊三十二期「白萩作品研究」專輯中（58年8月），而在此之前，陳明台於第十期（54年12月）有隨筆短文〈經驗和觀察〉，第十七期（56年2月）該刊已為鄭炯明開「作品研究」的座談會，發表他的詩經驗談〈孤獨與刺激〉，二十期以後（56年8月）笠的新一代出現頻繁，在30期（58年4月）中陳明台為笠寫史，寫了〈笠詩誌五年記〉，編了〈笠詩誌五年大事記〉、〈笠詩誌一至二十八期總目錄〉。這個發展值得觀察。

## 二、六十年代的新詩論戰

六十年代初的一場論戰從五十年代末延續而來，那是由專欄作家言曦（邱楠，1916-1979）所引發的，1959年11月20到22日，他連續在《中央日報》發表了四篇〈新詩閒話〉：〈歌與誦〉、〈隔與露〉、〈奇與正〉、（辨去從〉。當年的《中央日報·副刊》是文學大媒體，言曦說是講「閒話」，其實是打到骨子裡去，他在古代文論中引經據典，無非要當代新詩能回歸到傳統裡去，要詩人不要盡寫一些讀者讀不懂的作品，不只批判虛無晦澀的當下詩風，也從新詩史上進行反省，甚至於從根源上檢討法國象徵派等西方詩潮，最後他說：

> 詩必須是可以讀得懂的，而不是醉漢的夢囈；
>
> 必須是在造句的習慣上可以通得過的，而不是鉛字的任意的排置。
>
> 必須是具有韻律的可以擊節欣賞的詩句，而不是拮屈敖牙的散文的分列。[7]

這種「必須是」、「而不是」的論說語調，和五四時期胡適〈文學改良芻議〉、陳獨秀〈文學革命論〉，四十年代初張道藩〈我們所需要的文藝政策〉相類似；充滿規範性、指導性，結果當然是砲聲隆隆了。

---

[7] 言曦〈辨去從－新詩閒話之四〉。

言曦指責五十年代台灣的新詩作者師承大陸象徵派詩人的遺風，其根源法國象徵主義的詩，其「最大的一種危險是本無可以捕捉的詩境，而不得不再以艱澀的造句來掩蓋其空虛，淺入而深出」[8]；對於台灣當代的詩壇，言曦說：「寫象徵派詩的人，自有他們的才華，只是磨練與表現方式的問題。捕捉『超實感的朦朧的美』亦大非易事，工力不逮者，不流於怪誕不倫，即專騖隱喻，徒費猜詳，猜不出，亦未見即有詩意」。[9]

針對言曦對現代詩的指控，回應最快的是余光中，在當年十二月出版的《文學雜誌》上發表一篇題為〈文化沙漠中多刺的仙人掌〉長文，副題是：「對於言曦先生『新詩閒話』的商榷」。這是一篇很有分量的詩之辯護，以「保守」、「歪曲」反控言曦的批判，他一方面極力說明「今日的新詩運動是廣闊的現代文藝運動的一環，並非言曦先生所說的象徵派遺波」，針對詩與歌、誦的問題，以及隔與不隔，可解與不可解，大眾與小眾等諸多創作和閱讀方面的現象提出論辯文章，這裡面有一點很重要，余光中特別強調藝術的創造性，歸結到最後，他說：「新詩之取代舊詩，而今日之新詩又將取代五四的白話詩，是必然的歷史性發展。」

1960年元月，第二十七期的《文星》雜誌以「詩的問題研究專號」的方式，一口氣發表了多篇有關的論辯文章，論者包括覃子豪、余光中、黃用、夏菁四位藍星詩人，以及盛成、張隆延、黃純仁、陳紹鵬等人。以前四人來說，覃子豪以實例來論證新詩的創造性；余光中則申論「新詩是反傳統的，但不準備，而事實上也未與傳統脫節」；夏菁以實例比較五四與現代的新詩，結論是「新詩已

[8] 言曦〈隔與露－新詩閒話之二〉。
[9] 同註7。

有相當的進步」；至於黃用，行文之間顯見怒氣，但他侃侃而談，確實把新詩的所謂「難懂」講得很清楚，「所謂難懂，並非不可懂」，他特別提出現代新詩不為普通讀者所了解，不能見容於保守的人士與社會，主要的原因是「新舊觀點的不同」，不合常人的閱讀習慣而已。

結果呢？元月8日到11日言曦又在中央日報連續發表了四篇〈新詩餘談〉：〈談與辯〉、〈悟與誤〉、〈進與退〉、〈愛與恨〉，毫無疑問是針對《文學雜誌》與《文星》的文章而來。他仍然引經據典談其「造境」、「琢句」、「協律」，一方面補充前論，一方面針對對手的論點加以批駁，他認為「今天的一些詩人嚮往醉漢的夢囈，嬰兒的呼喊」[10]，反對「詩人把讀不懂的責任完全歸咎於讀者的智力」[11]。言曦不愧是專欄名家，文筆辛辣，論點很清楚，也並非毫無根據，甚至於我們也可感覺出他那愛深責切的心情。

和言曦的言論相互呼應的有孺洪發表於《中華日報．副刊》的〈「閒話」的閒話〉，意見雖是「折衷的」，但對新詩人卻以為「對我們頗多誤解」[12]，因此也一併成為藍星詩人在下一回論辯中的對象。

接著的是連續三期的《文星》（二十八、二十九、三十期）似有窮追猛打之意，余光中寫了〈摸象與畫虎〉、〈摸象與捫蝨〉，黃用寫了〈從摸象說起〉，夏菁則另闢戰場，把一篇〈詩的想像力——兼釋言曦、陳紹鵬、吳怡諸先生列舉的新詩〉發表在《自由青

---

[10] 言曦〈悟與誤－新詩餘談之二〉

[11] 言曦〈愛與恨－新詩餘談之四〉

[12] 余光中〈摸象與畫虎〉。

年》四月號上，這一群為現代詩辯護的主力頗具戰鬥性，亦深懂論辯之術，一個「摸象」的譬喻，就把批評新詩的人形容盡了。而且我們發現，歐風美雨對他們確有影響，吸收轉化之際當然尚未達到自然化境，是屬於時代的「先鋒派」。

在這裡面，我們看到有一種人力圖「折衷」，譬如張隆延就曾提出「不薄今人愛古人」的意見[13]。另有一個屬名「陳慧」者寫了〈有關新詩的一些意見〉和〈現代．現代派及其他〉[14]，陳先生當然是一位行家，余光中說「陳先生是作者多年的朋友，也是一位新詩人。」[15]可見此人亦文壇中人。在第一篇文章中，他把雙方觸及的問題歸納成三點：一、詩的古今問題；二、五四時期與新詩的成就問題；三、有關詩的理論與現實諸問題。對於前二者，他四兩撥千斤，都認為沒什麼好辯的，因為本來就應該「不薄今人愛古人」，本來就有所進步。所以陳文把重點擺在第三點上面，分別從傳統／現代的基本觀念，可歌／不可歌的價值認定問題以及詩是否大眾化問題詳加討論。大體而言，他走的是中庸之道，冷靜地引述分析，今天讀來亦不失為一篇持平之論。至於第二篇，他首先申論「現代人理當寫現代詩；但現代詩未必就非現代派不可；任何人都不妨有其可走的路」，其次討論詩寫作之「壓縮與並列」，以及作品完成以後的「難懂與費解」。此人深通邏輯，有破有立，其所論述皆先正後反，頗具說服力，前述所謂「理當」、「未必」、「不妨」，具見其包容力，至於談到「壓縮與並列」，他說「是由內而爍於外的，是由博古通今的學識與乎悲壯磅礴的胸懷而來的」，

---

[13] 《文星》雜誌二十七期。
[14] 分別見《文星》雜誌二十九、三十期。
[15] 余光中〈摸象與捫蝨〉。

「其最大特色，在乎潛在的精神，涵蘊的氣勢，而不在乎字面的壓縮與並列，技巧性的配置」。至於「難懂與費解」的問題，他說：「詩如難懂，並不足以詬病，費解才值得討論與自省」，他懷疑詩人任自己的作品形成費解，是「表達能力有點力不從心」。由於是論辯文章，也難免在你來我往之間諷刺挖苦，但確實值得詩人深思。

針對言曦的批判而高聲為詩辯護者，除以余光中為中心的藍星詩人，尚有創世紀，在本年二月出版的詩刊（十四期）中製作了一個「詩論專輯」，毫無問題是針對言曦的詩評而來的，主要的文章是邵析文（白萩）〈從新詩閒話到新詩餘談〉、張默〈現代詩藝術的潛在面〉。張默一方面批評言曦言論，一方面闡明詩做為「現代藝術之一環」的特徵，「是對於傳統主義的叛離」，對於它之所以不易為一般人所接受的原因分析甚詳；同時，對於時下有才華的詩人極力稱揚。至於白萩的萬字長文，兵分兩路，一攻「閒話」，一打「餘談」。我覺得白萩比較重要的論點是他指出現代新詩的「自由精神」，同時反省到新詩屢遭抨擊的原因是「批評與理論工作做得不夠，以致造成作者與讀者間的脫節」，去除掉行文間的情緒話或責罵語，白萩真正談了一些現代新詩的存在問題。

這一場論爭持續到四月第三十期《文星》雜誌，接著言曦又寫了〈詩與陣營〉（4月10、11日）兩篇，除稱揚論戰中的同道（陳慧等），對於對手（余光中等）仍然窮追猛打，充滿火藥味。不過這時候整個爭論其實已到了沒什麼好說的地步了，所以當夏菁另闢戰場，就沒有什麼反應了。一位署名「李思凡」的人在一直都沒有介入論爭的《聯合副刊》發表了一篇〈新詩論辯「旁聽」記〉，把來龍去脈以及雙方你來我往的過程做了報導，可以說為這場從五十年代末延續下來的論爭畫下句點。

總的來看，新詩在進展過程中所發生的大部分問題，諸如新詩與傳統的關係如何？新詩是否進步？新詩如何向西方接枝？新詩為什麼會艱深與難懂？全都在論戰過程中呈現出來，批評與辯護都有其必要，結果當然沒有輸贏問題，今天回頭去看，可以肯定的是，這是1949年以後台灣的詩在現代化過程中必然出現的現象。

這種詩的過往經驗的檢討是屬於整體性的，討論的問題牽涉詩壇以及詩的整體走向，是六十年代的第一場論爭，至於可以稱為第二場論爭的是洛夫對余光中〈天狼星〉長詩的批評所引起的，事情是這樣的：

1961年2月余光中花了半個月，「每天很興奮」[16]地完成十首，總計六百二十六行的〈天狼星〉，發表在這一年五月出版的《現代文學》上。洛夫隨即在下一期發表批評長文〈天狼星論〉（七月），此文問世以後，「詩壇大譁」[17]、「引起很大的爭論」[18]，余光中的反駁文章在本年十二月出版的《藍星》詩頁三十七期發表，題目是〈再見・虛無〉。

這是一場非常具有意義的筆戰，首先，余光中的〈天狼星〉，「是到那時為止台灣最長的一篇現代詩」[19]；其次，「雙方的詩觀，多多少少代表了六十年代初期新詩發展的兩條路線」[20]；更重要的是多年以後（1976年）余光中修改〈天狼星〉，「幾乎都接受了洛夫的批評」[21]，在他個人的反省中，有所堅持，亦有所接受。

---

[16] 陳芳明〈回望「天狼星」〉，載《書評書目》四十九、五十期，民66年5、6月。

[17] 張默〈從繁富到清明——六十年代的新詩〉，載《文訊月刊》十三期，民73年8月。

[18] 黃維樑編《火浴的鳳凰－余光中作品評論集》（台北，純文學，民68年5月）收洛夫〈「天狼星」論〉的編者說明。頁6。

[19] 余光中《天狼星》（台北，洪範，民65年8月）詩集後記〈天狼仍嘷光年外〉，頁152。

[20] 同註16。

[21] 同上。

論者以為這是一場「君子之爭」[22]，是詩壇一段佳話。

基本上，洛夫認為〈天狼星〉「是中國現代詩歷年來創作中一座巨型的文學建築，是詩人們歷年來對現代藝術實驗與修正的過程中一項大膽的假設，也是目前中國新詩諸多問題，諸多困惑的一次大暴露」，「是作者一系列藝術思想的大綜合，他一貫詩創作的優缺點的總展覽」，「是一首企圖以現代技巧表現傳統精神的詩」。因此洛夫在深入探索現代藝術特質的同時指出余光中具有「追求博大的傾向以及驚人的創造力」，可惜「由於表現上的變化性和耐力的缺乏」，而未能有更高度的成就。而為了要能更了解〈天狼星〉，洛夫特別檢視了作者的一貫藝術思想背景及對現代藝術精神之認識與把握，然後再逐次剖析〈天狼星〉的構成，也就是討論其表現語言及潛在的意象及意涵。洛夫剖情析釆，顯示出他巨大的批評格局，以及精細的分解能力，有肯定，也有否定，褒貶之間也等於檢視了在台灣發展出來的現代詩。

余光中的反駁文章當然也是氣象雄渾，他一方面自我詮釋、辯解，譬如洛夫批評他有些地方「過於可解」，以致造成「可感」因素的貧弱，而余光中則說：「明朗可悟的意象正是分享的媒介。」另一方面也毫不客氣的批評洛夫「崇拜現代文藝而唾棄傳統」；說洛夫是一個「主義至上者」；甚至於直攻洛夫〈石室之死亡〉的表現，「有不少段落實在難以感受」；建議洛夫不要再在法國流浪，「還是回到中國來吧」。

這是現代新詩在台灣發展過程中最精彩的對話之一，在1961年「台灣現代詩反傳統的《高潮》」[23]之際，余光中有意走回「傳

---

[22] 同註17。

[23] 同註19。

統」，所以他為現代主義者立傳，不斷以傳統意象為喻，多年以後，他承認洛夫的這篇批評，「對我是一個拯救」，也就是「促使我毅然決然回頭走」[24]，至於洛夫，在幾年之後，還不到1970年，洛夫已經從容自如談論起傳統來了。[25]

六十年代初期的這兩場論爭都觸及到詩的可解與不可解問題，余光中〈再見・虛無〉更提出「明朗可悟」的重要。關於這個涉及創作表現與閱讀欣賞的重大課題，自古到今，不斷被討論，比較屬於一種見仁見智的問題，但又是大部分詩之論爭的重點所在。

1962年王在軍、文曉村等人組成葡萄園詩社，刊行《葡萄園》詩刊，大力主張詩要讓讀者讀得懂，堅持詩應走「明朗化」、「大眾化」的道路，葡萄園諸君子以「發刊詞」、以「社論」不斷地向「晦澀」喊話[26]，聲音不大，其影響層面如何，實在不容易檢驗。但這無疑是一個走向，在七十年代前期的反現代主義浪潮中成了一個時代議題，備受爭論[27]，隨著關切現實與回歸傳統的呼聲日漸強烈，[28]，它回到風格學的領域，而不再是論戰的題目。

## 三、詩評家們與他們的詩評

1969年3月，高雄的大業書店出版了由洛夫、張默、瘂弦主編的《中國現代詩論選》，共收集詩論及詩評十八家三十四篇，另附

---

[24] 同註16。

[25] 我在〈試探洛夫詩中的「古典詩」〉一文中曾詳細追蹤洛夫走回中國古典的過程，文見拙著《文學的出路》，台北，九歌，民83年9月。

[26] 詳文曉村《葡萄園詩選》一書的序〈我們的道路〉，以及《葡萄園三十周年詩選》序〈放眼九十年代談兩岸詩人的道路〉，並見後書，台北，文史哲，民81年9月。

[27] 這個浪潮的背景原因非常複雜，詳趙知悌編《文學休走－現代文學的考察》（台北，遠行，民65年7月）。

[28] 這是七十年代前期反現代主義運動和後期的鄉土文學論戰的主題。

三篇對話及訪談。編者在導言中把編選的目的、編法以及各家論評的狀況做了一些導讀性的分析，基本上，這篇雖未屬名而實際由洛夫執筆的導言，除了討論詩及詩評論的產生，主要部分極具概括性地論述了十餘年間台灣現代詩發展過程中的詩之評論，洛夫其後將它題為〈中國現代詩的理論〉收入評論集《詩人之鏡》中，或評或論易名「理論」，多少有點偏離了原來命意。

這十八家大部分都是詩人，非詩人只有姚一葦和李英豪。在這裡面，紀弦和覃子豪主要的評論都寫在五十年代，不能納入六十年代來討論；書中所收的有六十年代以前之作，如覃子豪的〈論象徵派與中國詩〉，是五十年代後期和蘇雪林的論戰文章。[29]

這些詩評家大部分是創世紀詩人和他們的朋友，包括洛夫、張默、瘂弦、管管、商禽、辛鬱、大荒、楚戈、季紅、葉維廉以及「藍星」的羅門和「笠」的林亨泰和白萩，此外還有一位年輕女詩人蘇淩。文章大部分都是有關現代詩特質的分析，或敷理以舉統，或直接間接表達詩的經驗與感受，甚至於論戰文章，其實也都在闡明現代新詩的質性，可以發現詩人嘗試建構系統詩論的用心，不過詩人解說之際，不斷徵引西洋文學理論，呈現出一幅頗具時代性的異域文化色彩，值得進一步了解。更值得觀察的是洛夫在〈論現代詩〉一文中已經引述了不少傳統文論來和現代詩之創作相互映照了。

除此之外，詩的實際批評也選了幾篇，但比較一般性，在這一方面就不能不求之稍後張默、管管主編的《從變調出發——現代詩批評》了。

---

[29] 詳本研討會第二場「五十年代」蕭蕭論文〈五十年代新詩論戰述評〉。

此書出版時已是1972年元月，編後記寫於1971年10月，所收的評論除林亨泰評述白萩《蛾之死》以及蕭蕭二文（論洛夫《無岸之河》、論碧果）寫在七十年代初以外，皆是六十年代之作，分別是江萌分析林亨泰〈風景〉詩、洛夫試論周夢蝶的詩境、余光中重讀方莘的《膜拜》，辛鬱初論商禽的詩、張默論瘂弦的《深淵》，鍾玲細讀余光中的〈火浴〉詩、魏子雲詮釋管管的三首詩、李英豪釋論葉維廉的〈河想〉、顏元叔寫〈梅新的風景〉、大荒論張默〈恒寂的峰頂〉、張健評羅門的〈第九日的底流〉等。

凡此皆一時之選，江萌、洛夫、余光中、林亨泰、鍾玲、李英豪、顏元叔等人的作品，可以說是台灣現代詩史的名篇佳作，他們從「作品」詩行間所作的細部閱讀，直探詩之本心，披文入情之際，檢討了詩法，甚至於詮釋了現代詩人深刻的時代感受。以下我將就此以及其他資料略述諸位評者的詩評概況，再及於其他。

江萌（熊秉明）單討論林亨泰的〈風景〉就寫了兩篇，〈一首現代詩的分析〉和〈一首現代詩的譜曲〉，本書所選是前者，發表於《歐洲雜誌》第九期（1968），對單一作品進行語法、詞彙、句意的分解，引起海內外中文詩壇的重視，在此之前江萌也在同一雜誌第六期（1966）發表一篇〈論三聯句——關於余光中的《蓮的聯想》〉，從語意討論〈蓮的聯想〉的主要句式「3聯句」，進而掌握詩思詩意的流動性以及如音樂般的旋律。江萌評量不多，但精彩至極。[30]

洛夫〈試論周夢蝶的詩鏡〉原有副題「兼評還魂草」，此文是他出版《詩人之鏡》以後的產物，發表於1969年8月的《笠》詩

---

[30] 熊秉明在民國75年6月出版《詩三篇》（台北，允晨）詩論集，把這三篇全收進了，每篇文後且以「附記」記當初寫作，發表情況。

刊及《文藝》第二期上。在這裡洛夫引述許多古今詩論，尤其是禪理與嚴滄浪一系的說法，最終則在指出周詩的「靜態悲劇」以及其詩中以「矛盾語法」來表現禪的神祕經驗。此篇之外，如上所述，洛夫評〈天狼星〉的力作創造了一種批評典範，《詩人之鏡》所收〈從「金色面具」到「瓶之存在」——論覃子豪的詩〉，以覃子豪《畫廊》詩集中一個階段的二十二首詩為對象，分析詩人「由外物到內心，由虛無到實質，由感覺經驗到思考經驗，由特殊性到普遍性」的「複雜的兩面一體性」[31]，洛夫援例以證，探索覃子豪的詩之世界，幽微畢現。

五、六十年代的余光中，充滿年輕的銳氣，以戰鬥之姿為詩辯護，為自己辯護，兩次論戰已如前述，由此而延伸發展出來的文章有〈現代詩：讀者與作者〉、〈從古典詩到現代詩〉、〈古董店與委託行之間——談談中國現代詩的前途〉等，皆有憂懷，亦見熱切之期待，諸文並收於《掌上雨》二輯之中。而詩人與詩的實際批評，則有分別寫在1968、69年的〈玻璃迷宮——論方旗詩集「哀歌二三」〉、〈震耳欲聾的寂靜——重讀方莘的「膜拜」〉、〈撐起，善繼的傘季〉（評施善繼詩集《傘季》）。基本上余光中帶著提攜後進的心情，寫他閱讀詩人作品的整體感受，也企圖析解詩行，說好道壞，拈出重要意象，指明喻旨或彰顯其象徵意義。我們發現，余光中喜愛比較不同詩人的風格，毫不吝惜他的讚美，也不客氣地指瑕。論方莘的這篇，多次被選入評論集[32]，方莘之所以留名，余光中之品題有絕對的影響。余光中特別談到方莘得自於現代

---

[31] 《詩人之鏡》頁28。

[32] 除余光中《望鄉的牧神》（純文學，民57年7月）及《從變調出發》以外，亦收入葉維廉編《中國現代作家論》（台北，聯經，民65年10月）。

畫與現代音樂的「綜合力與秩序感」，全篇正是從這點展開他的論述的。

李英豪釋論葉維廉〈河想〉一文收入李氏著名的詩評論集《批評的視覺》（1966年1月，台北，文星），做為一個專業的現代詩評家，居住香港的李英豪在六十年代前期對台灣詩壇影響頗大，他進出古今，援引中外理論與詩例，建構現代詩論體系，詮解洛夫、張默、葉維廉、商禽、方莘以及紀弦的詩法與詩境，他細心、耐心，不畏晦澀、艱難，堪稱台灣現代詩的知音。

張默於1967年10月出版《現代詩的投影》，論瘂弦的《深淵》一文是稍後的作品，收在七十年代中期出版的《飛騰的象徵》（1976年9月，水芙蓉）中。張默非常努力地吸收各種有關詩與藝術的知識和觀念，在六十年代致力於現代詩的討論，他把閱讀作品的直接感受以略帶感性的論述文字表達出來，鄭愁予、周夢蝶、碧果、白萩、季紅、葉珊、辛鬱、大荒、林綠、方莘、葉維廉、商禽、楚戈、羅門、畢加、瘂弦、管管等人的作品都在他的談論之列，甚至於專論了女性詩人群的詩風。

相對於張默比較集中在創世紀詩人的評介，張健則偏向藍星詩人，在1968年7月所出版的《中國現代詩論評》（台北，藍星詩社）中，覃子豪、羅門、余光中、蓉子不必說，葉珊《水之湄》、辛鬱《軍曹手記》、藍菱《露路》皆由藍星詩社出版的詩集，比較特別的是他討論菲華年輕詩人藍菱與南山鶴，也為年輕的本土詩人吳晟詩集《飄搖裡》作序。整體來說，張健的詩評比較素樸，他不太援引理論，直接就作品加以分析，引述詩例，拈出特色，由於他所面對的是「詩集」，文章具「書評」性質，故頗具概括性。從台灣詩評歷史來看，張健是中文系出身最早研究現代詩的學者。

辛鬱在六十年代也很努力地評詩，論商禽的詩與人，部析商禽的詩作〈鴿子〉、鄭愁予的〈春之組曲〉，更特別有意義的是他寫了一篇〈沉甸的天地〉，總論張拓蕪的人與詩，今天看來，它描繪了散文家張拓蕪的另一個側面。

至於大荒，他是小說家兼詩人，洛夫曾說他「不長於論說」[33]，論張默〈恒寂的峰頂〉（分四題，三百三十餘行的長詩）一文，逐節分析，等於和詩人進行了一場漫長的對話；小說家兼學者魏子雲不常論詩，論管管三首詩而發現「他的詩是一種詩形式的小說」，是一種「孤立獨創」，頗有見地；而學院門牆內接受西方現代文學批評訓練的年輕學者顏元叔、研究生鍾燕玲（鍾玲）一出手批評現代詩便展現廣博的見識與犀利的筆力，鍾玲論余光中的〈火浴〉，是學生對老師在學問上的挑戰，結果促使余光中重寫該詩，亦詩壇之一段佳話。[34]

除了這幾位評者之外，被評者中的羅門、林亨泰、白萩，乃至未曾於此提及的彭邦楨的趙天儀、李魁賢，都值得介紹。

在六十年代，藍星詩社的羅門出版了兩本詩的論述之作：《現代人的悲劇精神與現代詩人》（1964年6月，藍星）、《心靈訪問記》（1969年11月，藍星）。對於羅門來說，這樣的論述是「心靈與時空不斷往來的真實記綠」[35]，是他個人「在自覺中，對悲劇生命進行著一連串的思索與默想過後，所形成的那些急著欲使一切與心靈直接談判的聲音」[36]，基本上比較接近創作，乃至其實際詩評

33 《中國現代詩論選》〈導言〉頁10。

34 詳鍾玲《文學評論集》（台北，時報，民73年2月）〈評析余光中的「火浴」〉，頁140，〈余光中附識〉。

35 《現代人的悲劇精神與現代詩人》〈前言〉。

36 《心靈訪問記》〈前言〉。

（評翱翱《死亡的觸角》詩集，評淡瑩詩集《單人道》、評陳慧樺詩集《多角城》），都特別注意詩人的「內在精神」，著重詩人的「靈視」，這使得他的詩評不在語言形式上斟酌，而是穿透文字表象直接碰觸詩人內心與外在世界的互動關係。

隸屬於笠詩社的林亨泰和白萩，都曾參與現代派，林亨泰在五十年代後期曾在《現代詩》季刊上提出現代派中國化的重要理念[37]；六十年代後期出版的《現代詩的基本精神》中（1968年元月，笠詩社），從詩創作的立場，標舉「真摯性」，強調「實感」，評五四以降胡適、徐志摩詩之不足，論紀弦、瘂弦、商禽之作的真摯性，析洛夫《石室之死亡》，指稱其寫法特具「完整性」。而白萩則在稍後推出《現代詩散論》（1972年5月，三民），重要的篇章都寫在六十年代，他將詩的「音樂性」轉換成「繪畫性」而附從於「意義」，評論覃子豪、黃荷生、夏菁等人的作品，指出表現自我，乃至創造出自我風格之重要。

《笠》從創刊（1964年6月）開始就非常重視詩評，這從創刊號中林亨泰所寫的創刊啟事中可以看得出來，所設的「笠下影」專欄，每期擇定一位詩人選其詩，定其詩之位置，並指明其詩之特徵等，前八期由林亨泰執筆，第九期起由趙天儀接棒，1980年李魁賢在寫〈笠的歷程〉時統計趙天儀總共評了七十六位，「這樣大規模、有系統而又包容八方的評鑒工作，是迄今所有詩刊所做不到的」[38]。就六十年代來說，趙天儀大概可以說是最勤快的詩評家，不只如此，他從1964年到69年在《笠》上面長期寫「詩壇散步」，

---

[37] 林亨泰〈中國詩的傳統〉以「現代主義即中國主義」、「中國現代派」來說明這個理念。〈鹹味的詩〉更進一步有所闡述。見《找尋現代詩的原點》第一輯，彰化縣立文化中心，民83年6月。

[38] 《台灣精神的崛起——「笠」詩論選集》，頁410，文學界，民78年12月。

後來全收在1976年6月出版的《裸體的國王》（台北，香草山）第三輯中，總計評了一百二十八部近期出版的個人詩集（和詩選），每篇短則二、三十字，長則五、六千字，這些「書評式的評論」[39]，除了告知詩集有關內容，詩之特色與表現之優劣更是他所關切，不論說好或說壞，他喜愛運用歸納方法，譬如評敻虹《金蛹》，他分別從意象的準確性、節奏的流動性、哲理的深刻性舉證分析。

笠詩人李魁賢也是一個值得注意的詩評家，寫〈白萩論〉（《笠》三十二期，1969年8月）時他才三十出頭，這篇文長兩萬多字的詩人專論，以白萩《蛾之死》及其後的《風的薔薇》為討論對象，一路引述詩例以分析白萩「多樣的面貌」，而在討論詩風轉變的同時，李魁賢兼顧到白萩個人的生命形態以及詩之表現。此外，同樣收在《心靈的側影》（台北，新風出版社，1972年1月）詩評論集中的作品，還有〈現代詩的欣賞〉以及八篇評述外國詩人的所謂「浮雕」，充分顯示李魁賢的國際視野以及對詩的深刻認識。

最後我想介紹不參加任何詩社的詩人彭邦楨，1971年他在台灣商務出版一本《詩的鑑賞》，收錄十篇六十年代所寫的詩評，其中有八篇是台灣詩人作品的評介，有詩集，有單篇作品，還包括一篇自剖；另兩篇是討論譯詩（胡品清譯詩、紀德《凡爾德詩抄》）。受評者包括覃子豪詩集《畫廊》與詩作〈瓶之存在〉、辛鬱〈土壤的歌〉、羊令野詩集《貝葉》與詩作〈舉向東方〉、鄭愁予詩集《窗外的女奴》、蓉子詩作〈溫泉小鎮〉，是詩集就分輯評述，是詩作就分節討論，他將自己閱讀印象組織成「萬字的評介」，在當時想必真能「引起重視」[40]。

---

39 《裸體的國王》〈後記〉。

40 《詩的鑑賞》〈自序〉。

## 四、結語

本文從60年代的詩評景觀談到新詩論爭，再把60年代寫詩評的人做了一些概略的介紹。我們發現詩人不只努力寫詩，而且不斷談詩；不只談，還要論要辯。在褒貶之際，在爭吵之間，他們的詩觀、詩的知識和經驗，乃至於新詩社群的分布等都清晰地呈現出來。這些談詩的文字留下了大量的文獻資料，提供我們進一步追蹤考察的線索；不少詩人被凸顯在新詩舞台上，不少重要詩集和單篇作品被型塑成典範。詩評家們合力寫出了60年代的新詩發展史。

同時，我們也發現，在這十年間，詩人如何在歐風美雨的洗禮之後，快速或緩慢地回頭在東方在傳統中去尋覓詩魂；如何在長期蟄伏的情況下破土而出，擁抱健康的大地，散發泥土的芬芳。而更令我們欣喜的是，新生的一代出現了，為70年代風起雲湧的詩壇景觀拉開了序幕。

由於有關詩評資料分散，蒐羅匪易，本文的全景式觀察無可避免地留下了一些罅隙，只見蓊鬱之森林，而未見諸樹之品類紛繁，有待進一步努力。

# 詩的總體經驗，史的斷代敘述
## ——《台灣現代詩史論》序

台灣現代詩史研討會的企劃與執行，特具一種歷史的宏觀性。對於詩潮之生、詩人群之崛起、詩風格之形成等，分析其內外成因，探索其質性，使之和當代人文活動、政經情勢之變遷等相互對應，則這樣的研討會，已經不只是詩的，同時也是政治、文化的。

## 一、恰如其分的歷史解釋

台灣的現代新詩起源於日據下台灣詩人從根本上對於表現語言的反省，從整個大潮流來說，當時祖國大陸風起雲湧的新詩運動、殖民政府本國的詩壇狀況，乃至世界詩之趨勢等，都有不同程度的影響。不過由於台灣獨特的歷史情境，使得這個艱困誕生的新生兒一開始就形成多種面貌，中文的、台灣話文的、日文的都有，而且紛擾爭議，一方面要面對舊詩的寫作傳統，一方面要面對殖民政府意識管制以及漢（中）和（日）兩個文化傳統的潛在衝突，於今看來像似繁富多姿，在當時卻是相互牴觸。如何給予恰如其分的歷史解釋與文學評價，無論如何都是一個嚴肅的時代課題。

從日據下到光復，從政府遷台以迄於今，台灣歷史一路迤邐而來，政府和人民同樣坎坷而行。詩之脈流，時或澎湃洶湧，時或清清淺淺如一彎小溪，複雜多變。但不管如何，詩運與文化脈動自有其呼應的關係，主題總也在人心人性以及社會情境中轉動變化。這總體的詩之經驗，不只是屬於詩人的，讀者、詩評論者、各種大小眾傳媒乃至於出版機構等，都曾參與創造經營，則這方面的研索探析，當然就不純是詩的了。

## 二、新的學術整合行動

詩的歷史解釋及評價是「詩學」的一部分。而詩之有學，由來久矣。先秦孔門詩教及有關詩的言論，有體有用，充分顯示詩已經是一個學科，一門藝術。其後在綿延流長的歷史之河中，詩的論說，或波瀾壯闊，或淺淺低唱，詩之成學早已有其豐實多姿的傳統了。

現代新詩既已獨自發展成體系內部自足的新詩傳統，因此而有所論述，有所激辯，則台灣的新詩之學亦隨之而建立起來。其後，歷經台灣光復、政府遷台等歷史階段，隨著詩之創作、文化思潮、社會脈動乃至政經情勢的變遷，詩學亦同步發展，日趨昌明。

然而，很長的一段時間裡，詩之論評好像只是詩人之事，偶有一些學院門牆內的文學研究者探出頭來關切一下，喧嘩幾聲，然而常常是，聲音猶在，而人跡已杳。根據我的觀察，現代詩學真正被標舉出來，應該是八十年代前期由文訊舉辦的兩屆「現代詩學研討會」，論文中有詩論的建立，有詩史的探索，有詩人詩作的實際批評，初步架構起台灣現代新詩學的範疇與方向。

終於我們有一個更寬闊的論述空間了，諸多詩社與詩刊、大眾傳媒與大學校園也都陸續關愛起詩這個弱勢的小眾文類。十餘年來我們又累積了更多更好的論詩經驗了，於是一種新的學術整合行動必須展開，這正是我們規畫六場台灣現代詩史研討會的主因。

## 三、新詩研究人力的大集合

對我們來說，以學術研討會的方式，公開辯論台灣現代詩史的重大議題，是基於一種迫切感所選擇的權宜策略，我們最終的目的在於為詩寫史，在尊重客觀歷史事實的前提底下，以斷代為考量，從新詩出現到現在，大概分成六期：日據時代、五十年代、六十年代、七十年代、八十年代、九十年代。在原來的計畫書上曾提到：這樣的區分，「其實無意對歷史發展做機械性一刀兩斷式的分割，在上承和下啟之間，我們尊重跨代的論述，不過也希望能真正找出所謂的時代文體。」

在基本的設計上，我們採取論文發表與主題座談雙軌進行，也就是說，我們把整體研討會區分為六場次，每次一天，論文五篇，發表與討論分上、下午場，上三篇下二篇；至於座談的題目，則大體與詩史有關，都安排有引言人。於是，在三個月內所舉辦的六場研討會中，總計發表三十篇論文及十八篇引言稿，含主持人及講評者在內，有七十餘位詩人、學者、詩評論家參與其事。我們覺得，這是台灣現代新詩研究人力的大集合。

## 四、永不忘此佛光之緣

每一場研討會的舉行都獲得詩壇與學界很大的關心，媒體的報導更使得熱烈的現場研討產生較大的社會效應。整個活動過程中，我們特別感到欣慰的是，有許多來自各大學的青年學子參與了這一場又一場的盛會。

這個計畫是文建會的一個委託案，我們敬謹執行。文訊同仁懷抱著使命感，無怨無尤投入大量的時間和精力，是其成功之主因。而因著佛光大學籌備處的協辦，我們有了一個極雅緻的會場，三個月期間，凡六次叨擾台北道場，我們將永不忘此佛光緣。

# 有關「詩社與台灣新詩發展」的一些思考

## 一、什麼是「詩社」

詩社是詩人結集成社。從結集的角度來看，它顯然是人類社會學家所說的「志願社團」（voluntary association），具有目的性、非營利性以及獨立性。所謂「目的性」係指詩社成員為什麼要組織成社？一般所稱的「宗旨」便是集體的目的，可以非常理性，譬如為了推廣一種詩的新主張；也可以是比較感性的，是基於情誼而聚合。所謂「非營利性」意味著同仁出錢出力都不是為了創造利潤，而是一種參與，除了為共同的詩之理想而努力，也滿足自我的詩之喜好。至於「獨立性」，原指獨立於政府之外，是私人性質的組織，就詩社來說，它體系內部自足，不從屬於其他政治團體；縱使接受經濟贊助，也不為贊助者而服務。

詩社由一些詩人組成，這些詩人在什麼情況下、基於什麼樣的目的、在什麼時候、什麼地方結集成社？便是探討一個詩社首先要了解的。其次，詩社成立以後在發展的歷程中有沒有什麼樣的變化？譬如人員是否有所增減、目標是否改變等。再來就是詩社的組織結構問題，到底嚴密還是鬆散？如何運作？有辦詩刊及其他與詩有關的活動嗎？

進一步說，他們的主張及作為，有沒有和他社形成衝突、產生論戰？在當時代的詩壇之地位如何？對應詩發展的歷程，這個詩社繼承了什麼？又開啟了什麼？其成員的個別成就如何？換言之，擺入詩史，這樣的詩社如何去定位？

用這一連串的問題來彰顯「詩社」這種詩人的志願性社團之性質與功能，我們大體可以相信，「詩社」在「文學社會」中，被視為一種「社會力量」。它的組成及運作，關係著它的力量之大小，及在詩壇、詩史的存在價值，值得研究。

## 二、台灣的詩社

唐人司空曙詩中「不與方袍同結社，下歸塵世竟何如」、「洛陽舊社各東西，楚國遊人不相識」可能是較早提到文人結「社」的資料。根據記載，白居易曾於晚年在洛陽履道里第組「七老會」，真如他自己所說「此會稀有」。而詩社真正大量出現乃在宋元，根據大陸學者歐陽光《宋元詩社研究叢稿》所述，數目將近六十，極其可觀。而明清更盛，而且結合政治，力道更強，影響更大。

台灣之詩社最早出現於十七世紀後期（1685），以沈光文、季麒光為首的「東吟社」成立於古諸羅之地（今嘉義）；其次則在百餘年之後道光年間才有第二個詩社（1862），出現在彰化虎尾，叫「鍾毓詩社」。接著便是十九世紀中葉在竹塹（新竹）成立的「梅社」（1851）和「潛園吟社」（1862）；然後台灣的詩社便如雨後春筍般出現了，根據廖一瑾所製的〈台灣詩社繫年〉，到民國三十餘年間，在台灣出現過的大小詩社總計二百七十七個。1985年文訊雜誌做了一次調查，結果是這樣：比較有活動的詩社大約三十個，另有三十幾個詩社缺少資料。至於新詩社團，日據時代即有標榜超現實主義的「風車詩社」（1935），其後則有跨越時代的「銀鈴會」（1942-1949），接著當然是國府遷台以後不絕如縷的各種詩社了。

## 三、詩社與詩史

詩史的建構主要是文藝思潮激盪下的詩之展現，從個別詩人到詩人群（詩社或詩派）的作品，究竟是如何對應他們所處的時代環境？從這個時代到下個時代，詩風究竟是怎麼樣一個流動變化？詩史要書寫的便是這些。

雅集式的詩社在詩壇常只是靜靜地存在著，除非成員中有重量級詩人，連帶著可能使詩評家發現他所從屬的詩社；但旗幟鮮明的運動型詩社，在某一種主張或口號的引導下促動著詩社成員在理論、批評及創作上積極實踐，甚至於通過媒體編輯（詩刊），或選詩行為，集體展現詩觀詩風，風起雲湧，因此詩社乃成為詩史重要組成部分。

比較來說，「藍星」屬於前者，集體性發揮不出來，但成員各擁一片天；「創世紀」則是後一種，早先的「新民族詩型」口號響亮，實踐困難，但稍後走超現實的路子，就在詩壇產生了很大的影響。

「詩社史」當然不等於「詩史」，但是以「詩社」為中心是可以建構一種「詩史」。請注意，只是「一種」，而且這種「詩史」要很小心，因為很可能忽略掉不參加詩社的重要詩人。遇到這種情況有兩種可能的處理方式，一種是以詩社之友的身分納入討論，一種是依詩風相近來考慮。

日據時代曾出現「風車詩社」、「銀鈴會」，通過這兩個詩人群體的出現背景、主張、成員詩風以及和當代詩壇（包括舊體詩人）的關聯等項目的論述，應該可以相當程度反映日據時代的新詩歷史。同樣的情況，五十年代前葉有「現代詩社」、「藍星詩社」、「創世紀詩社」的三足鼎立局面；六十年代前葉，標榜明朗路線的「葡萄園詩社」，來自海外的留台生詩人組成的「星座詩社」，以及繼承日據時代新詩傳統的台灣本土詩人組成的「笠詩社」，之所以在那樣一個時代出現，其實有極複雜的背景；而整個六十年代，大學校園詩社一個又一個出現，進入七十年代以後，校園詩人開始不甘困守在校園，於是走出校園，跨校串聯，就這樣，「龍族詩社」、「主流詩社」、「暴風雨詩社」、「大地詩社」、「後浪詩社」、「天狼星詩社」等，宛如春雨後破土而出的新芽，迅速成長，從「世代」的角度去討論這些年輕的詩人出現，從「班底」的角度去分析其內外成因及詩社性格等，探尋他們的血緣，清理和前輩詩人，甚至和古典詩傳統的關係，一條歷史的脈流便清晰浮現出來了。

至於其後出現的一些旋起旋滅的大小詩社也不少，順時述評發展之軌跡，足以解釋日漸多元的「新詩社會」，但以詩社為中心的討論，愈來愈無法掌握新詩發展的全貌。

這樣的討論特別需要注意詩人及個別詩社發展史線的斷裂與承續現象；也不能忽略同一詩社在不同歷史階段的調適問題。

## 四、詩社與詩刊

傳統詩人歡宴作詩，號稱「雅集」；聯吟大會上更命題限韻、擊缽限時、詞宗評選，然後聯吟共樂。此外卻也不能不出版詩刊以為發表園地，並藉此與同好交流。現代詩人當然也會聚餐，有時也辦個什麼朗誦比賽、詩的聲光表演等，但除了自己創作以外，辦詩刊、編詩選可能是最重要的事了。一個詩社而沒有詩刊，成立相當時日之後卻沒有一本代表社員詩藝風格的詩選，恐怕是非常不足的。

先說「詩刊」，根據張默《台灣現代詩編目》（1949-1995，修訂篇；爾雅，1996）的資料，到1995年台灣總計出現一百六十種現代詩刊，當然不全是詩社所辦，也有個人或少數詩人（未成社）合辦（如謝秀宗、郭成義合辦《詩人坊》、林佛兒個人辦《台灣詩季刊》）；也不全是獨立刊行，也有借報紙版面出刊的（像藍星詩社曾借《大公報》辦《藍星週刊》，羊令野、葉泥曾在《商工日報》辦《南北笛》，掌握詩社曾在《商工日報》辦《掌握詩頁》、漢廣詩社曾在《中國晚報》辦《漢廣詩頁》）。也有詩刊的背後不是一般的詩社，而是跨詩社的詩人團體（譬如中國青年詩人聯誼會發行《中國新詩》、國軍戰鬥文藝研究會詩歌隊在青年戰士報上有《詩隊伍》、中華民國新詩學會出版《新詩學報》等）。

詩社辦詩刊，錢從那裡來？用什麼樣的開本、多少頁數或版面？如何的一種美編？這些形式問題不能不考慮。更進一步說，由誰來編？怎麼個編法？是只刊同仁作品呢？還是適度開放？是計畫編輯呢？還是有什麼作品刊什麼作品？編印出來以後，究竟有沒有可能上市？或者同仁一發，詩友一寄就了事？如果外面有各種不同程度的反應，是不予理會呢？還是磨拳擦掌準備大幹一場？

這些都很重要，關乎詩刊之生存、風格及價值。不只如此，詩刊代表詩社，詩刊編得好，當然表示這個詩社的優質。這些問題皆極複雜，概括不易，需另文討論，我想在這裡談談詩刊之編輯。

參加一個詩社，同仁當然可能都成為編輯委員，但詩社也可能成立編輯小組來運作，有時乾脆就交給某一個同仁去編，或者根本就採取輪編的方式。這是義務工作，是責任，但也有人會把它當作一種權力，一切因人而異。

早期的《現代詩》封面上標有「紀弦主編」，內容完全是他自己主觀意志的貫徹；《台灣詩季刊》是林佛兒自己辦的詩刊，當然是他自己編了；八十年代的《創世紀》曾交棒給年輕一代，但很快又回到老一輩手上，顯然對年輕人不太有信心；九歌時期的《藍星》由向明主編，編得溫厚而雅緻；《台灣詩學季刊》的編務由白靈轉到蕭蕭手上，專題取向產生了變化；《笠》詩刊最近幾年由岩上主編，平實穩健一如其人。從編輯人入手，很容易就能掌握詩刊特質。

不管編輯人事如何改變，同仁以及同路人都是主要的供稿者。如果這個詩社的成員除了寫詩，也有比較多的人可以提筆上陣，從事理論思考或批評工作，那麼這個刊物會發出比較大的聲音，加上一點叛逆性，這個詩刊就可能搞詩運動。

紀弦當年通過《現代詩》是在搞運動，「創造新詩的再革命，推行新詩的現代化」以及所謂「六大信條」，便是他的運動宣言；《創世紀》在第十一期（1959年4月）以後從「新民族詩型」轉而提倡超現實主義，這個動向影響六十年代詩風；七十年代初敲鑼打鼓的《龍族》努力的是回歸傳統與關切現實，1973年7月的《龍族評論專號》幾可說是一場關乎現代詩的民意調查；《陽光小集》在八十年代初走《龍族》的路子，搞「詩與民歌之夜」、搞票選、搞政治詩，熱鬧非凡；《台灣詩學季刊》在1992年12月創刊以後傾全力批判「大陸台灣詩學」，到現在還沒有鬆手，影響深遠。

「詩刊」在台灣現代詩壇非常重要，通過它可以看到現代詩發展脈絡、流派分合、詩類消長等等，極有研究價值，可惜還沒有受到應有的重視，除了笠詩社及其詩刊的研究已有一本碩士論文（戴寶珠《「笠詩社」詩作集團性之研究》），此外都還有待開發，尤其是整合性、斷代性的研究，期待早日出現。

## 五、詩社詩選

詩社為了彰顯特色，表現實力，常編自家詩選，這種詩社選集大概有兩種：一種是同仁作品之匯編，一種是詩社所辦詩刊發表作品的選集。前者通常由個人提供作品，後者一定要有人主選，比較來說，前者的詩壇及詩史意義比較大，如果是一個運動型詩社，其同仁的作品選集，便彷彿一場實兵演練，戰鬥性一定很強。

台灣的現代詩史，很多時候被理解成一部詩社競爭及消長之歷史。從這個角度來看，詩社選集就顯得非常重要了，從裡面我們可以看出他們的集團性格，也可約略了解個別同仁的詩風。由於這樣的選集常有長篇導言，並可能附有詩社相關資料，如果配合他們的詩刊來看，個別詩社史的發展歷程，也就不難掌握了。

根據調查，迄今為止的詩社詩選已有二十餘種，包括龍族、大地、山水、葡萄園、創世紀、阿米巴、心臟、藍星、四度空間、秋水、笠、三月、海鷗等詩社（會）皆有詩選，其中笠編過兩集，創世紀、葡萄園、秋水編過三集，三月詩會同仁選集亦有三本（這「選集」等於詩刊）。《台灣詩學季刊》第二十期（1997年9月）曾製作「詩社詩選檢驗」專題，評論了其中的數本（笠詩選《混聲合唱》、葡萄園三本詩選，創世紀的兩部詩選等），首次提出詩社詩選在詩壇、詩史中的重要性，頗具參考價值。茲羅列各詩選以供愛新詩者參考。

- 《龍族詩選》，林白出版社編，1973.6。
- 《大地之歌》，大地詩社編，東大圖書公司，1976.3。
- 《山水詩選》，山水詩社編，高雄中外圖書，1978.1。
- 《美麗島詩集》，笠詩社編，笠詩社，1979.6。
- 《葡萄園詩選》，文曉村編，自強出版社，1982.8。
- 《創世紀詩選》，瘂弦等編，爾雅出版社，1984.9
- 《中國海洋詩選》，編委會，大海洋文藝雜誌社，1982.2。
- 《阿米巴詩選》，阿米巴詩社編，前衛出版社，1985.4。
- 《心臟詩選》，陳慧華編，心臟詩社，1985.12。
- 《星空無限藍》（藍星詩選），羅門、張健編，九歌出版社，1986.6。
- 《日出金色——四度空間五人集》，文鏡文化公司，1986.12。
- 《秋水選詩》，涂靜怡編，秋水詩刊社，1989.7。
- 《葡萄園三十周年詩選》，文曉村主編，文史哲出版社，1992.9。
- 《混聲合唱——笠詩選》，趙天儀等編，文學台灣雜誌社，1992.9。
- 《悠悠秋水——秋水二十年週年詩選》，涂靜怡主編，漢藝色研出版社，1993.10。

- 《三月情懷——三月詩會同仁選集之一》，晶晶、麥穗編，文史哲出版社，1994.8。
- 《創世紀詩選1984-1994》（第二集），辛鬱等編，爾雅出版社，1994.8。
- 《創世紀四十年詩選》，洛夫、沈志方編，創世紀詩社，1994.9。
- 《三月交響——三月詩會同仁選集之二》，張朗、藍雲主編，文史哲出版社，1996.3。
- 《飛翔的天空——海鷗四十年詩選》，秦嶽編，文學街出版社，1997.3。
- 《葡萄園小詩》，金筑主編，詩藝文出版社，1994.6。
- 《三月風華》——三月詩會同仁選集之三，劉菲、汪洋萍主編，文史哲出版社，1998.5。

除了編自家詩選，亦有編印詩論選集者，像鄭炯明編《台灣精神的崛起》（笠詩論選集，文學界，1989年12月）、白萩與張信吉合編《詩與台灣現實》（笠詩社座談記錄，笠詩社，1991年10月）、瘂弦和簡政珍合編《創世紀四十年評論選》（創世紀詩社，1994年9月）、文曉村主編《葡萄園詩論1962-1997》（詩藝文出版社，1997年11月）。對於深入了解詩社主張、同仁詩風有莫大的幫助。

## 附記

這是一篇不完整的觀察報告，寫法是「詩話」式的。學院派一定對它很不滿意，在主客觀條件的衡量下，這是我此刻最佳的選擇。我希望以後有機會寫成一篇正式的論文，甚至是一本書。

1999年5月29日

彰化師大「第四屆現代詩學研討會」發表。

# 台灣新世代詩人及其詩觀

## 一、新世代詩人們

以十年為一代，則戰後出生的第三世代（1965-）已成為詩壇的新生力量，到九十年代之末，他們之中有一些人已有十餘年的詩齡，在各種新詩競賽中脫穎而出，也有一些曾參加這樣那樣的詩之集會。但更年輕的，包括第四世代（1975-），由於新興媒介（電腦網路）的出現，他們比較不常在平面媒體活動，雖然有詩刊編製「網路詩選」，但很難窺其全貌。

當代詩史的建構，在面對新崛起的詩人群時，存有相當程度的無力感，但又不得不處理，在沒有整套資料的情況下，只有一點一滴去累積。這一次《台灣詩學季刊》以比較大的動作全面清理詩壇新世代，製作專號《新世代詩人大展》（2000年春季號），計展出五十九位1965年以後出生的新世代詩人的作品，同時並有詩人的簡介及詩觀，對於二十世紀九十年代的台灣詩史之建構，應大有助益。專號〈前言〉有一段特別值得注意：

> 首先由我個人從張默《台灣現代詩編目》（1974-1995修訂篇）及李瑞騰、封德屏主編的《中華民國作家作品目錄》

（1999年版）清查1965年以後（含）出生的詩人資料，然後對照：（一）年度詩選，（二）前衛版台灣文學選，（三）兩大報文學獎得獎名單，（四）明道文藝及文建會主辦全國大專學生文學獎，以及（五）近年來各詩刊有關新世代詩人的特輯等，總共清理出五十二位詩人。

接著由白靈從網路上下手，一方面尋找類似「典藏詩壇新勢力」的資料，並發佈新聞徵稿，三月中總計增加大約三十位。（李瑞騰）

這可說是一次「普查」，通過近十年的詩之選集、詩獎、刊物相關特輯及具代表性的名錄（含紙本及網路資料），來浮現有創作成就或潛力的詩壇新秀，結果應具有相對的準確性。比較令人遺憾的是，最後只收到五十九位詩人的稿件，大約近三成的詩人作品沒有收入，如果把目前在各大學校園詩社和詩獎資料拿來參照，前述數目字就得重新調整了。

這些詩人有的已經很有名氣，像羅葉（1965-），詩、散文、小說都寫，出書量可觀（九本）；許悔之（1966-）已出版五本個人詩集及一本散文集，曾擔任過《聯合文學》及《自由時報・副刊》主編；須文蔚（1966-）以經營網路詩聞名詩壇；其他像方群（1966-）、顏艾琳（1968-）、吳苑菱（1970-）、孫梓評（1976-）等，行走詩壇皆已久矣。其中有一些人的學者特性或運動性格也逐漸在形成之中，像陳大為（1969-）、丁威仁（1974-）、楊宗翰（1976-）等，都能編能論。更新的世代，像1977年出生的吳東晟、1978年出生的布靈奇，都已出版他們的第一本詩集。

從教育背景來看，除了五位缺乏資料，其中出身中文系的有二十位，外文系有五位，歷史系有三位（含一位英語系出身轉讀歷史研究所），這大約占總數一半的文史科系背景的詩人，有不少人進研究所繼續深造。文史之外的教育背景可說是五花八門，分布在法、商、理、工、醫、藝術等學門中。

## 二、詩人詩觀之形成

如所周知，一個詩人詩觀之形成，有理論思考的結果，也有純經驗性的。一般來說，文史背景者比較可能多讀古今詩文論著，較易受理論影響，而其他學門出身常以經驗（人生的、寫作的）形成其詩觀，也會以所學與詩之寫作相互比較、印證，有時亦能發展出二者匯通後的特殊看法，值得注意。

所謂「詩觀」，簡單的說就是對詩的看法。當一位詩人被要求用一小段文字表述其詩觀，我們相信他是說不清楚的，因此當我們想以《新世代詩人大展》中的「詩觀」為材料來討論他們的詩觀時，那其實是非常冒險的一件事。不過，由於這些「詩觀」之寫作不是當場答題，詩人有充分的時間思考如何下筆，同時他亦可字斟句酌，最終則以最能表達一己詩觀的一小段文字來呈現。因此，在我看來，這些材料已相當豐富，可據以了解新世代詩人對詩的看法。

從表述詩觀的方式上來看，有一些詩人只用非常簡單的文字陳述，下面所列在詩刊上都只有一行：

須文蔚：詩言志。（頁37）

林思涵：一種說故事的方式。（頁144）

陳耀宗：詩觀？安身立命而已。（頁121）

邱稚亘：我只是想多說點故事而已。（頁208）

楊佳嫻：詩乃犄角，用以坼裂世界。（頁221）

劉秀陵：寫詩，是生命通往純粹的基本動作。（頁67）

王　信：詩是一種語言習慣的創造，另一種溝通方式的可能。（頁117）

黃明峰：用最真實的情感和最有味道的聲音表達生活中的點點滴滴。（頁148）

陳大為：每一首詩都以最好的狀態出現在讀者面前，是我最大的堅持與信念。（頁82）

林則良：擁有激情的人有福了，但如果他只是成為一個不為任何什麼的木匠。（頁53）

顏艾琳：寫詩像與心的女神做愛。靈感雖然勃起，但才氣一不小心便會陽萎。（頁78）

說來簡單，可以用一句最古老的「詩言志」表達一切，但「志」的內容如何？怎麼樣一個「言」法？皆不得而知。其次，詩和「說故事」什麼關係？那不是小說的專利嗎？詩如何能「安身立命」？什麼是「生命通往純粹」？什麼又是詩表現的「最好的狀態」？三言兩語實在不易準確而完整的掌握。但我們相信詩人在寫下這些文字的時候，是知道自己在說什麼的。

其實不管說多說少，直敘或間接喻指，詩人談詩時或多或少是在回答下面的提問：詩是什麼？詩可以寫什麼？有什麼用？要怎麼寫才好？其形（形式）、其聲（韻律）、其義（主題）相互之間如何呼應？不過由於文字不多，指涉單一，不易周全。

詩是什麼？答案可能千奇百怪：

蔡逸君：詩是我記日的軌跡，用來抓住時間及重建其流過之處所被淹沒事務的方法。（頁26）

方　群：詩是奧妙的旅行，也是感覺的探險。（頁46）

漢　駱：詩是心靈言簡易足的表述，非常裸裎，也非常婉曲。（頁50）

唐　捐：我曾聽人說過，詩是活潑、愛過、掙扎過時的痕跡。但我相信，詩也可以是逸離時空的證據。（頁57）

劉叔慧：詩這樣的文學形式，是自由和拘束的綜合體。（頁88）

吳菀菱：詩是反應詩人世界觀的中介……（頁99）

王宗仁：詩是一架架我懷胎、孕育多時，而後辛苦出生的象形轟炸機……（頁103）

李俊東：詩是愛，是欲望，是自己內心的光。（頁109）

林怡翠：詩啊，原是生命和生命的對白。（頁177）

## 三、建構一特殊可觀之世界

這裡面很多都已經從性質的界說跨越到功能的陳述了，詩可以如何？對寫詩的人，或者對讀詩的人，詩有何效用？還原到根源上，創作的主體——這個「我」的內心對應著外在的客觀現實，「寫詩做什麼？只是證明自己的存在吧」（羅浩原，頁211），「寫詩的目的在於完成。包括：情感的見證、意念的記錄與生活的救贖」（楊觀，頁41），「所有那些被產出的作品，用作生命存在的具體證明」（楊潛，頁154）。記錄與見證當然是一種重要的詩之效用，但年輕詩人談的不是時代的見證，不是社會的記錄，而是回歸到自我，這一點很重要。詩的世界是「建構」出來的，「詩人的作用在於建構出一特殊可觀之世界，邀人欣賞，各世界性質有如主題樂園，雖有不同，然必有奇趣」（Ponder，頁195），「詩人把自己的血肉、自己最重要的部分揉入每個字句，從中建構出的另一個活生生的場景，往往把自己吞噬其中」（虹玥，頁232）。詩人建構的詩中世界和現實世界究竟存在著什麼關係？年輕詩人顯然不認為內外相等。

我們發現另有幾位詩人談到現實問題，一位是唐捐，他說他「耽愛文字本身的豐饒美好，但也常常因脫離現實而感到虛浮不安。只是有時雖明知自己在場，卻又故意以詩來製造不在場的偽證」（頁57）。不過侯馨婷卻說，「對我來說，處境裡的現實，處境外的幻想，都是生活，都是創作」（頁114）；吳東晟說，詩人「只要對某題材有濃厚的使命感或好奇心，就可以光明正大地選擇該題材，而不必擔心自己得承擔作品沒有反映現實、作品太過私密之譏」（頁205）。楊潛的逆向思考更有趣，他說他選擇「遠離現實」，保持連續寫作的狀態，「也許到頭來，總的這一切寫作行為將有益於現實的境況」（頁154）。他們似乎不太喜歡傳統寫實主義者主張的反映論，「不必老是穿同一色系的衣服」（同上），「我喜歡各種書寫的方式，並嘗試開創各種書寫的可能」（丁威仁，頁126），這大概就是陳大為所說「最好的狀態」的表現觀。可以這樣，也可以那樣；目標（主題）不同，策略（表現手法）也應有所調整，這是現代年輕詩人務實的一面。

「最好的狀態」當然包括「最真實的情感和最有味道的聲音」

（黃明峰，頁148），換句話說，也就是「最精準的語言」（蔡明展，頁119），也應該是楊宗翰的願望——「真正的聲音」。不過這裡有個人的認知問題，譬如羅葉就清楚表示他比較喜歡「適合朗誦又淺顯」的詩（頁13），陳謙說他「堅持一己真純的語言面貌，不與晦澀、無聊、無病呻吟為伍」（頁74），這樣的詩觀，在前行代中接近鄉土派詩人的主張，在新世代詩人群中並不多見。

## 四、詩在我們自己的鍵盤下飛馳

有幾位詩人用美文寫他們的詩觀，堪稱散文極短篇，紀小樣文末命名，強調「我們需要開疆拓土的將軍，不是坐享領土的王」（頁61），以此暗指詩境開拓之必要，也是一種自我期許。紫鵑的詩觀很短，像一首散文詩，以游魚喻感覺之游動（頁65）。李長青以「詩與我」為題，以「純氧」喻極品之詩，表示詩人對於詩藝理想的追尋（頁136）。陳孝慧以「給我的情人——詩」為題（頁140），說你我同是「以二塊浮石過河的人」，喻指一首詩之完成（抵達對岸）得借用某些可踏腳的「浮石」（對詩來說應該是指譬喻、典故等）。木焱虛擬情節，反諷詩人面對世俗社會的悲運（頁151）。林怡翠寫一篇很精緻的小品散文，強調「超越」，主張生命與生命的對話。（頁177）一些非常年輕的詩人會在自我簡介中說他是某網站「詩板」的「板主」，或者提到他常在某幾個網站「出沒」，他們把作品貼在上頭，「透過網站」，他們「加入了盛大的詩的網路慶典」（鯨向海，頁198），說這話的詩人有一篇很具有代表性的詩觀：

黎明即起，打開終端機，一邊吃著早餐，一邊漫步在網路的原野。前一陣子討論台灣文學定位的文章戰火剛歇，昨天一位詩友對超文本創作的大發議論已經有人回應，現在又有人在詢問某某詩人的新作了。唐宋已遠，現代詩的流向若隱若現，所謂詩壇到底是一種意識型態還是一種威權宰制呢？我們這一代人其實很難去插手這一類已似乎腐壞的煙硝。對於傳統的所謂詩界，我們仍然有所嚮往卻已不再迷戀，因為詩不再存在於所謂主編，評審，或者大老的手中，詩在我們自己的鍵盤下飛馳。關掉電腦螢幕，我不是什麼出名的詩人，但是我也寫詩，也和一傻網路上的詩友，快樂地爭論彼此的詩觀。（鯨向海，頁198）

對於「詩壇」的疑惑，「對於傳統的所謂詩界，我們仍然有所嚮往卻已不再迷戀」，這種全新的聲音，有反抗意識，卻也充滿自信，一句「詩在我們自己的鍵盤下飛馳」是典型的最新世代詩人之寫照。

當許悔之、須文蔚、方群、紀小樣、顏艾琳、林群盛出現詩壇的時候，和前輩詩人往來密切，於是他們也很快進入詩壇，在平面媒體上活躍起來。但是比他們更年輕的侯馨婷、木焱、翰翰、鯨向海、羅浩原、楊佳嫻、布靈奇、甘子建、虹瑞等，就全屬網路上的詩友，他們彼此的詩觀或多或少都有差異，但總的看來是以自我為中心，強調生活與感覺，他們在無限大的網路空間裡「建構出一特殊可觀之世界」，自在出沒。我們應該進去，而他們也應該出來。

# 日據下台灣新詩的萌芽

## 一

把1920年《台灣青年》在日本東京的創刊視為台灣新文學的起點，已是學界的共識；然因這新文學是伴隨文化運動乃至政治運動而開展的，所以討論起來殊難切割。我們在這裡得提到三個非常重要的歷史因素：其一，到了這個時候，日本統治台灣已有二十餘年的時間；其二，中國從1917年開展的新文學運動已有一定程度的成果，1919年發生的五四運動正持續擴大且深化；其三，統治台灣的日本帝國正和台灣的文化母國（中國）展開有形無形的鬥爭。台灣新文學在這樣的環境中產生，國族問題、文化認同以及文學發展規律中的的新舊對抗關係，都會對台灣文學的體質與風貌形成巨大的影響。

日據下的台灣新詩是在新舊文學的對抗中出現的，無疑是中國新文學運動影響下的產物。當然，這是一個極複雜的歷史問題，因為台灣的留日青年身處已現代化多時的日本社會，日本的因素必不能排除，更何況中國的新文學思想和運動方式與日本息息相關，一方面，諸如魯迅兄弟等新文學健將有不少曾留日，另一方面，五四時期之於晚清的文學／文化亦有明顯的接受，特別是晚清之際白話文已蓬勃發展，五四諸君無論新舊派都走過那一段堪稱風起雲湧的歲月，留美時期的胡適率先對舊體文學開砲，不能排除美國因素，但是他在晚清曾於白話報投稿之事，說明「白話」自有其傳統，他其後撰《白話文學史》，更把這個漢唐以後的小傳統，和詩騷大傳統去接軌。

## 二

對台灣舊體文學，特別是傳統五、七言律體和絕句等提出質疑，並對當時文壇現象及舊文人展開猛烈攻擊的是人在北京的張我軍（1902-1955）。從現有資料看來，在1924、25年間，他寫了十餘篇與台灣新文學運動有關的文章，發表在重要且發行廣泛的《台灣民報》上[1]。首先是〈致台灣青年的一封信〉（1924年4月6日），他一開始勉勵青年要改造台灣社會，接著批判起「不良老年們」、強烈抨擊台灣詩文之「只在糞堆裡滾來滾去」；然後是一系列火力強大的批評文章：

- 〈糟糕的台灣文學界〉
- 〈為台灣的文學界一哭〉
- 〈請合力拆下這座敗草叢中的破舊殿堂〉
- （詩體的解放〉
- 〈新文學運動的意義〉

另外還有總計十二篇的〈隨感錄〉，彷彿向台灣詩文界丟下一顆又一顆的炸彈。他一方面指出台灣詩壇的不良現象，特別是限

---

[1] 台灣純文學出版社於1975年8月出版的《張我軍文集》（張光直編），北京台海出版社於2000年8月出版的《張我軍全集》（張光正編），收有這些篇章。

題、限韻、限時的「擊鉢吟」；一方面正面批評詩壇大老之反對新文學。此外，他把中國五四時期的新文學運動，特別是胡適和陳獨秀的言論詳加介紹，認為詩體必須要解放，並且要借鑑五四來建設台灣新詩。

## 三

張我軍因此而成為日據下新舊文學論爭中新文學陣營的先鋒，但他的重要不僅於此，和胡適一樣，他也勇於嘗試，以創作新詩來實踐其主張，從1924年3月到1925年春天，他寫下了次年收在《亂都之戀》（台北，1925）詩集中的作品。

《亂都之戀》是台灣第一本白話新詩集[2]，計收十二題五十五首詩，全都是抒情之作，主要是在北京寫的，也有返台途中及在台北的作品。所謂「亂都」，係指北京，主題詩〈亂都之戀〉（十五首）前有序說：「亂都是指北京，因為那時正是直奉開戰，北京城內外人心頗不安，故曰亂都。」處在這樣一個環境，張我軍是不快樂的，〈沉寂〉一詩是這樣寫的：

在這十丈風塵的京華，
當這大好的春光裡，
一個T島的青年，
在戀他的故鄉！
在想他的愛人！

[2] 這本詩集1925年在台北出版，久已失傳。1986年，黃天橫先生得之於台北；1987年6月在遼寧大學新版問世。《張我軍全集》已全收入。

他的故鄉在千里之外，
他常在更深夜靜之後，
對著月亮兒興嘆！
他的愛人又不知道在那裡？
他常在寂寞無聊之時，
詛咒那司愛的神！

T島當然指台灣，身在人心不安的異鄉，「故鄉」與「愛人」成為他的雙重思念，對著月亮興嘆、詛咒司愛的神，都可以理解，正反映他內心深沉的痛苦。我們進一步讀到〈對月狂歌〉、〈無情的雨〉（十首）、〈煩悶〉（四首）等，無聊、寂寞、憂愁、嘆息等情緒溢滿詩篇；〈亂都之戀〉寫「於黃海之上」[3]，集中表現了「身疲困而心淒愴的旅人」在「愛人」與「故鄉」之間錯綜複雜的情感，最後一首如下：

威海衛的連山一直向後退了。
船底下漸漸地發出沙沙之聲，
雄糾糾地向著茫茫的大海去。
去呀！去呀！
遠了！遠了！

這遠離亂都的最後回眸，擬形狀聲的動態景象，映襯無限的不捨與向著茫茫大海遠去的豪情中隱藏的茫然。末尾兩句有前瞻有回望，但短促的語句及連連驚嘆號，正彰顯詩人心境的惶惑與不安。

---

3 見詩末標註。

# 四

不過，張我軍最具台灣精神的詩作，應該是那首未收入詩集中的〈弱者的悲鳴〉：

> 樹枝上的黃鶯兒啊，
> 唱吧！儘量地唱你們的曲！
> 趁那隆冬的嚴威，
> 還未凍你們的舌，壅塞你們的嘴。
> 唱呀！唱呀！唱破你們的聲帶，
> 吐盡你們的積憤。
>
> 青空中的白雲啊！
> 飛吧！儘量地飛向你們的前程！
> 趁那惡熱的毒氣，還未凝壅你們的去路。
> 飛呀！飛呀！無論東西、無論南北，
> 任意飛向你們的前程。

「樹枝上的黃鶯兒」、「青空中的白雲」皆為隱喻，喻體是台灣島上的人民，是標題上的「弱者」；「隆冬的嚴威」、「惡熱的毒氣」指惡劣環境；「唱」與「飛」則是一種自由意志，「吐盡你們的積憤」、「任意飛向你們的前程」自勉勉人。「弱者的悲鳴」是被壓迫者面對惡質環境的反應，張我軍期許的是：台灣人民應掌握時機，奮力走自己的道路。

從張我軍的詩論及詩作，可以看出台灣的白話新詩因有五四時期中國新詩創造的範式，從創作的本質來看，不論詩語、詩形、詩意，才初萌芽就已有成熟的表現。當然，他所描述的「敗草叢中的破舊殿堂」仍在，他所攻擊的「擊鉢吟」也還在舉行，實際上那些也自有其時代社會的意義，直至今天，喜愛五、七言律體絕句的人，也始終沒有少過；但新詩畢竟出現了，有了不錯的發展土壤，如今且已經有了豐美的傳統。

回望上世紀二十年代台灣新詩的草創，不能不對張我軍先生表示敬意。

# 台灣戰後出生第四代詩人略論

## 一、台灣戰後出生第四代詩人的出現

如以十年為一個世代，那麼戰後（1945-）出生的第四代台灣作家（1975年以後出生）已成群出現文壇，而且已蔚為壯美的文學景觀。

1999年版《中華民國作家作品目錄》所收計有四位屬這個世代，最年輕一位是李中（1979-），在他之前有三位都是1976年生，他們是張維中、孫梓評、黃永芳。到了2004年12月，《文訊》雜誌披露一份包含一百零八位「新世紀青年作家」的名單，他們都是在2000到2004年間「已有作品出版成書，或已獲得三次以上不同的全國性文學獎者」[1]，屬於上述第四代者已達五十餘位，最年輕的湯舒雯出生於1986年。《文訊》雜誌現正重編作家作品目錄，擬編入1975年以後（含）出生者，共清理出六十一位。[2]

1999年版《中華民國作家作品目錄》的四位作家寫詩的只一位孫梓評（也寫小說）；2000年3月，《台灣詩學季刊》第三十期推

---

1 編輯部〈新世紀青年作家簡介〉的「編案」，頁79。

2 文建會在1984年6月出版應鳳凰和鍾麗慧合編的《中華民國作家作品目錄》上下二冊；1995年該會委託文訊雜誌社第二次編印，由李瑞騰主編，有四冊；1999年重修，由封德屏主編，總計七冊。2007年由文建會所屬國立台灣文學館委託文訊雜誌社重編中。

出「新世代詩人大展」，我以該刊社長身分撰寫「前言」時提到，我是從紙本文獻資料清理出五十二位1965年以後出生的詩人，負責編選的白靈再從網路全面蒐尋，增加大約三十位，最後展出作品的有五十九位，屬於第四代的有二十八位；2004年《文訊》雜誌的名單中，寫詩的有三十餘位；現擬新編入作家作品集的寫詩人是二十八位。

我在《台灣詩學季刊》第三十二期〈新世代詩人詩作論述〉的前言中有這麼一段話：

> 「世代」是文學社會學的重要概念。一批年齡相近的寫作人，在某一個時間階段呈現的文學景觀，包括創作行為及文學活動等，在多樣的面貌中存在著某些一致性，或可稱之為「世代性」。從文學史的角度來看，它常是檢驗文學發展的重要指標。
>
> 每一個歷史時期都有它的「新世代」。詩壇新世代的出現，如果鬥志昂揚、旗幟鮮明，肯定會起風雲，詩史將可能為之改寫，五十年代初從大陸來台的年輕詩人群、六十年代聚合的本土新世代、七十年代崛起的新詩群體，乃至九十年代在網路無限大的空間裡馳騁自如的E世代詩人們，都值得我們從史的角度去探討他們的生成、世代性及詩史意義。[3]

另外在前述「新世代詩人大展」的〈前言〉中我提到：如以十年為一代，則戰後出生的第三代（1965-）已成為詩壇的新生力量，到1990代之末，他們之中有一些人已有十餘年的詩齡；但更年

[3] 李瑞騰〈「新世代詩人詩作論述」前言〉，頁6。

輕的第四代（1975-），由於有新興媒介（電腦網路），他們比較沒在平面媒體活動，因此雖有像「網路詩選」這樣的選輯，亦難窺其全貌。[4]

如今又過了六、七年，這戰後第四代詩人由於得大獎、被編選、出詩集，也參加社會性的詩之活動，他們的名字陸續為人所知了，詩風也更成熟了。我在這裡想經由最近五年的年度詩選來考察他們的情況。

## 二、五本年度詩選的考察

台灣從1980年代初發展出「年度詩選」的傳統，首先是爾雅出版社在「年度小說選」的基礎上於1983年出版《七十一年詩選》，六個人（張默、蕭蕭、向明、李瑞騰、向陽、張漢良）組成的編輯小組辛苦奮鬥了整整十年；其後是在官方有限的贊助下，由現代詩社發行了五年，創世紀詩社出版了二年，台灣詩學季刊雜誌社辦理了三年，最近四年則由二魚文化公司負起編印的責任。[5]

不同的單位當然有不同的作法，包括編輯委員的組成、編選形態與印製等，都可以看出其間的異同；不過，詩選重要的還在於，什麼人編選了哪些人的哪些作品，編選者才是關鍵；但從觀察者的角度來看，看熱鬧也看門道，誰入選誰沒入選？入選的詩人反應了一個什麼樣的詩壇生態？入選的詩文本彰顯了什麼樣的詩藝走向？

為了了解本文所謂台灣戰後第四代詩人出現詩壇的狀況，我從2002到2006年間的五本詩選清理出這樣的一張名錄：

---

4 李瑞騰〈迎向新世紀——「新世代詩人大展」前言〉，頁10。

5 見向陽主編《2003台灣詩選・年度詩選小史》，台北：二魚文化，2004年6月。

| 編號 | 姓名 | 出生年 | 詩選 | 詩題 |
| --- | --- | --- | --- | --- |
| 01 | 李長青 | 1975 | 02 | 通訊錄 |
| | | | 03 | 二月曾經 |
| | | | 04 | 回家 |
| | | | 05 | 歡迎來到我們的山眉 |
| | | | 06 | 六十七號的孩子們 |
| 02 | 鯨向海 | 1976 | 02 | 一星期沒換水的夢境、旅行團 |
| | | | 03 | 偉大的塚 |
| | | | 04 | 溫泉記 |
| 03 | 木　焱 | 1976 | 02 | 西岸旅客碼頭 |
| 04 | 孫梓評 | 1976 | 02 | 之間 |
| 05 | 伍　季 | 1976 | 02 | 籃球 |
| 06 | 廖之韻 | 1976 | 06 | 夜魅 |
| 07 | 羅浩原 | 1977 | 02 | 堅冰 |
| | | | 04 | 一些不太方便的懷念 |
| 08 | 林德俊 | 1977 | 02 | 擦子、深角度 |
| | | | 03 | 時間進行式數種 |
| | | | 06 | 麵線的海衛生第一 |
| 09 | 林婉瑜 | 1977 | 02 | 霧中 |
| | | | 03 | 說話術 |
| | | | 04 | 等待——記母親逝後三年 |
| | | | 05 | 誕生 |
| | | | 06 | 摔 |

| | | | | |
|---|---|---|---|---|
| 10 | 陳柏伶 | 1977 | 02 | 舞台劇 |
| 11 | 陳思嫻 | 1977 | 03 | 檳榔物語 |
| | | | 06 | 洞 |
| 12 | 楊佳嫻 | 1978 | 02 | 守候一張香港來的明信片 |
| | | | 03 | 渡厄 |
| | | | 06 | 約會 |
| 13 | 陳雋弘 | 1979 | 02 | 面對 |
| | | | 04 | 失去 |
| 14 | 紅格子 | 1979 | 02 | 回憶 |
| 15 | 達　瑞 | 1979 | 02 | 鬼霧 |
| | | | 03 | 某一秒的同時 |
| | | | 04 | 近況 |
| | | | 06 | 偶爾 |
| 16 | 劉亮延 | 1979 | 04 | 你願意跟我在一起嗎 |
| 17 | 甘子建 | 1979 | 05 | 島 |
| | | | 06 | 致回憶 |
| 18 | 林巧鄉 | 1980 | 03 | 她像湖／他像虎 |
| | | | 04 | 你也遇見了極光嗎（筆名「葉覓覓」） |
| 19 | 曾琮琇 | 1981 | 03 | 度日 |
| | | | 04 | 一天 |
| | | | 06 | 現代 |
| 20 | 張瓊方 | 1981 | 03 | 被灰階掃描的一天 |
| 21 | 廖大期 | 1981 | 06 | 航行，在我們的海上 |
| 22 | 黃文鉅 | 1982 | 02 | 潔癖 |

| | | | | |
|---|---|---|---|---|
| 23 | 廖經元 | 1983？ | 03 | 水仙的凝望 |
| 24 | 陳玠安 | 1984 | 04 | 信交易 |
| 25 | 陳羿溱 | 1984？ | 06 | 火星文 |

從1975到1984，是一個完整的世代。他們全都大學畢業，讀文學、戲劇、教育、社會、心理，有的正攻讀碩士、博士學位，有的已就業，擔任教師、編輯等；他們的名字，有的還陌生，但已有一些人出版了自己的詩集，有屬於自己的部落格，活躍於網路。他們彼此之間頗有一些串連，相互呼應，隱然成為一個新的詩人社群。

他們之中我曾專論林德俊和林婉瑜[6]。

## 三、一本詩選的考察——以《2006台灣詩選》為例

### （一）六代同堂的詩壇

接著我想從最新的《2006台灣詩選》來看這最新世代的詩。

《2006台灣詩選》是焦桐主編的，一人一首，收七十九位詩人的作品，最年長的是周夢蝶（1920-），當年「藍星詩社」要角向明（1928-）、余光中（1928-）、羅門（1928-），「創世紀詩社」老將管管（1929-）、商禽（1930-）、張默（1930-）、辛鬱（1933-）、葉維廉（1937-），「笠詩社」大老林亨泰（1924-）、錦連（1928-）、李魁賢（1937-）等都在其中。最年輕的應是

[6] 李瑞騰〈我的青春還未寫完哪——林德俊詩略論〉，台北：幼獅文藝六三九期，2007年3月；〈田裡的那尾「蛇」長大了嗎？——林婉瑜詩的一個側面〉，台北：幼獅文藝六四二期，2007年6月。

去年甫獲聯合報新詩大獎的陳羿溱（得獎時是嘉義大學中文系四年級學生），屬於最新世代另有十位：李長青（1975-）、廖之韻（1976-）、陳思嫻（1977-）、林婉瑜（1977-）、林德俊（1977-）、楊佳嫻（1978-）、甘子建（1979-）、達瑞（1979-）、廖大期（1981-）、曾琮琇（1981-）。除了陳羿溱，這十位全都見於前述《文訊》雜誌2004年的新世紀青年作家名單中。從整本詩選來看，詩人長幼年齡差距超過一甲子，說是六代同堂也不為過，有趣的是，老將有新意，新秀也並沒有新變到叛離詩形詩意組構原則的地步。

## （二）尋常日子的尋常生活

時間、記憶、愛情、生活，仍然是新世代愛寫的題材，表現出他們的時代感受，而這彷彿可以濃縮到達瑞〈偶爾〉的詩之首段：

> 偶爾這樣想起，
> 當所有人一起紅燈右轉，靜待虛無
> 時間的違章建築上，
> 你們被小心翼翼地提及——
> 佚失多年的地址，
> 落鎖於記憶暗層裡的情緒的毛邊
> 彷如太過繁冗的褪逝，
> 都好嗎？彼此又隔了新的憂鬱，
> 一些新的戀情。[7]

[7] 達瑞〈偶爾〉，焦桐主編《2006台灣詩選》，台北：二魚文化，2007年7月，頁225。以下引詩皆出自本詩選，不另加註，只在詩題後標明該詩的頁碼。

這只是時光流逝過程中生活雜感的一部分，周遭建築違章、行人違規，那麼時間、記憶和愛情呢？在消逝與新生之間，「都好嗎？」，確實是一個不得不提及的問題，然而答案呢？「新的憂鬱」伴隨「新的戀情」，還真的是如尾段所說的「難以重新詮釋」。

我們原以為廖大期〈航行，在我們的島上〉（頁229-231）會是一種大敘述：關心這個島的歷史、觀看這個島的現實，裡面會有政治批判、會有國族認同等，就像當年愛「航行」的吳潛誠寫《島嶼巡航》、《靠岸航行》等書[8]；但其實我們讀到的是，廖大期最尋常的日子裡的最尋常的生活，從「一天這麼開始」到「一天就這麼結束」，就這麼回事，「生活就在我們從烹飪過程中／抵達了海洋，如果鍋鏟是舟槳／煎鍋漂流著木殼船，吹煙會不會／像魚網，撈捕著一日所需的／愉快和憂傷」，他說，「就在海洋的／偏旁，書寫著我們的／生活」、「像烹飪中／糖與鹽的比例，縮寫著／我們的生活：上班與下班、愉快和／憂傷、閱讀和書寫……」新新人類很務實，「學會懂得／辨認生活的方位」比什麼都重要。

然而，一天究竟在什麼時候結束？說晚安之前？睡眠之前？抑或做夢之前？如若不眠不夢呢？我們因此就可以讀讀廖之韻的〈夜魅〉（頁268-269）。

深沉的

你呼喚我的靈魂

---

8 吳潛誠（1948-1999）此二書皆於1999年11月由台北立緒文化公司出版。

用夜色燃燒
留下詩句般的灰燼
紛擾如一顆石子的失足
跌入
水塘中央浮動的
夢的納瑟西斯

以蘆葦紮一艘小船
螢火蟲張起了燈
掌舵者是異鄉的流雲
你用盡力氣吹起了風
我們將因此被帶往另一個池畔
直到天明而止

我的不眠是你最後的食糧
吃吧，這是我的血、我的肉
不得與人分享
因為你已允諾成為一個字
填滿空缺的
夜

「魅」即精靈。詩中的第二人稱「你」即夜之精靈，因「我」之「不眠」，而有此獨語，卻轉化成「你呼喚我的靈魂」。整首詩全是擬想，從夜深到天明，從這個水塘到另一個池畔，不眠的人看來有嚴重的自戀傾向，而且有待於「夜」來完成；最後對夜之精靈所說的：「我的不眠是你最後的食糧／吃吧，這是我的血、我的肉／不得與人分享」。「吃」是假的，「不得與人分享」才是真的。

### （三）愛情：關於距離的問題

回到記憶與愛情，甘子建的〈致回憶〉（頁54-55）寫的是「回憶」究竟是怎麼一回事？詩分四段，首段三行：「各式各樣的回憶／總是喜歡趁我們不注意的時候／悄悄改變抽屜與音樂的形狀」，也許先有憶想再有變化，但也有可能是去翻動抽屜或聽某曲樂音時有所回憶。這顯然不重要了，重要的是它有各式各樣，總在你不注意時悄悄來了，其後兩段即以實際生活經驗為例，包括閱讀神祕小說與邂逅時的初吻，都成了記憶，即便深藏都可能顯現。

但詩人更想說的是，會被「弄亂」，也會「恢復原狀」，就那麼自然來去，唯有「來自遠方的朋友」是你願意「等待」的，你的記憶之匣最願意讓他「以漫長的時間」「細細擺設」。

什麼樣的「朋友」會如此重要？理論上來說，應該是平等相對待、心靈相契合的情義之交，雖不一定要在「遠方」，但真的要有點距離，如若近了，乃至於已然配對成雙，其複雜與幽微必難以理清、不易澄明，讀讀陳思嫻的〈洞〉（頁28）和楊佳嫻的〈約會〉（頁126-127）就能夠了解了。

〈洞〉寫我通過「洞」對你的窺伺，不同的時間，看你不同的行為動作，包括你上班途中、你在床頭閱讀、你在早晨對鏡漱洗刮鬍、你戴眼鏡出門去等；而從你上班途中「瀏覽」風景、闔眼之際讀「詩」、你的臉龐「虛幻」，你出門後「逐漸扭曲的世界」等。我們約略了解「你」似是一位活在自己世界的人，而我愛你至深，「跟著你走出去，卻在洞口扭傷了腳」，最終甚且「從你設下陷阱的凝視，跌入你的眼瞳／一如掉進引力強大的黑洞」。到這裡反而讓我們覺得，窺伺者其實是被窺伺被掌握的，這段愛戀完全失衡。

〈約會〉從「遠遠見你」、「對坐」、「街口相互道別」到「離開」，四段詩完成了一次你我的情愛之約。我們從「焦灼」、「悸動」、「遲疑」、「嫉妒」、「惆悵」等用詞，可以確信雙方的「距離」，以及「我」之於你「太在意」的情感。

其實我並非一個愛
隨意變換話題的人
我只是太在意你的雙眼皮
朗朗地摺向
無法抵達的深處

詩中精彩處在於街口相互道別之際的「晚燕兩隻，擺動著翦尾相對／立於電線上俯視／我與你，或者／我對你，遲疑的距離」，兩隻晚燕顯然用來對照你我，牠們的「俯視」你我之間的距離，實是我之情感投射；而那種距離之存在，尾段提供了最佳的理由：你連離開的腳步都是「均勻」的，而我呢？「我總是在決心／之餘又回頭想起那些／惆悵的念頭」。詩人把這情愛的幽微失衡歸結到個性，則這情愛之約便有了一種反省與了悟。

## （四）現代：捧詩、寫火星文、吃蚵仔麵線

另外五位的作品相對來說是比較冷，有創作主體理性的認知。

林婉瑜的〈捧〉（頁140-142）是一首論詩的詩，「詩」是什麼？其性質與功能如何？和小說、畫布如何區隔？詩人說：「詩並

不理會種種／疑問與假設／它獨坐／守護，字的意義／不聽說法，善意／、惡意的看法／詩如此／一向如此，深沉／冷淡／坐懷不亂」，換句話說，年輕的林婉瑜強調的是創作主體的自主性，所謂「詩並不理會」可以有二解，一是「詩人」對於外界的反應全不理會，一是詩的存在自足自明，自然展示其詩語的意與象之美。

陳羿溱的〈火星文〉（頁173-174）直指網路新世代創造出來的文字，也是倉頡之後代代傳下來的東西，所謂「八年級」（民國八十年代出生）「以無限量的通假編一部／專屬即時通的字典」，於是「人人都是文字學家」。詩人說，「游動的名詞是一列列難解的密碼」，但其中也有「文化的深華」；縱使「把漢字無掉」，但其中還是「包含了多少內心戲／只是研磨那些字根的時候，不慎遺失了／古中國的香味／如此而已」。整首詩語含辯護，顯然針對一些純正中文的維護者之於「火星文」的批判，特別是1996年台灣的大學入學考試之學測的國文試題出現「火星文」所遭到的爭議，這種網路世代的流行用語之出現及其特質等，詩人在詩中都有所敘寫。

曾琮琇的〈現代〉（頁256-257）諷諭「現代」，從「那裡的天空」如何？寫到「那裡的人」如何？而重點就擺在「人」，他們「準時」、「擅長語辭解釋」，而且是「鼠灰色的」，語含譏諷，因為一切看來都是負面的，他們的準時缺乏自主性、準時的是「錯過」；擅長的是噴口水式的詭辭詖辭，純心真意都沒了；而一切都是「鼠灰」，則不只是死氣沉沉，極其邪門，彷彿一大片的眾鼠嘰喳，口舌是非，造禍之端了。

那理的人不喝酒抽煙隨地吐痰

行走天橋，斑馬線或地下道

他們穿著鼠灰色的立領襯衫，避免把自己
弄髒，他們撐鼠灰色的陽傘，唱鼠灰色的歌
作鼠灰色的夢，他們從鼠灰色的隱形眼鏡望去
陽光鼠灰，空氣鼠灰，信仰鼠灰
十字架上，上帝同他們一樣
也是鼠灰色的

曾琮琇筆下的現代，整個世界都是「鼠灰色」的。年輕的寫詩人以讓人厭煩不悅的顏色鋪滿詩行之間，對現實世界有其長期的觀察與深刻的體會，因之而提出的指控，特別令人動容。

林德俊的〈麵線的海衛生第一〉（頁196）五段十行：

大腸約蚵仔
結伴去浮潛

潛下去潛下去
醋的黑海

浮上來浮上來
麻辣的紅海

遇到幾朵香菜
別在麵線波浪的頭髮

腦中的海來自鍋中的海
碗中的海流進身體的海

詩中有二組意象：一是構成一碗麵線的大腸、蚵仔、黑醋、麻辣醬、香菜；一是海意象群，包括黑海、紅海、碗中的海、鍋中的海、身體的海等。彼此之間以約、結伴、潛、浮、遇到、別、來自等動態性語詞產生關聯，首尾以（豬）大腸和入口經食道到腸胃等所謂「身體的海」完成一個循環，表達了逼種生態觀。全詩語含諧趣，暗諷人類食物之「衛生第一」。

比較來說，其中年紀稍長的李長青最有現實批判性，〈六十七號的孩子們——紀念Lisa Tetzner（1894-1963）〉（頁180-182）寫一位德國流亡作家及其被視為經典的作品，有對極權專制的抨擊，有對政客發動戰爭的譴責，當然也有對無辜孩童的悲憫等。詩人婉轉敘寫故事，「多麼遙遠的青春／多麼蒼老的掌紋」，何嘗不也是一篇具普世意義的「澄澈真摯的禱辭」！

## 四、結語

這樣看來，這些年輕的最新世代詩人，寫的也是尋常生活事物，他們關心時間和記憶，愛情和社會客關現實等；形式和上一代也沒太大差別，語言則在難易之間。我想，就如林婉瑜〈摔〉詩所作的提問：「一首詩摔／多碎／才不被認為／是詩」、「一首詩多／純粹／才被稱作／詩」等，他們從學習中建構新的詩美學，在實踐中反省詩語詩法，他們將更彈性更多元，創造出屬於他們世代繁富的詩風。

在前述「新世代詩人詩作論述」專題中，我有一篇〈台灣新世代詩人及其詩觀〉，提到新世代詩人之寫詩，旨在「建構一特殊可觀之世界」，他們把寫詩視為一種「完成」，用鯨向海的話來說，

「詩在我們的鍵盤下飛馳」[9]。誠然，當他們完全擺脫文學傳媒守門人的制約，詩已完全屬於詩人自己。

如上所述，台灣戰後出生第四代詩人並沒有新變到叛離詩形詩意組構原則的地步，但對寫詩這一件事，他們已經有很強的自主性了。

---

[9] 此文所引「詩觀」全是前述「大展」之詩人自述。

# 與時潮相呼應
## ——台灣詩學季刊社十五周年慶

「台灣詩學季刊雜誌社」創辦於1992年，《台灣詩學季刊》創刊號出版於當年12月，以「大陸的台灣詩學」為專題，並以此為題舉辦一場研討會；爾後效應逐漸浮現，在海峽兩岸震盪許久。

這相當程度反映出，我們站在上世紀九十年代，面對台灣現代新詩的處境與發展，存有憂心；對於文學的歷史解釋，頗為焦慮。我們選擇組社辦刊，通過媒體編輯及學術動員，在現代新詩領域強力發聲，護衛詩與台灣的尊嚴。

從第一期到第四十期（2002年12月），歷經白靈和蕭蕭二位主編，秉持「挖深織廣，詩寫台灣經驗；剖情析采，論說現代詩學」的創社／刊宗旨，在創作部分採大植物園主義，全面開放；在詩學部分，則針對詩活動的基本結構，整體考量，細部規畫，直面台灣現代新詩的歷史與現實問題。我們可以這麼說，總計40期的《台灣詩學季刊》，堪稱台灣現代新詩具體而微的百科全書。

2003年5月，原來二十五開本的「季刊」改成二十開本的《台灣詩學學刊》。開始還刊創作，從蘇紹連（米羅・卡索）主持的「網路版」精選出詩作來發表，並請專人評析；但從2005年9月起，「網路版」擬另出紙本《吹鼓吹詩論壇》，「學刊」乃從五號起（2005年6月）改成一帶有學報性質的期刊。這一段期間的變化，說明我們正在摸索一個較契合同仁屬性，且能與時潮相互呼應的表現方式；而事實上，我們發展出同時發行嚴肅「學刊」與活潑「吹鼓吹」的雙刊模式，回望台灣現代新詩歷史，這樣的情況確實未見。

「學刊」從一開始便由鄭慧如負責，「吹鼓吹」由蘇紹連主持，他們都在台中；業務則由在台北的的白靈和後來加入的唐捐、李癸雲、解昆樺等人共同處理，運作流暢，社務雖談不上興隆，但一切皆穩定發展。

今年12月，欣逢本社創辦十五周年，同仁有感於文學日漸式微，詩道不昌，乃有擴大慶祝之議。我們決定在12月間舉辦一場活動，贈獎及座談等，藉此探討一些與台灣詩學有關的歷史和現象，並向世人宣告詩自有其存在的價值，即便上下交爭利，舉世滔滔，我們還是堅持：詩之於人心人性，有那麼一點淨化的作用；之於社會，有那麼一點淑世的功能。

除此之外，出版品更是我們這一次的重點。首先是蕭蕭負責的向明詩作研討會論文集的出版，鄭慧如主編的「學刊」特別規畫了同仁論詩專輯；其次，我們首度出版同仁詩選，更策畫一套七本的同仁個人詩集。即使生活忙碌，俗務纏身，我們還是要把這些事做好。「台灣詩學季刊社」同仁之結社，理念相近，趣味相投，情義相交；有時不必開會，一通電話就可解決很多問題。

少年十五二十時，青春正盛，我們將著手規畫未來五年、十年，準備和歷史競走，走長遠的詩藝詩學之路。

# 張默編詩略論
## ——以小詩為例

## 一、編事已成編學

編輯作為整體文學活動的重要環節之一，主要是指作家之創作文本得以登上傳媒的過程，涉及企劃、選擇、製作等媒體行為，其中因傳媒屬性有異，故有不同的編輯作業及功能。

簡單的說，「編輯」應是「輯」而後「編」。「輯」的本義是車輿，即車上置物之處，引身為「合」、為「集」；「編」的本義是「以絲次第竹簡而排列之」，引申義有「書籍內容之編列排比」。換句話說，編輯是指從四面八方把資料集中在一起，然後依某種規則排序，《漢書・藝文志》說《論語》是「門人相與輯而論纂，故謂之論語」。這「輯而論纂」告訴我們，編輯也是一種知識行為，它不同於著書立說，但是輯而編之、論之，旨在匯聚他人的知識、智慧和經驗，從薪傳的角度來看，實不可等閒視之。

緣此可知，古往今來，凡書籍沒有不經過編輯而成，不論一人之作，或集多人之作，或依某主題而選眾人的作品，皆必須經編輯始得以成冊，得以流傳。不只《論語》，與孔子一生素王之大業息息相關的，正是六經之編定；以《詩經》來說，前人每不滿孔子

「刪詩」之說，但其實是「選」詩，古詩有三千多首，孔子為了教學的目的，從中取了約十分之一而成所謂「詩三百」，因此建立了選詩「三百」的傳統，張默和蕭蕭合編著的《新詩三百首》（台北：九歌，1995）也在這個傳統之中。

如今，隨著出版文化產業之興盛與競爭，編輯已由趣事而成專業，指其「事」，也代指行事之人，人一多也就成了一種行業。一名三義，指涉多方，日漸重要而複雜，於是而有「編學」（或稱「編輯學」），可建構理論，並已有豐碩史脈可以研究。

本文略述張默之編詩，亦可說是台灣當代編輯史一個個案的考察。

## 二、張默之編詩也

張默是詩人，也是編輯家。寫詩、評詩之外，他編詩刊、編詩選。根據《傳天虹中國新詩藏館．館藏張默詩書畫手稿選輯》之〈張默著作．編選書目〉所列，張默編選數量恰等於詩集、詩評集、散文集加起來的總和（二十幾種）；惟此編目看起來並非全部，也不包括一百多期的《創世紀》詩刊，以及主編《中華文藝》時的詩之編選。

作為一個編輯家，張默之所編主要是現代新詩，缺乏興趣和熱情是不可能持續那麼久，編那麼多的。編詩刊當然是義務，早期編的詩選、詩論選集等，相信是沒有酬勞的。根據我的了解，他一旦動念，便全力以赴，即便是合編，也經常是主導者。

1980年代初，張默約請幾位詩友組成一個六人編選小組，為爾雅出版社編「年度詩選」，也請我加入。整整十年間，我和他都輪編二年（他主編1982和1988，我負責1985和1991）。此期間，我感受到他投入工作之熱情，以及處理編務之精細，甚為感佩；而在他所編選的書中（含少數非詩選），《感風吟月多少事》（台北：爾雅，1982）我寫過書評；《小詩選讀》（台北：爾雅，1987）的「序」是我寫的；《台灣現代詩編目》（台北：爾雅，1992）我曾提供一些想法；《中華現代文學大系》（台北：九歌，1989），他主編「詩卷」，我負責「評論卷」，算是共事（可稱「共事」的當然還有其他，譬如說我策劃的一些大型的台灣文學工具書，他常是編委或顧問）。

提這麼多往事，旨在說明我對他從事編輯工作有近身的觀察，他願意毫不保留的提供意見，持開放的態度和別人溝通交流，但也有一定程度的堅持。

回到編選一事，如所周知，「選文以定篇」（《文心雕龍．序志》）於文學「典律」（canon）的生成，有一定程度的作用，我們從古代諸如《文選》、《玉台新詠》、《古文觀止》、《十八家詩鈔》、《唐詩三百首》等選集，可以看出選集是有文學實際批評及文學史意義的，有歷史眼光且認真嚴謹編出來的選集，有權威性，一般讀者對它有信賴感，因此在眾多作家群、作品群中，突出了某些人、某些作品，成了後來文學史家直接取材的文獻。這就是為什麼王德威教授為爾雅三十年的「年度小說選」再精編時會以「典律的生成」作為書名。

而張默之編詩選，1980年以前比較多的是與「創世紀」友人合編，具集團性，常被視為「創世紀」詩社集體意志和實力的表現，《六十年代詩選》（高雄：大業，1961）、《七十年代詩選》（高雄：大業，1969）、《中國當代十大詩人選集》（台北：源成，

1977）等，都有這種屬性，但從比較大的歷史角度來看，這也是一種詩史的建構，自有一種文學權力的操作，平常心去看，它不是「唯一」，而是「之一」，文學場域也自然存在著民主的實踐精神。

1980年代以後張默之編詩，主要是和爾雅、九歌兩家出版社合作，特別是爾雅，原也有清楚明白的市場考量，但看實際情況，「年度詩選」十年而易主，多少說明在市場上並不成功，不過據我所知，《剪成碧玉葉層層》（台北：爾雅，1981），《感風吟月多少事》，甚至九歌出版的上下兩巨冊的《新詩三百首》，皆有不錯的市場銷售成績。裝幀印製精美淡雅，賞心悅目之外，張默選詩的包容性強，同時也願意考慮一般讀者的接受狀況，這就使得這些詩選顯得可親可近，應是長銷的主因。此外，張默長期投入新詩史料的工作，於詩人生平與詩集出版諸事，皆能有效掌握，並表現在詩選之中，協助讀者快速了解詩人及其作品；有時摘句設計，或簡明解說，都有加分作用。

在張默編選書目中，我們很容易就發現他兩次編選「小詩」，一次是1987年的《小詩選讀》，一次是整二十年之後的《小詩・牀頭書》（2007），都在爾雅出版，我知道這裡面有其發展歷程，願意略述其經過，並談談張默的編輯實踐。

## 三、從《小詩選讀》專欄到《小詩選讀》專書

1983年6月，我接編嘉義商工日報的副刊，命名「春秋」，於7月1日起正式出刊，從7月2日起刊出張默的「小詩選讀」專欄，每週一篇，約1200字，賞析一首小詩。寫到次年8月19日，總計五十篇。兩年後想結集出版，補了十八篇，即著名的《小詩選讀》。

我之所以約請張默寫此專欄，主要是張默主編的《創世紀》詩刊從第五十九期（1982年9月）起設立「小詩選」專欄，選詩的是張默，第一次出現有管管〈荷〉、商禽〈眉〉、紀弦〈雕刻家〉、林泠〈女牆〉、洛夫〈子夜讀信〉、鄭愁予〈下午〉、余光中〈聽瓶記〉、瘂弦〈婦人〉，皆「十行以內的小詩」；六十期有方思〈白晝與黑夜〉、季紅〈秋野〉、周夢蝶〈風荷〉、楊牧〈黑夜人〉、葉維廉〈愁思十二韻〉、白萩〈叫喊〉、周鼎〈終站〉、渡也〈棄婦〉；六十一期有古月〈時光行〉、朱陵〈插花〉、林泠〈微悟〉、席慕蓉〈試驗之一〉、楊笛〈額前的書〉、馮青〈蓮霧〉、萬志為〈破靜〉、劉延湘〈四十字底小詩〉、藍菱〈短曲〉、羅英〈願望〉。前二期由碧果插畫，後一期由楚戈插畫，詩畫雙美。詩的出處有選集，有個人詩集，也有詩刊，所以並非從投來的稿件中擇用，編者說是「主動擇優」選介，和編詩選一樣。我乃建議張默以「小詩選」為基礎展開，加一「讀」字，即是進行賞析。試加比對，很容易就可以發現，副刊「小詩選讀」專欄所選的人與作品有來自於詩刊「小詩選」，也有另選的。至於「讀」的部分，我在後來出版的《小詩選讀》的〈序〉中有這麼一段文字：

> 張默的訴求對象不是專家，不是詩人，而是一般讀者，所以持以進入這首小詩內在世界的基本資料頗為豐富，其「導讀」大都包含四部分：首先是原詩及出處，其次是詩人生平簡介、其詩的一般性，最後才是此首小詩的析讀。

副刊上的專欄每週見報一次，讀的人雖多，但總是零星、片斷，一旦結集則意義乃大不同了。

首先是專欄持續一年多，集合起來的時候發現缺此漏彼，所以要增補，結果是張默另補十八位詩人的作品，當然也一樣為之賞讀；此外，張默在賞讀之後另加「附記」，多方蒐羅，列出「相關小詩篇名若干」，「總共加起來約三百八十餘首」，這也是頗為費時費力之事，張默說：「如把它們彙編，可能又是一部內容相當豐富、堅實的小說選。……筆者打算以之再編撰第二集，日後相機出版。」這是他自己的許諾，必須由他自己來兌現。

作為一本完整的編著，張默除要我寫序，他前作序、後寫跋，一點都不馬虎，特別是前序以「晶瑩剔透話小詩」為題，文長兩萬餘，已經做到《文心雕龍》建構文類論的四大綱領：「原始以表末，釋名以章義，選文以定篇，敷理以舉統」（〈序志〉），二十六條詳實的「註解」，更可見出他的資料能力。

特別值得注意的是，他把自己的小詩經驗溯至少年時代之閱讀冰心的〈繁星〉，文中亦針對1919年以後的所謂「早期」作了「小詩抽樣選錄」（十首），從胡適〈一顆星兒〉、劉半農〈小詩〉到廢名〈壁〉、陳敬容〈贈〉；同樣的，對於「近期」（1951年以後）也有「小詩抽樣選錄」（十首），從楊喚〈雨中吟〉、林亨泰〈黃昏〉到陳克華〈不懂溫柔滋味的草地〉、許悔之〈絕版〉等。也附載了數首1980年前後崛起大陸詩壇的「朦朧詩」。

此外，我們也看到張默針對本書所選小詩的行數作了「小小有趣的統計」：最少者四行，有三首；五行有七首；六行有八首；七行有九首；八行有十二首；九行有十三首；十行居冠，有十五首；超過十行的只有一首（十二行）。分段不分段，或如何分法等形式問題，文中都略有交代。

本書從覃子豪（1912-1963）選到陳斐雯（1963-），依出生年排序，年齡前後差距五十歲，覃先生辭世那年陳斐雯才出生，他們被張默擺在同一平台上，形成一條清清淺淺的小詩脈流，我認為張默等於為台灣小詩寫史。

## 四、從手抄本《小詩觀止》到單行本《小詩・牀頭書》

約十二年後，張默編選並手抄了《小詩觀止》（1998年3月），自稱手抄「初編本」；影印二次，前者影印若干冊，後者稱Ｂ冊，影印十餘冊，「只寄贈海內外少數詩友」、「僅在少數詩友間流傳」，每冊均編號備忘（我的編號是Ｂ008）。同時他說，「單行本將於1999年4月間由爾雅出版社精印出版」，結果延至2007年3月才問世，此即《小詩・牀頭書》。

手抄本《小詩觀止》收「自1917-1998年期間，在海內外公開發表的華文小詩創作精品」（卷前說明），從二行詩到十行詩，分成九卷。這種以行數為次序分卷的編排方式，在《小詩選讀》的序言中，形貌已見。在五四時期新詩產生以來無數的詩選中應是創舉，新詩行數雖非定格，亦難成類，但以詩語之濃縮精緻，標示詩行數目，於創作和閱讀，皆有一定程度的啟示作用，過去向陽曾有《十行集》（台北：九歌，1984）、岩上曾有《岩上八行詩》（高雄：派色文化，1997），或雖未以行數為詩集名稱，但行數及分段皆一致化的也有，如洛夫《石室之死亡》（高雄：創世紀詩社，1965），每首十行，皆分成兩段，而且統一上五下五。關於新詩的外形，在台灣很少被正視，張默雖然沒有試圖建構理論，但他建立在閱讀基礎上的分行編次，具體呈現了他的關注。

本書限定每一位詩人只選一首，各卷皆以年齡為序。版型古雅，每頁一首，左上詩人芳名，旁標生或生卒年，詩由右左行，詩末註明出處。張默為各卷命名，（分別是：「疑問二行及其他」、「鐵槌三行及其他」、「斷章四行及其他」、「鐘擺五行及其他」、「盲腸六行及其他」、「細雪七行及其他」、「毀滅八行及其他」、「飢餓九行及其他」、「剎那十行及其他」），皆有卷名頁。卷名頁之後皆以一頁錄名家有關詩或小詩之界說語。

從手抄本《小詩觀止》到《小詩．床頭書》，大體的結構沒變，分卷一樣，卷名則簡單化，稱「二行詩」、「三行詩」等，界說語則移入卷前「編序」，惟原來收入作品的年代是1917到1998，現在是1920到2006，家數從三百零三減少到一百六十八，除卷一外，各卷皆有增刪，以下為二書從卷一到卷九所收篇數，斜線上為《小詩觀止》，下為《小詩．床頭書》：

17/17，26/17，30/20，29/19，24/21，23/20，29/18，10/18，15/18。

同一詩人，有作品及行數皆未變，也有二者皆變，或變其一者。以卷一為例，宗白華原選〈斷句〉，改成〈繫住〉；彩羽原選〈看雲〉，改成〈瀑布〉，皆仍是二行詩；陳劍、毛翰、夏宇未再收入；張燁，陳允之則是新增。即便是數目字沒有增減，變化也都是有的。從這裡可以看出張默操持編事之用心。

《小詩觀止》有〈卷前說明〉條列式交代編例等，《小詩．床頭書》除保留〈卷前說明〉外，增一篇編序長文〈綻放瞬間料峭之美〉（頁3-20），和《小詩選讀》之〈晶瑩剔透話小詩〉可以相互補充。此外，比較特別的是各卷之末皆有該卷入選作品逐首之「讀後筆記」，短則一行，長則五、六行，基本上屬於感受型的閱讀，可稱之為現代式的評點；書後有〈本書作者簡介〉，雖僅列「筆名、本名、籍貫、生卒年、第一本詩集及最新詩集出版年代」，但如張默所說，「說來簡單，實則也花去若干比對查證的功夫。」

從外形上來看，《小詩觀止》A5影印，係張默手抄，字跡近行草，線條清秀中略帶狂野之氣，可以典藏；《小詩・床頭書》為25開本，由爾雅精編精印，清麗脫俗，有書卷氣。

這裡表現出一種歷史的眼光、一種跨越政治藩籬的視野。「入選詩人年紀最長者為1880年生，最小者為1982年生，相差約一世紀」；詩人的空間分布亦極寬廣，包括台灣、中國大陸、港澳、星馬以及美加等地皆有；「華文小詩」之說，等於把它們放在世界華文文學的大架構中去看待。

## 五、也是一場「小詩運動」？

張默於近十年間再編小詩，除了個人的偏愛以外，認定小詩特具「精省、洗鍊、不設藩籬」的文類特徵，能「瞬間爆發料峭之美」。我不認為張默想再發起一場如1920年代前期以冰心為主的「小詩運動」，但他和他的朋友們，在小詩的推廣上實際上是非常盡心盡力的。

首先是愛詩的爾雅發行人隱地，很早就曾出版過羅青編的《小詩三百首》（1979），後來又推出向明和白靈合編的《可愛小詩選》（1997），加上張默的小詩二書，很難不讓人想到他們或已視小詩為詩之主流。

其次是迄今仍由張默負責編務的《創世紀詩雜誌》，從2006年起到現在，又推出了八期的「小詩選」，每期約在8至12頁之間，刊二十首上下的小詩佳作。除此之外，一五〇期的「特別快訊」刊出「《創世紀》2007首屆小詩獎」，一開頭就說：

> 小詩，是當代華文新詩的瑰寶。《創世紀》多年來一直不斷刊發海內外詩人的小詩精品。近年開闢的「小詩選」專欄，尤其受到大家的矚目。

這個獎以刊發在《創世紀》第一五〇～一五三期十行以內的小詩為評選對象，第一五四期已公布評審結果，得獎的是菲律賓的月曲了，大陸的尹延濱和台灣的劉小梅、李皇誼和達瑞，得獎者的小傳、照片、評語等一樣不少，決審會議也同時刊出。

看來張默之編小詩已不純是個人行為了，有所屬詩社所辦的詩刊和重要出版社相互配合，詩壇又有同好共襄盛舉；更重要的是，詩人愛寫，讀者似也相對比較愛讀，也許我們真可以這麼說，在文學普遍式微、詩道不昌的年代，精緻、靈活的小詩的存在，或許是新詩仍然是當代重要文類的主因；而在其中，張默的貢獻是不容忽視的。

# 《台灣詩學季刊》專題前言

## 第一期〈大陸的台灣詩學〉

1980年4月，大陸出版第一部《台灣詩選》，從此以後，純詩選、帶賞析的詩選、有詩人專論的詩選，乃至於個人詩選、詩社詩選、詩史，鑑賞辭典等等，紛紛出現，根據最保守的估計，總數量大約在二、三十種之間。關於這些出版品的發行以及讀者接受的情況，由於缺乏具體的資料，實在很難知道，但是它們如何編選？如何評價？因為有書可以考察，多少可以看出一些現象。

過去，基於詩壇的相互交流，台灣一部分的詩人只顧著和大陸詩人交朋友，一些人只在意自己有沒有被選？如何被讚美？另有一些人則滿含敵意，頗多譏諷。我們覺得現在已經到了應該「正視」的時候了。一種「真正的對話」必須出現，否則已經出現在台灣詩壇上空的薄霧，勢必更加模糊不清。

我們選擇評論的是比較近期的作品，這裡有必要略作說明：我們通常都相信，前修未密，後出應能轉精，選擇比較近期的作品，就是假設它是比較好的，在這種情況下如果還是問題一籮筐，更顯示它的複雜性與嚴重性。當然，我們是信守文學民主的基本原則的，所以同仁們是各抒己見，口徑未能統一，尺度寬嚴也不一，這點特別需要向讀者說明。

## 第二期〈大陸出版有關台灣詩的書目〉

1980.4　台灣詩選／編輯部編，人民文學出版社

1981.5　台灣愛國懷鄉詩詞選／巴楚編，時事出版社

1982.4　台灣懷鄉思親詩詞選／海東生編，上海人民出版社

1982.7　台灣詩選(二)／編輯部編，人民文學出版社

1983.8　台灣詩人十二家／流沙河編著，重慶出版社

1985.2　隔海說詩／流沙河著，生活讀書新知三聯書店

1985.8　台灣新詩／翁光宇選析，花城出版社

1986.5　覃子豪詩粹／李華飛編，重慶出版社

1987.2　台灣女詩人三十家／古繼堂編，湖南文藝出版社

1987.2　施善繼詩選／周良沛編遠，四川文藝出版社

1987.2　瘂弦詩選／周良沛編選，四川文藝出版社

1987.4　台灣當代愛情詩選／楊際嵐，朱谷忠編，上海文化出版社

1987.5　台灣愛情詩選／耘之編選、中國文聯出版公司

1987.6　柔美的愛情——台灣女詩人十四家／古繼堂著。春風文藝出版社

1987.8　台灣現代詩選／劉登翰編，春風文藝出版社

1987.10　台灣校園詩／楊際嵐選編，廣西人民出版社

1987.10　台港愛情詩選／培貴編，長江文藝出版社

1988.1　台灣大學生詩選／許建生、生二編，湖南教育出版社

1988.7　台灣中年詩人十二家／流沙河編著，重慶出版社

1988.11　余光中一百首／流沙河編選，四川文藝出版社

1988.12　台灣《創世紀》詩萃／雁翼編，浙江文藝出版社

1989.5　台灣現代詩四十家／非馬編，人民文學出版社

1989.5　台灣新詩發展史／古繼堂著，人民文學出版社

1989.9　台港朦朧詩賞析／古遠清編著，花城出版社

1989.10　台灣現代詩歌賞析／耿建華、章亞昕編著，明天出版社

1990.6　台港百家詩選／葛乃福編，江蘇文藝出版社

1990.6　台灣現代百家詩／犁青編，漓江出版社

1990.6　台灣現代抒情詩選／培貴編，長江文藝出版社

1990.6　台灣小詩選萃／黃振展編，漓江出版社

1990.6　我和春天有一個約會——台灣現代、後現代詩選／編輯部編，中國友誼出版公司

1990.12　台灣詩選／非馬編，花城出版社

1991.1　尋你的名字在緣中——台港抒情小詩精選／國嵐編選，河北人民出版社

1991.2　台灣青年詩選／張默編，人民文學出版社

1991.3　台港現代詩賞析／古遠清編著，河南人民出版社

1991.4　台港現代詩論十二家／鄒建軍著，長江文藝出版社

1991.6　台灣愛情詩賞析／陳紹偉編著，花城出版社

1991.7　台灣女詩人五十家／古繼堂編著，湖南文藝出版社

1991.11　海峽兩岸朦朧詩品賞／古遠清編著，長江文藝出版社

1991.12　台灣新詩鑑賞辭典／陶本一、王宇鴻主編，北岳文藝出版社

1992.2　海峽兩岸詩論新潮／古遠清著，花城出版社

【編後記】

1. 本書目1989年以前資料參考《台灣港澳與海外華文文學辭典》，其後除個人藏書外，並蒙我的朋友陳信元加以增補，特此說明。
2. 本書目第二本含舊體詩，第三本為舊體詩選，其餘皆現代新詩。
3. 大陸出版有關台灣文學的書籍很多，分散各地，蒐羅匪易，而且劣本頗多，一個完整的書目全編有待來日，也期待方家提供資料。
4. 根據陳信元所著《兩岸出版業者合作發行書籍之現況調查與研究》一書引自大陸資料所述，港台版詩歌類圖書在大陸總計出版六十餘種，僅席慕蓉一人的詩歌集就在大陸出版了十餘種。據我所知，台灣詩人張香華在大陸出有兩本詩集；洛夫、楊平等也都有詩集出版。附記於此，以供參考。
5. 有關台灣詩的資料和論述，也存在於合集以及通論性質的書當中，要全面了解，勢必要一並考察。

## 第六期〈詩選怎麼編〉

《史記．孔子世家》裡說：「古者詩三千餘篇，及至孔子，去其重。取可施於禮樂。……三首五篇，孔子皆弦歌之，以求合韶武雅頌之音。」這是詩經學上的所謂「刪詩」之說的由來。與其說「刪詩」，不如說是「選詩」，在孔子的「去」和「取」之間。我們體會出一個非常重要的編選原則：首先是將重複的去掉（去其重），然後是選擇一「可施於禮樂」的作品，總共是三百零五篇，簡稱詩三百，其後被儒家正典化，終於成為《詩經》。

做為中國詩歌文學母胎的《詩經》，其實是一部合於現代意義的詩選：從廣義的詩歌角度來看，《楚辭》也是一部詩選，它充滿地域特性。從此以降，在中國詩歌活動史上，編輯「詩選」乃成為詩歌創作與評論之外的一個主要活動，它建立在廣泛蒐輯與精細閱讀的基礎上，提出一個比較具有說服力的準則以進行編選，其中有當代人編當代詩選，有後代人編前代人的作品選，有斷代詩選，有跨時代的詩選，有社團的、有流派的，也有以不同角度分類的詩選等。所謂的「說服力」，應只是體系內部的相對標準。

有許許多多的詩選集是我們所熟悉的，譬如說《玉臺新詠》、《宋詩鈔》、《十八家詩抄》、《唐詩三百首》、《千家詩》等，它們對於後代的影響很大，大到無法估算，但它們是怎麼編的，具有什麼樣的意義？等等，我們好像都不太理會。實則這是一個值得研究的文學課題，以「詩選」為對象，其理論與實踐，乃至歷朝歷代的詩選之間的關係之釐清、比較，值得研究。我們至盼有一部詩選總目及提要，一部中國詩選史。

民國以後，新文學運動勃興，從《分類白話詩選》（許德鄰編，1920年）開始，新詩（或現代詩）選集也就不絕如縷的出現，以1949年以後的台灣來說，從1951年的《現代詩歌選》開始迄今，最保守的估計約有一百二、三十部之多，雖然有不少詩選如同泡沫，旋起旋滅，但是著名而且重要的也有一些。詳細請看張默編的《台灣現代詩編目》（1949-1991）。

大概不可能有一部詩選完全令人滿意，選那些詩人的那些作品？永遠是編選者的一大挑戰；怎麼樣的一種編法？更必須仔細思索；至於是否要加一些工，譬如說寫作詩人小傳或作品評析，就看編者或出版者的意願了。從這樣的一些角度可以來檢驗詩選的編輯，進一步可以經由諸多選集的考察看出時代詩風，甚至據之以書寫詩歌發展的歷史。

把「詩選」當作一個重要的詩之活動進行研究，是現代新詩研究的一條途徑，「台灣詩學」不能無視於此，在還無法全面論述分析之前，有必要先作一點初步的考察，本專題就是集群智的一種嘗試性試探。

詩選怎麼編？我們歡迎關心現代新詩的朋友繼續參與討論！

## 第九期〈性愛詩〉

蕭蕭演講《現代詩的情色美學與性愛描寫》，引發白靈製作「性愛詩」專題的構想，我覺得這個構想很有意義，深表贊同。

「性愛」做為詩的表現素材，從古老的年代就有了，本專輯劉易〈漢詩學所見情色〉一文可以看出一點端倪。此外，詩經以降有六朝的「宮體」詩，乃至諸如清代《白雪遺音》一類的俗曲，都有所謂艷情之作，不過，在正統的詩歌作品中幾乎不見有以性愛做為直接描寫對象的，要想讀赤裸裸的性愛描寫，就得從《花營錦陣》、《鴛鴦祕譜》一類的色情書上去尋找了。（詳新近出版的《秘戲圖大觀》，台北，全楓出版社）

仔細分析「性愛」一詞，愛指情義，性是交媾，徒愛而無性，總是不足；徒性而無愛，則純是短暫的感官之刺激或享樂，與禽獸何異？必得有靈有肉，性愛雙全，始見圓滿，所謂陰陽合德之境即此。

詩寫性愛，在露與不露間分寸頗難拿捏。大體來說，詩這個文類重在譬喻，含不盡之意見於言外，但似也不必將男女情事全然隱藏於帷幕之中，或者視而不見，詩意表達之必要，直露無妨，千萬不可為露而露，否則何異春宮秘畫？

八十年代以降的台灣文學已大膽突破「性」的禁區了，主要是小說，詩仍隱約其事；這些年，春城無處不飛花，色情泛濫；A片錄影帶、限制級電影已經司空見慣，女權運動者從女性身體擁有自主權為訴求，提出「我們要性《高潮》，不要性搔擾」，一場性革命又如火如荼地展開了。

現代詩不該自外於這種社會現象，不是要推波助瀾，而是要以詩人的澄澈之心使之清明，願大家來正視這個和所有人都密切相關的人生課題。

## 第十二期〈詩戰場〉

《台灣詩學》季刊創刊號所推出的「大陸的台灣詩學」專題，引發一場持續至今的論戰。本刊既點燃戰火，不管意願或被動，本刊都必然成為主戰場，因此我們刊登了全部的應戰文章。其中也不乏惡言相向者，但我們只接受批評，絕不還手，原因無它，我們旨在開闢戰場而已。

用比較學術的話來說，我們是在開創一個可以自在對話的空間，不只是兩岸需要對話，台灣本地的詩人、詩評論者，甚至和詩毫無關係的人，也都有必要進行各種不同層次的觀念溝通，有話就說，但是我們希望一切的對話都是君子之爭，合乎理性原則。

本期以「詩戰場」為主題，發表十一篇文章，其中有三篇不約而同討論詩獎問題，可見「獎」的問題之重要，它提省我們可能有必要從更根源處加以探討；有兩篇是關於台灣現代詩史研討會論文的回應，一涉論述取樣以及歷史解釋，一涉台灣現代詩的抒情傳統，我們歡迎鴻鴻、張錯甚至詩壇朋友來回應羅、王二文。其他幾篇，陳去非批評九十年代台灣詩壇「一片晦暗」，批評大陸詩人于堅在《現代詩》上發表的備受重視的長詩〈零檔案〉；徐望雲則以球藝喻詩藝，批判現代幾種特殊詩類，以寓言體散文論詩，值得注意；趙尋隔海再發牢騷，挑戰的對象是本刊同仁游喚教授，談的問題是現代詩的教學；游喚思速筆健，對許多文學現象直言不諱，這一次談詩的聲光，有趣的是，他之所批判，正是本刊主編白靈的拿手好戲，多年來不斷提倡的詩之活動。

至於駱以軍等人的座談記錄，代表新一代的詩人和他們的朋友對於詩以及詩壇現象的觀察與思考，重點擺在詩社與詩刊，觸及媒介轉換等問題，值得深思。

一個開闊、活潑的詩的論述空間已經形成，關心詩的朋友盍興乎來！

## 第十三期〈當前詩壇現象批評〉

本期專題「當前詩壇現象批判」刊出十二「現象」以及前期「詩戰場」的七篇「回應」文章，論者各有立場及觀點，筆力亦有所不同，溫厚者有之，辛辣者亦不乏其人，總之是熱鬧滾滾，亦發人深省。

〈現象一〉是小黑吉以漫畫直接批判所謂「得獎專家」，對於創世紀以及笠兩元老詩社表示意見，其中關於「榮後詩獎」問題，係上期渡也〈恕我言重〉一文的回應。渡也此文刊出以後，他自己很快就發現把得獎者弄錯了，因此而有〈再談「榮後台灣詩獎編」〉，持續嚴厲表示他的看法。不過也引來笠詩社李魁賢和岩上兩位先生的辯駁文章，我們一併刊出，以為平衡；由於「詩獎」問題，在上期就是焦點，本期更有大荒、王鎮庚兩位詩壇前輩針對聯合和中時兩大報詩獎直言無諱，值得我們注意。

副刊與詩運關係密切，辦獎是大事，花錢費力又不討好，發表詩作的情況也一直受到關切，張默從兩大報詩獎談起，特別編製副刊刊登新詩作品的調查統計表等，以見詩壇生態，讓我們再度關切媒體編輯與新詩發表的關係。

值得注意的還有杜十三把台灣詩／中國詩的議題攤開來，向明把詩人／詩匠的差異說出來，謝輝煌把詩壇／政壇的關係類比起來，張健簡要歸結詩壇現象，林燿德呼籲相互尊重，游喚重新申論詩之「美」，翁文嫻和國中老師實際對談詩之教育等，在在都讓我們感到詩壇現象紛陳，我們歡迎詩壇朋友進一步再作探討。

「回應」部分另有鴻鴻、顏艾琳和侯吉諒、陳去非四篇，如果當事人有意「再回應」，我們也願意接受。特別感激侯吉諒的讀後感〈愛詩者搗蛋發射！〉。其實編者也怕烽煙四起，戰火燎原，看來不能不苦思「大和解」策略了。

## 第十四期〈大陸的台灣詩學再檢驗〉

1992年12月，本刊在第一期製作了〈大陸的台灣詩學〉專題，並舉行一場討論會。次年三月出版的第二期，又續推出了同名專題的下篇，並開始刊登回應的文章，至今仍餘波盪漾。此其間，大陸研究台灣現代詩的專家如劉登翰、李元洛、古繼堂、古遠清等人，皆曾渡海來台，實地了解台灣的詩之社會，對於本刊所製作之專題，相信會有更進一步的認識。然而，這並不表示兩岸對台灣詩學已經完全沒有歧見了，我們認為有持續對話的必要。

台灣現代詩是一個客觀的存在，任何人都有欣賞的權利，都可以從各種角度加以詮釋、評論，大陸的同行對它產生興趣，不管緣由如何，都是一件好事。但這並不意味我們一定得歡欣鼓舞，拍手叫好，相反的，為了維護詩的尊嚴，為了正本清源，我們有充分的理由表示意見。

至於台灣有沒有寫出以新詩史、新詩評論史為名的書，這是另一個層面的問題，台灣現代詩學的質與量，都有待加強，我們敬邀所有詩人與詩評家一起來關心這個問題。

這一次的「再檢驗」，發表長短不等的十篇評論，孟樊和楊平二文可以說是另類聲音，特別值得注意、深思。站在詩刊編輯的立場，我們呼籲真正的對話。

## 第十五期〈詩與死亡〉

生之喜悅，死之哀悽，這是人生的兩件大事。每一個人都無法掌握自己出生，有時卻可以掌握自己的死亡，不過，大部分人是不想的，想延年益壽的人很多，古之人求煉丹之術，今之人發展醫學，都無非是要與死神對抗。比較起生，死之事複雜得多了。

孔老夫子早就講過「未知生，焉知死」的話；而關於「死有重如泰山，輕如鴻毛」的故事，歷史的記載也多，下面的兩首詩是最好的例子：

人生自古誰無死
留取丹心照汗青

——宋・文天祥〈過零丁洋〉

千古艱難唯一死
傷心豈獨息夫人

——清・鄧漢儀〈題息夫人廟〉

前者是國家民族之事，後者關涉愛情與道德。從原始歌謠開始，死亡便成詩歌的表現母題，現代新詩當然更愛觸及這個人生課題，早期新月派詩人聞一多寫死：「死是我對你唯一的要求／死是我對你無上的貢獻」（〈死〉）；現代詩人余光中寫道：

當我死時，葬我，在長江與黃河
之間，枕我的頭顱，白髮蓋著黑土

——〈當我死時〉

詩與死亡，便這麼牢牢結合在一起，沒有一個詩人不思考這個問題，不處理這個素材。然而重要的是，他想到了什麼？所思的深度、廣度如何？他怎麼寫？寫出了一個什麼樣子？這是一個值得探討的詩之課題，我們之所以策畫這個專輯，也是基於它的普遍性和重要性。

本集所以特具多樣性，張健將詩與死亡的關係，以語錄方式，言簡意賅的說出；謝輝煌和黃梁的論文，一通論，一專論周夢蝶的兩首詩，有深刻的詮釋；尹玲和秀陶、宋穎豪等的譯詩是他山之石；向明、林廣等人的創作則充滿個人體會。期盼詩人和詩評家可以更加深入的挖掘其中的意義。

## 第十六期〈情詩大展〉

廣義的「情詩」無所不包，親情、友情、男女愛情。當然都是書寫對象，而萬事萬物、自然山水，社會國家等，也都可能有情，皆可以抒發。而一般所謂的「情詩」，則特指寫男女情愛之詩，不過，比較前進的說法已包含男男或女女的同志之愛。不管怎麼樣，這樣的詩可以寫自己，也可以寫別人；可以歡欣鼓舞，也以悒悒不樂；可以直接表達，也可以迂迴曲折去呈現。……

古往今來，上至帝王卿相，下至一般平民百姓，都不斷的謳歌愛情。從遠古民間歌謠開始，我們就發現了一條抒寫愛情的汩汩水流，流經大江南北，流過一代又一代，流經我們的眼前，流入我們的心田。於是，我們也提起了筆，一字一句，敲擊著愛的心扉。

這一回，我們不只要寫情詩，要討論情詩，而且要檢驗情詩——那是一場情詩比賽的得獎之作。我們持著很簡單的理由：情詩要有情，情要可知可感；詩要寫得好，好要說得出來。然而，一個人說，可以；一組評審說的也可以，而我們想讓更多的人來說說看。說來說去，說長說短，總是為了要發現更多沒有被發現的東西。總是希望更多的人來讀讀這些作品，進一步也寫寫這樣的詩，讓人間更多情，我們有更多好的作品可讀。

感謝參與這一次活動的朋友，台灣詩學季刊向您們敬禮。

## 第二十期〈詩社詩選檢驗〉

詩社為詩人之所集結，最初可能只是因為情誼相通，詩觀相近，其後卻可能因切磋詩藝而產生衝突，可能因內聚力太強而生排他性，可能因爭詩壇地位而論戰連連，詩史因此也是一部詩論爭史。

詩社為了彰顯特色，表現實力，常編自家詩選，這種詩社選集大概有兩種：一種是同仁作品之匯編，一種是詩社所辦詩刊發表作品的選集。前者通常由個人提供作品，後者一定要有人主選，比較來說，前者的詩壇及詩史意義比較大，如果是一個運動型詩社，其同仁的作品選集，便彷彿一場實兵演練，戰鬥性一定很強。

台灣的現代詩史，很多時候被理解成一部詩社競爭及消長之歷史，從這個角度來看，詩社選集就顯得非常重要了，從裡面我們可以看出他們的集團性格，也可約略了解個別同仁的詩風，由於這樣的選集常有長篇導言，並可能附有詩社相關資料，如果配合他們的詩刊來看，個別詩社史的發展歷程，也就不難掌握了。

我們基於這樣的理由而製作這個專題，各家皆自有其觀察重點，可能頗多見仁見智之處，我們歡迎各種理性的討論。

為了讓讀者有一個完整的認識，我們在這裡簡單編成一篇詩社選集目錄，有興趣的朋友應該很容易找到這些書。

## 第二十一期〈人物詩〉

以詩寫人謂之「人物詩」，或者也可以叫它「志人詩」，就像小說中有「志人小說」一樣。

以「人物」為書寫對象，史書中的「列傳」，文學中的「傳記文學」都是重要的體裁，而在文學的各種類型中、「詩」可以寫人，「散文」可以寫人。至於「小說」，離開了「人物」，小說已不成其為小說。

要把人物寫得很像，寫得生動活潑，還真不容易，尤其是寫詩。

詩寫人物，可以是歷史人物，也可以是現實人物，通常是這樣：寫歷史人物是今人與古人的對話，使之重現，或者重新評價，也可能是詩人自我生命的投射；寫現實人物呢？或反映或批判，都代表詩人一種對人的關懷。

上至帝王卿相，下至販夫走卒，一旦被詩人取為書寫對蒙，實寫或虛筆，全看表現主題，是頌揚還是挖苦，全看詩人的主觀願望。從讀者角度來看，他究竟寫什麼人？怎麼寫？重點放在那裡？又為什麼要寫他？凡此種種都是我們最想知道的事。

但是，親愛的詩人，你可以不管讀者，只要你曾經仔細觀察，出於善意，誠意的聯綴珠玉，你就放心大膽的去寫。

《台灣詩學季刊》勇於開創，願意不斷探索寫詩的各種可能，在製作「人體詩」之後，來個「人物詩」，有創作有評論，誠邀詩壇同好一起來關心「寫法」問題。

## 第二十二期〈詩賞析〉

所謂「賞析」，其實是針對作品進行解讀。但「賞」字一出現，似乎就不那麼嚴肅了，反正是「欣賞、欣賞」，就把那閱讀的感受，以帶有分析性的說詞告訴別人。不過最重要的還是得說出一個所以然來，必須「講清楚」。

首先當然是對象的選擇，可以截取一首詩的部分詩行來賞析，可以賞讀一首完整的詩，可以把某位詩人或多位詩人的作品群合起來閱讀，也可以就某位詩人欣賞其全部的作品。

有時候是用口頭敘述，有時候是寫賞析文章。表現的方式就各憑本事了，有札記型的，也有長篇大論的；有人喜歡逐字逐句細部說解，有人發現作品特性，就以之切入而大談特談；有人全憑印象，有人左一個學說，右一個理論，好不熱鬧。

收錄在本專輯中的七篇賞析、比較多的還是面對一首詩，包括尹玲、沈奇、馮異、鐵匠和向明，其中沈奇是自述。這位大陸西安詩人本身也是詩評家，剖析自己的作品自然頭頭是道；尹玲讀的是入選高中國文課本的一首現代新詩，極具參考性；至於向明這篇罕見的長文，真的是以羅門〈大峽谷奏鳴曲〉為評析對象又旁涉「其他」，而這「其他」就不只是詩作了，還有詩觀和詩法的問題。

此外，徐曜明評孫維民詩集《拜波之塔》、周曉萍分析狄金森的詩，亦是以作品賞析為基礎之作。

本刊台灣現代詩學，嘗試開發有關議題，這是一個理想，但現實面不一定能夠配合，像「詩賞析」這樣的詩學要務，理應有理論，有實踐，更應清理過去詩賞析的成果，但同仁刊物的困難性，使我們暫時只能以這種方式來表現，說來有點遺憾，盼望以後能有機會再度處理。

歡迎讀者針對有關詩賞析的問題參與討論，如果對於本輯詩文有意見，「詩戰場」歡迎您來表達。

# 第二十三期〈台語詩創作與評論〉

日據時代，語文合一的新文學主張在台灣的實踐，出現了台灣話文運動。把台灣話文字化，不只是在理論上沒有問題，在事實上也是可行，在日據下會有這樣的運動是可以理解的。而在解嚴以後的台灣，隨著本土思潮的湧動，台語不只是不再被壓抑，而且更有流行趨向，在政治界，在學術圈，在文化領域，都可以看到、感覺到它的能量在增強，使用的場合在擴大，研究在深化，在創作上（文學、音樂）則是不斷地在提昇。

這樣的現象，我們不能視而未見，不管你看得懂或看不懂，喜歡或不喜歡，台語文學都將成為台灣文學一個重要的組成部分，尤其是「台語詩」，我們認為它終將和「台語歌」在流行歌中一樣，被接受和傳播，成為我們這個時代在台灣的一種「詩」。

然而，進一步要正視的是：第一，台語不只閩南語，還有客家話；第二，台語詩（讀出來）聽得懂，並不表示讀得懂，同時，詩還得是好詩，不能寫來寫去都像謠諺，甚至是打油詩。

很高興已經有不少人在這方面投入了不少心力，包括創作和評論，但不可否認的是，在創作上，詩人還耗費許多力氣在由語轉文的過程；在評論上，常用不少筆墨在解釋字詞。換句話說，「台語詩」在今日的台灣，似還停留在「達」的層次，我們希望它能向「雅」邁進。

《台灣詩學季刊》旨在建構「台灣詩學」，知道「台語詩學」的重要性。也嘗試做些努力，這一次「台語詩創作與評論」專題算是初步嘗試，這裡有五位詩人的十七首，或長或短，另有五篇評論，有理論有批評。我們特別高興麥穗先生對於台語詩「用字」的探討，以及陳國鈞先生將兩首入選高中國文課本的詩進行「閩南語翻譯」，這種的交流對話極有意義，我們期待更多正面的積極性意見。

## 第二十四期〈大學詩人作品特展〉

二十位校園年輕詩人的五十四首詩，整體展現出什麼樣的風貌？可以作為新一代青年詩人的代表嗎？

這樣的問題意識有價值嗎？

我在想，現在是1998年，明年是二十世紀的最後一年，現在二十來歲的年輕朋友，再過二十幾年，已是中年，那時候我就七十了吧，我還會寫詩、評詩，或者辦詩刊嗎？

回到二十幾年前，不就是七十年代嗎？我還記得1972年我上了大一；1977年我進入研究所讀碩士班。那時啊，像我這樣一個現代詩的狂熱分子，是無法容忍別人對現代詩表示一些些的不滿。而現在，什麼樣的話沒聽過，還愛著詩，想來也真是不容易啊！

然則詩難到只是屬於青年嗎？恐怕又不盡然，余光中到今年重陽已足七十歲，是詩翁了，還在寫，而且創作力頗為旺盛，寫得更好呢。紀弦已經八十好幾了，猶不放下手中的那枝筆。

做為一個今日猶在大學校園的年輕詩人，你寫詩是為了什麼？你會持續寫下去嗎？你做好跨入詩壇的準備嗎？你打算在什麼時候出版第一本詩集？

你通常都寫些什麼？用什麼樣的方式來寫呢？你會多方實驗，任意搞怪嗎？你希望讀你的詩的人，從你的作品中接受什麼樣的訊息呢？

你曾經想過和這個時代的關聯嗎？在這樣的時代，寫這樣的詩，有什麼意義嗎？你會考慮詩史的問題嗎？對於前行代的詩風，你的態度如何？跨世紀之後、現代詩將會有什樣的發展呢？

也許你會說，寫幾首詩，有那麼嚴重嗎？想那麼多幹什麼？

不管怎麼樣，既寫詩，就好好寫，用心去經營每一首詩，縱使只是兩三行的小詩，不是嗎？

## 第二十五期〈大學詩社作品特展〉

每一次提起大學校園詩社，總會想起政大的「長廊」、台灣師大的「噴泉』、高師大的「風燈」、輔大的「草原」、文化的「華岡」、東吳的「海棠」、北醫的「北極星」、高醫的「阿米巴」等等曾接觸過或聽聞過的名字，年輕的詩人群一波一波湧現，分散各校，做大約相同的事；讀詩、論詩、寫詩、也辦活動、編詩刊，他們之中總有幾位和詩壇特別有聯繫，有時他們會請詩人進校園演講或座談，有時他們也參與詩壇的詩歌朗誦，也有一些作品被選刊在校外的文學傳媒。

每一個詩社的成員通常都不多，但他們情誼深，活動力強，社團形象鮮明，卻常因學業而放棄詩的追求，不過總有人會堅持下去，走入詩壇。

對於愛詩的大學生來說，詩社對他的影響很大，最重要是社員相互之間的切磋，他們呼朋引伴去參加校外的文學獎，有時也會組跨校的詩人群體，像七十年代的「龍族」、「大地」，八十年代的「地平線」，九十年代的「值物園」等。

我覺得文壇的詩社負責人、詩刊編輯，甚至於副刊的主編，對於校園詩社應多一些關心，提供機會給年輕朋友，不管是邀請他們參加活動，或是發表他們的作品，亦師亦友帶領他們走出校園，讓他們的熱情和創意成為詩壇一種新生的力量。

在為大學個別詩人製作特輯之後，蕭蕭策畫了「大學詩社作品特展」，雖然只有六校的詩社參展，但已經可以看出做為「詩之搖籃」的大學詩社的現況，有的很有歷史，卻也有近年來新設的，至於作品，可以說是一座大植物園、奇花異卉，競吐芳華。我覺得這些年輕詩人都很有發展潛力，期待他們更成熟，而且堅持寫下去。

## 第二十六期〈為兒童寫詩〉

「為兒童寫詩」擺明了就是大人的作品。「為」字充滿目的性：寫給兒童閱讀，並且希望他們從中獲得一些啟發。換句話說，這裡面有教育的作用，但是不同於課堂上夫子的角色功能，也相異於家中嚴父手訂的那一套家法家規，或者一室普照的慈暉。而是用「詩」這樣的文學形式，去感動、去啟悟。因此，「寫」的工夫就非常重要了。

首先它當然必須是「詩」，要有「在心為志，發言為詩」的詩學內涵，得用最少的文字宛轉表達最多的情思。更進一步說，從語言到意義，要口語、要流暢、要可解；這還不夠，要譬喻得體、要趣味橫生，要親切自然。也就是說，對象是兒童，想要告訴兒童什麼？用什麼樣的表現方式他們才喜歡讀，而且讀得懂？寫詩的「大人」，必須有清楚的掌握。

以本輯前三首來說，張曉風〈全世界都在滑滑梯〉以一般兒童滑滑梯時「人」與「梯」的關係為基礎，從形象著手，無限放大，則挑花瓣兒／風裡、小魚兒／浪上、小星星／夏夜的天空，小水滴／荷葉的關係、乃至於音符／鍵盤、小妹妹夢裡的笑意／搖籃裡，從自然到人文，提供一種思考，一種觀物的角度，基至是一種情趣，沒有說理與教條，卻詩意遙深。

向明的〈爆竹〉，以物第一身說話，以「一群胖嘟嘟的小兵兵」喻成串爆竹，形象與內質雙寫，有童趣，也有教化，「別惹火」、「不要欺侮」有反諷之意存焉；至於蘇紹連的〈這支鑰匙給你，孩子〉，由於抽象，閱讀的難度較高，「虛擬」也者竟然是所有一切存在的根源，孩子可能比較不易了解。

持人為兒童寫詩，亦如散文家、小說家為兒童說故事，戲劇家們為兒童演戲，是兒童藝文教育的一環，值得大家一起來行動。

## 第二十七期〈禪與詩的對話〉

本刊各期專題，從「性愛詩」到「情詩」，從「人體詩」到「人物詩」，不只是題材的開拓，亦是主題之探索；而「小詩」、「台語詩」與「兒童詩」等，不只是形式問題。也關涉詩之內在。當我們進一步探索「詩與宗教」、「詩與死亡」，在現代詩學領域，無疑已進入思想層面，這一期「禪與詩的對話」當然也是，但顯然又在另一層面產生意義，那就是現代詩學與古典詩學的匯通問題。

詩禪關係肇端於禪師的以詩寓禪，則有所謂「示法詩」、「開悟詩」、「頌古詩」以及「禪機詩」；然後文人以禪入詩，則詩中有禪理、禪典、禪跡與禪趣；論者更引禪以論詩，使禪學與詩學相

結合，成為中國古典詩學中妙悟一派。（以上詳杜松柏《禪學與唐宋詩學》）

就中國古典文學來說，由於有大量的禪詩（含禪家的詩作、一般詩人受禪學影響所寫的禪詩），詩禪關係的討論也就成了一個重要課題；不過，在台灣現代詩歌領域，這樣的討論並不多，最主要的恐怕是現代禪詩並不普遍，詩評論者大多不習禪學之故吧。

蕭蕭策畫了「禪與詩的對話」專題，想來是有感於這是一塊值得開發的領域，他一方面約請詩人創作禪詩，一方面約請詩評論家論禪詩，也評析作品，總計有十三位詩人發表了三十八首詩，及六篇評論文章。我另外請我在中大的研究生嘗試選些禪詩加以賞析，特在下期連同其他兩三篇重要評論一起刊出，希望能豐富台灣現代詩學。

我的學生陳茂霖為了這個專輯特編了一張書單，謹提供有興趣的詩友參考。

## 第二十八期〈禪與詩的對話（下）〉

關於詩禪關係及現代禪詩，在上一期的專題中已多所討論。從引例看來，台灣現代禪詩的喪現平平。本期續推出一篇論文及七篇評析性文字，論及的詩人仍不外周夢蝶、洛夫、余光中等人，羅青、蕭蕭、許悔之、林建隆算是意外收穫。

台灣佛教盛行，南星雲、北聖嚴、東慈濟，皆德高望重。其教派之管理皆已現代化，與傳統佛教絕不相類，從他們辦學，經營傳媒以及所舉行的法會可以看出，我們相信有高深佛學造詣的高僧大德不少。但一般信眾其實皆一般性感悟，比較上是經驗式的，文學界呢？除了把現代佛教當作一種社會文化現象來看待，可能不可能從經典教義中感受到可與生活或創作接軌之處。

我們正在尋找，也正在開發，在理論的層面，文學可與佛理匯通，相互證成；在實際的創作和批評行為上，如何相互匯通而不礙，這是我們努力之所在。

這期提供論文稿件的周慶華先生，現任教於台東師院語教系，研究文學，也深通佛學，著有專書，他前此在《雙子星詩刊》亦撰有詩禪關係的論文，這一次再論，從根本的話語著手，可說直探本原；林淑媛是中央大學中文研究所博士候選人，於文學與佛學關係有長期的觀察、思考與體會，論夢蝶先生禪詩有獨到之見解。此外數篇禪詩的賞析文字，作者皆中央大學中研所碩士班研究生，和上期編書目的茂霖是同學，他們各以自己的體會，用自己的方式，表達閱續心得，留有可觀者焉。江文瑜教授從鐵窗詩而金剛經的論述，也值得深思。

我們以兩期刊出詩禪關係的專題，從學者專論、詩人創作經驗，以至於年輕的研究生用不是非常專業的閱讀經驗來賞讀，整體呈現台灣現代禪詩的存在狀況，以及和讀者之間的對應關係，我們嘗試探索現代詩及現代詩學的諸多可能，希望以後能有進一步的開展。

## 第二十九期〈邁向海洋台灣〉

台灣四面環海，是名副其實的「海洋台灣」，而今卻得「邁向」，不是詞用的不好，而是過去的台灣太不「海洋」了。何以故？那是因為台灣的文化太「大陸」了。

如所周知，中華文化主要起源於黃河。「黃河之水天上來、奔流到海不復回」，河海的關係竟如河？《莊子・秋水》中河伯和北海若的對話，即是中華文化還只到河的層次的一則寓言。河沒日沒夜的往前奔流，彷彿我們也在其中一起奔流，我們正是面對蔚藍海洋興嘆的河伯！

從唐山過台灣，帶來的是原鄉的文化。過了海，我們就不再親近海洋，拼命地往原野墾去，往山林披荊斬棘去，我們把海拋得遠遠的。不只如此，我們在海岸線上佈滿了崗哨，怕敵人來犯，也阻絕了自己投身海洋的去路。

就這樣，除了漁民和海軍，我們大部分的人只能遠遠看海，看逐慚漸遠去的點點漁帆，或者逐漸隱沒的那輪落日。

幸而有詩人為我們留下了為數頗為可觀的海洋詩，在高雄，一個名為「大海洋」的詩社結集了一群愛海的詩人，編過《中國海洋詩選》；一個曾在海軍服役過的詩人林燿德編了《海是地球的第一個名字——中國現代海洋詩選》；最近幾年，現代海洋詩的討論開始多起來。有關海洋的研討會開過好多回，去年中山大學文學院在西子灣開了一場規模很大的「海洋與文藝國際會議」，海洋詩是重要的研究對象。

然後，我們有了這一輯「邁向海洋台灣」的策畫，蕭蕭為台灣的海洋詩進行美學建構，蘇紹連論述台灣最重要的海洋詩人汪啟疆的近作《人魚海岸》，另外發表九位詩人的十八首海洋詩。我們相信，這絕對是值得我們挖深織廣的寬闊領域。

# 第三十期〈新世代詩人大展〉

以十年為一代，則戰後出生的第三世代（1965-）已成為詩壇的新生力量，到90年代之末，他們之中有一些人已有十餘年的詩齡，在各種新詩競賽中脫穎而出，也有一些曾參加這樣那樣的詩之集會。但更年輕的，包括第四世代（1975-），由於新興媒介（網路）的出現，他們不在平面媒體活動，偶然有詩刊編製「網路詩選」，但殊難窺其全貌。

當代詩史的建構，在面對新崛起的詩人群時，存有相當程度的無力感，但又不得不處理，在沒有整套資料的情況下，只有一點一滴去累積。這一次我們決定以比較大的動作來匯聚詩壇新世代。以下略述我們的做法。

首先由我個人從張默《台灣現代詩編目》（1947-1995修訂篇）及李瑞騰、封德屏主編的（中華民國作家作品目錄）（1999年版）清查1965年以後（含）出生的詩人資料，然後對照：(1) 年度詩選，(2) 前衛版台灣文學選，(3) 兩大報文學獎得獎名單，(4) 明道文藝及文建會主辦全國大專學生文學獎，以及，(5) 近年來各詩刊有關新世代詩人的特輯等，總共清理出五十二位詩人。

接著由白靈從網路上下手，一方面尋找類似「典藏詩壇新勢力」的資料，並發佈新聞徵搞，三月中總計增加大約三十位。

要把這些年輕詩人全找到並不是一件容易的事，約稿之事全靠白靈，一般郵件和電子郵件雙向進行，到三月下旬總共收稿五十九件。我們序齒編列，每一位詩人皆有個人簡介及詩觀，選詩若干。

這是《台灣詩學》季刊在公元兩千年推出的「新世代詩人大

展」。相信一定有人成了「遺珠」，我們不排除「續展」。

除了簡單做這樣的說明，我們不在本專號中針對新世代詩人發表任何評論，但我們將用一場「活動」公開來面對這個台灣新詩史上的大課題，時間會在今年詩人節前後。此外，我們也歡迎愛詩、寫詩的朋友來信、來稿，針對本專號表示您的看法。

## 第三十一期〈圖像詩大展〉

詩之有學久矣，「言志」之說早見於《尚書》，其後孔門論詩，即已體用兼備。而畫論初興則在六朝。然而言「法」說「境」，乃至「氣韻」等等，皆與詩藝相通矣。至唐宋而有「詩中有畫，畫中有詩」之說，則二者雖表現媒介不同，其同源而異流，蓋可確信。

現代詩學每有繪畫性、建築性之說，其所重者乃在空間感之呈現，文字以形聲示義，自可在「形」上著力以彰顯其「義」，這在現代式的編印條件下，乃有以詩行排列為主訴求的圖象詩（或稱「具體詩」）之形成，台灣現代詩在這方面曾經有所表現，亦引起學界的關注，詩壇和畫家也曾協力舉辦視覺詩展，頗為可觀。

然而當最新的電腦科技出現，且被詩人所發現、運用，這就是詩與網路的結合，動態的、多元媒介的表現方式，以及傳播上與受眾可能的立即性互動，使得網路圖象詩更接近一種新的造型藝術。

但這並不表示文字成了遊戲的工具，更重要的是詩質的掌握、詩境的探求，仍是創作的首務。整體來看，除去重複的部分，圖象詩使用的文字更精簡濃縮，密度和張力卻更大，否則就失去以這一種方式表現的本意。

《台灣詩學季刊》的同仁之一蘇紹連以「米羅・卡索」筆名活躍於網路，白靈和游喚也能充分利用網路，鄭慧如似也有意往詩的資料庫方向努力，他們對於網路圖象詩皆有深度體會，所以大家決定面對這個新型文類。當然，純從詩的角度來看，這個詩類值得開發及探索。

我們期待有新的理論層次的思考來呼應本期這個專題。

## 第三十二期〈新世代詩人詩作論述〉

「世代」是文學社會學的重要概念。一批年齡相近的寫作人，在某一個時間階段呈現的文學景觀，包括創作行為及活動方式等，在多樣的面貌中存在著某些一致性，或可稱之為「世代性」。從文學史的角度來看，它常是檢驗文學發展的重要指標。

每一個歷史時期都有它的「新世代」。詩壇新世代的出現，如果鬥志昂揚、旗幟鮮明，肯定會起風雲，詩史將可能為之而改寫，五十年代初從大陸來台的年輕詩人群、六十年代聚合的本土新世代，七十年代初崛起的新詩群體，乃至於九十年代在網路無限大的空間裡馳騁自如的e世代詩人們，都值得我們從史的角度去探討他們的生成、世代性及詩史意義。

《台灣詩學季刊》嘗試從各種不同的面向探索現代詩史，自是不能無視於這最新的世代，我們的做法分成幾個階段，首先是詩人資料的清理，其次是徵詩的活動，最後是舉行研討會。我們趕在二十世紀的最後，有計畫的進行新世代詩人寫詩經驗的試探，無非是基於對詩的熱愛，對新世代詩人的關心以及嘗試建構當代詩史，我們不敢誇言成效，但將新世代詩人及其詩當作詩史議題，提早擺在學術層面加以研究，《台灣詩學季刊》可說開風氣之先。

六月四日舉行的「台灣新世代詩人會談」，總計發表了五篇論文，包括他們的世代性、詩觀、批判精神、書寫策略、活動之場域等。現場來了不少年輕詩人，他們勇於自我表達，挑戰論者之姿，令人印象深刻。這五篇論文今一併發表在本期，我們歡迎進一步的討論。

揮別舊時代，我們選擇以最開放的心胸迎向新世紀，更有一種豪情、一種瀟脫的姿態。

## 第三十三期〈第二十屆世界詩人大會紀實〉

有兩個跨國的詩壇活動曾引起我的關注，一個是亞洲詩人會議，一個是世界詩人大會。前者是韓國、日本、台灣詩人組成。台灣部分主要是笠詩社成員，由於出版有《亞洲現代詩集》，所以不難知其概貌；後者據說是國際詩壇的盛會，至今已辦了二十屆，台灣參加的似乎是中華民國新詩協會和傳統詩學會，1994年在台北舉辦，我曾參與了部分的活動，算是略知一二。

台灣必須走出去，詩人當然也不例外。什麼人出去參加了什麼樣的活動，應該有所記錄，對於每一個人來說，參與是很重要的事；對於群體來說，更是如此。過去國際筆會開會，彭歌先生每一次參與都有報導；最近一次在莫斯科開會，聯合報副刊甚至製作了專輯。詩歌的國際交流如果沒留下稍微詳細的報導，不只是個人的損失，也是台灣整體的遺憾。

第二十屆世界詩人大會於今年八月在希臘召開，蕭蕭與會，歸來以後製作了「希臘行」專題，有報導、有論文、有詩作，我認為這是一件極重要的事。我在想，如果過去十九屆都留下了類似的資料，那一定是以台灣為中心的國際詩壇交流史的重要篇章。

世界詩人大會曾兩度在台灣舉行，亞洲詩人會議也曾在南投召開，我覺得台灣有能力，也有必要舉辦類似的活動，本來台北市文化局要辦國際詩歌節，不知何故延後了，或許是想準備得更充實吧！我們希望這個活動能有更多的詩人參與，而且能夠常態化。

我期待各種詩會的產生，想一想如果我們有「全國青春詩會」，有「全球華文詩會」，有「世界婦女詩會」，那該多好！

## 第三十四期〈年度詩選觀察〉

自從有了年度詩選，詩壇變得比較熱鬧，寫詩的人當然希望能夠入選，沒入選當然不高興，入選的也不一定額手稱慶，因為選的那一首他不一定滿意，編者的評語可能不如他意。不高興，那會怎樣，私底下罵罵者有之，公開寫文章修理者有之，有人乾脆也編他一本，一鬧雙包，甚至年出三本年度詩選，熱鬧極了，不知者以為詩運興隆，結果是年年滯銷，收攤了事。

難道不可能有一本讓所有人都滿意的年度詩選嗎？我認為那是不可能的事，選集永遠都是編撰者個人主觀意志的實踐結果，縱使過程難以避免客觀因素的影響或干擾，重要的是他那主觀意志如何，如果是褊狹的、自私的、膚淺的，那編出來的東西當然令人生厭，其價值不高自是意料中的事，棄之可也。編選者應該意識到他做的這一件事涉及公眾，不考慮向歷史負責，也得想想讀者的接受度，畢竟編選不是乾過癮的事。

從過去的年度詩選看來，可議者當然很多，譬如像本專題中落蒂、方群、陳去非所說的某些現象及問題。不過，從今日回望，十

七、八年間還好有這些選集存在，否則要看這些年現代詩的發展變化，還得大費周章呢！當然，要確實了解詩之發展，不能單以年度詩選為根據，還應有其他材料，諸如個人出版的詩集，各種詩選集以及詩壇上與詩有關的事件等等。

我們有理由用比較高或嚴格的標準來面對年度詩選，畢竟整個社會的資源有限，不容許我們作太多的消耗；但是要作這樣的批評並不是很容易，一首詩該不該選，會有不同的看法，你如何證明別人選不好，把入選者及原發表媒體統計出來，這樣的量化能充分說明編選者的偏私嗎？恐怕很難。

問題似乎越來越複雜，除了原來的年度詩選，網路年度詩選也在公元兩千年首次出現，我們該如何面對這股詩壇新勢力？署名「銀色快手」的年輕朋友在本專題中也交代了其中原委，正可與張默、向明的自述相互對照，這種經驗之談，頗有助於讀者對於年度詩選的認識，應該被重視。此外，諸如丁威仁的評論，也是我們所期待的。

關於年度詩選，我們會繼續保持我們必要的關切。

## 第三十五期〈以詩論詩〉

在中文詩學史上有兩個「以詩論詩」的傳統，一個源自杜甫〈戲為六絕句〉所開創的論詩絕句，一個始於司空圖《詩品》建立的品詩方式；前者是七言絕句，是詩的實際批評；後者是四言小詩；主要是風格論。二者的影響皆極大。

五四時期重要文藝團體「文學研究會」的主要成員之一郭紹虞，是著名的中國文學批評史家，他曾為《詩品》作「集解」，亦學袁枚《續詩品》作「注」，附錄的相關資料中有《補詩品》、《演詩品》以及《文品》、《賦品》、《詞品》等著作，可確定這種品詩方式已有其傳承。

郭氏亦曾為杜甫〈戲為六絕句〉作「集解」，且編過《萬首論詩絕句》，所收繼杜以降，迤邐千餘年，極為可觀。

有趣的是，我有不少朋友在這兩方面用力很深，先說「論詩絕句」，新加坡國大的楊松年教授著《杜甫〈戲為六絕句〉研究》，台東師院的何三本教授亦有《論詩絕句詩研究》，任教彰師大國文系的周益忠教授著有《宋代論詩研究》，把這個以絕句論詩的傳統挖得很深：在《詩品》方面，蕭蕭當年在台師大的碩士論文寫的正是《司空圖詩品研究》（1972），也在新加坡國大的王潤華教授著有《司空圖新論》，堪稱集大成之作。

蕭蕭的現代詩學究竟有沒有受到司空表聖的影響，有待研究。他的著作《從鍾嶸詩品到司空詩品》在九十年代已正式問世（1993），研究者可以比較探索。我看他今日以「以詩論詩」為六月號《台灣詩學季刊》之專題，知他未忘情於司空，而且以古為鏡，思為現代詩學開拓更大空間。

把這些「以詩論詩」之作放在五四以降新詩學史上究竟有何價值？我們曾經有過多少這一類的「詩學」文獻？看來是有進一步清理研究的必要。

## 第三十六期〈他山之石：論台灣詩壇〉

台灣的新詩，從日據以降迄今，究竟是一個什麼樣的發展歷程？經過幾多轉折？有那些詩人在不同的歷史時期寫了那些優秀的作品？它們如何和環境對應？又如何展現詩人的心境？所有的這些有關台灣新詩的問題，該由誰來回答？或者說什麼樣的人才有解釋權？

這是一個很蠢的問題，所有的文學事實都是一種客觀的存在，誰的觀察深入，誰的分析合理，他就有說服力，這個人可以是詩人本身，可以是他的朋友，當然可以是不相干的人，可以是台灣人，也可以是大陸人，當然也可以是其他地方的華人，甚至於非華人。

兩岸的關係很牽扯，故文學方面也複雜得很，但只要不去碰根本問題——到底「台灣文學」是不是「中國文學」？基本上是相安無事，而且兩岸詩壇交流頻繁，比較來說，台灣去大陸的多，但知道大陸較少。

大陸有一批人對台灣的詩很感興趣，他們想盡一切辦法讀台灣詩人的作品，評介分析，基至於寫詩人專論，寫詩派消息，寫新詩發展歷史，這讓台灣某些人惱火，或不解，但也有人非常高興。

文學這東西原本就可能跨越國界，更何況兩岸同文同種。台灣新詩在大陸的傳播，或者說大陸對台灣詩的接受，1979年以後迄今，早已是幾番更迭，可以當課題來研究了，但我們到現在都還只是片面了解，令人遺憾！

《台灣詩學季刊》願意在這方面多做一些努力，讀者如果不健忘，應還記得我們的「創刊號」便以「大陸的台灣詩學」為專題，往後更持續不斷，發表非常多相關論述。在適當的時機，我們會更大規模探索。

這一次的專題只發表三篇論文，而沒有「意見」，但我們願從「他山之石」的角度來看它們，章亞昕人在山東，劉修在湖南、陶保璽在安徽，前者是史論，後二者是詩人專論，二位被討論的詩人，非馬出生台灣，長年在美，是笠詩社詩人；大荒來自大陸，在台灣落地生根，是創世紀詩人。這兩篇論文，一重詩法，一重詩旨，分析性和概括性都強，值得參考。

大陸上豐富的台灣詩學資料，有待我們去蒐輯、整理、研究。

## 第三十七期〈他山之石：論中國詩壇〉

20世紀之末，大陸詩壇有一場規模很大的詩學論爭，涉及的議題極多，海內外關注。白燁編的《1999中國年度文壇紀事》（桂林，漓江出版社，1999）的「熱點掃描」，八則中有三則與此有關，稱之為「兩種詩歌寫作的爭論」；也是白燁編的《2000中國年度文壇紀事》（同上，2001）有一篇摘自《詩探案》的〈世紀末詩學論爭在繼續〉長文，也放在「熱點掃描」欄內，同時另有一篇〈詩歌教材之爭〉。找到收錄那些爭論文章的書來看，則世紀末中國詩壇的創作及評論時況，大概可以掌握。

古遠清撰的《中國當代詩論五十家》（重慶出版社，1986）只收到1984年，如果增補到二十世紀末，以同樣的標準，可能還要增加至少三十位。不過台灣的學界及詩壇知道的有限，比較熟悉的可能只是來過台灣，或者時常評介台灣詩歌的幾位而已。

這不得不令人感到遺憾，活躍大陸文壇的詩評論者，所展現出來的評論景觀，包括作品分析、詩人專論、現象觀察、詩史探索等，其中所彰顯的理論背景、焦點議題、思考深度，以90年代來說，可堪我們借鏡及再發揮之處非常多，我們不能視而未見。

我見過大陸最近幾年出版的新詩年鑑、年度文論選，以及稱之為「備忘錄」的詩歌爭鳴資料，常想用什麼樣的方式來加以評介，念已動卻未曾行動，前次蕭蕭策畫「他山之石」專題，刊三篇大陸詩評家論台灣新詩的評論文章，這一次也以同題命名，五篇皆論中國大陸詩壇，前後八篇雖然只是一小部分，但用心的讀者應可以有不少發現。

看這五位作者，我個人比較熟悉的只有沈奇和陳仲義，非常慚愧。論述主題有純理論（邵淑朋）；有現代詩史的課題，一篇討論二十年代李金髮的愛情詩（賓恩海），一篇討論馮至《十四行集》之後中國現代主義詩的兩條路線（張桃洲）；沈奇談論一位曾被埋沒的詩人麥城，稱「散論」，不是序，就是書評；陳仲義評述的也就是我在本文一開頭說的論爭，他說那是詩壇「內訌」。

兩岸詩壇的交流進行了二十年，始終無法進階到觀念及思想層次的對話，令人遺憾，從現在起，讓我們開始勉力自我超越吧！

# 附錄

# 民間寫作／知識分子寫作
## ——世紀末大陸詩壇的一場論爭

## 一、前言

出版於1999年12月的《中國年度文壇紀事‧九十九卷》（白燁選編，桂林，漓江出版社），在開篇首列的「熱點掃描」中有三題與「詩歌」有關（總計八題）：〈詩歌現況反思〉、〈如何開拓寫作資源大有分歧〉、〈關於兩種詩歌寫作的爭論〉。後者針對詩歌的「民間寫作」與「知識分子寫作」的論爭加以簡述，前二者也與此有所關涉。

從編輯的角度來看，所謂「熱點」除了眾所關注之外，還有「重要」的意涵。依我看，其重要點大約有以下數項：從戰況的規模來看，它是八十年代前期朦朧詩之爭以來最大的一場論戰，唇槍舌戰，留下大量的文獻，特具詩歌批評史的重大意義；其次，從起源上看，表面上是兩部詩選（程光煒編選《歲月的遺照》、楊克主編《1998中國新詩年鑒》）的出版所引發的，但其實涉及詩壇的權力鬥爭，一方主要在北京，長期掌握主流媒體及發言權，一分主要在南京、廣州、昆明等地，是邊緣地帶民間詩人向天子腳下知識分子詩人的挑戰，頗值得從文學社會學的角度觀察；此外，它既是一個年度之事，但九十年代詩歌是關注點，更進一步說，可以放大到新時期，甚至於整個當代詩歌的範疇加以討論，從大歷史角度來看，它深具詩史價值。

本文想討論這一場論爭，由於我個人並不在場，隔海觀察亦難免由於資料欠缺而誤判，原則上只是一種「他者」的意見。

## 二、論戰紀事

以下請容許我上溯下延，把世紀末這最後三年與此論爭有關的事件羅列出來：

98年3月　在北京召開了三天的「後新詩潮研討會」，有在京及來自全大陸各地的學者、詩評家及詩人四十多人參加。

98年3月　程光煒主編的《歲月的遺照》（九十年代文學書系・詩歌卷）由北京社會科學文獻出版社出版發行。

98年5月　小海、楊克主編《他們十年詩選》由漓江出版社出版發行。

98年9月　北京《詩刊》公佈〈中國新詩調查〉。

99年2月　楊克主編的《1998中國新詩年鑒》由廣州花城出版社出版發行。

99年4月　唐曉渡主編的《現代漢詩年鑒・1998卷》由北京中國文聯出版社出版。

99年4月　在北京市平谷縣盤峰賓館舉辦「世紀之交：中國詩歌創作態勢與理論建設研討會」，活動三天，有全大陸近四十位重要詩人、詩評家與會，爭論激烈，稱「盤峰詩會」。

99年5月　楊克主編的《90年代實力詩人詩選》由桂林漓江出版社出版。

99年7月　《北京文學》第7期闢專欄發表「盤峰詩會」爭論文章五篇（陳超與李志清、唐曉渡、謝有順、西川、韓東），並刊一篇正面的綜合報導（張清華）。次期續刊七篇（于堅、臧棣、西渡、孫文波、王家新、沈奇、侯馬）。

99年9月　李復威主編的《九十年代文學潮流大系》之《主潮詩歌》（吳思敬編選）、《先鋒詩歌》（唐曉渡編選），由北京師範大學出版社出版。

99年11月　在北京昌平龍泉賓館舉行「'99中國龍泉詩會」，是「盤峰詩會」的延續。

99年12月　何小竹主編的《1999中國詩年選》由陝西師範大學出版社出版。

00年1月　王家新、孫文波編《中國詩歌：九十年代備忘錄》由北京人民文學出版社出版。

00年4月　汪繼芳著《斷裂：世紀末的文學事故——自由作家訪談錄》由南京江蘇文藝出版社出版。內附完整的「斷裂」行為資料。

00年5月　江水編選《二十世紀九十年代詩選》由上海文藝出版社出版。

00年6月　楊克主編《1999中國新詩年鑒》由廣州出版社出版。

00年6月　程光煒編選《歲月的遺照》和其他《九十年代文學書序》更換封面，改書系名稱為「當代文學精品書系」，重新再版。程編為「當代詩歌精品」。

## 三、一本詩選、一部年鑒

所謂「後新詩潮」大約指九十年代中國大陸詩歌，是八十年代中期朦朧詩退潮、新生代各種詩群爭相亮相之後的詩界景觀。受商品經濟大潮的沖擊，詩歌迅速邊緣化，進而導致詩人們的分化[1]，或移居海外，寫起浪逐詩歌，或改行寫比較有市場性的小說、劇本，而留在詩歌陣營者又因諸多主客觀因素而裂變成兩個對立的詩人群——所謂「知識分子寫作」和「民間寫作」。

根據沈奇的說法，1998年3月在北京召開的「後新詩潮研討會」，爭鳴熱烈，分化現象已呈現出來，甚至於前此一年在武夷山「現代漢詩詩學國際研討會」上已有對立跡象，而真正「毫不保留地劃清了界線」，則是程光煒所編的詩選《歲月的遺照》[2]。

這一部詩選原納入洪子誠、李慶西主編的《九十年代文學書系》，兩年後不知何故改書系名稱為「當代文學精品」。編者程光煒（1956-）為武漢大學文學博士，任教於北京中國人民大學中文系，專事詩歌批評。在詩選〈導言：不知所終的旅行〉中很清楚表達他對詩歌的態度及喜好傾向。那是所謂的「知識分子寫作」，「知識分子寫作不是通常而言的階層確認，而是對當代思想文化中種種『知識分子』概念的駁難、質疑，以期在更寬闊和複雜的文化背景中加以修正」，他反八十年代的「純詩」主張，要「在複雜的

---

1 參考劉士杰《走向邊緣的詩神．第一章文化轉型期的詩歌走向》，頁21-23。太原：山西教育出版社，1999年3月。

2 沈奇〈秋後算帳——1998：中國詩壇備忘錄〉，載《1998中國新詩年鑑》。

歷史中建構詩意」，「竭力維護和追尋的是一種複雜的詩藝」。在這裡他援引包括歐陽江河、西川、王家新、臧棣、鍾鳴、張曙光、開愚、孫文波等志同道合的朋友的言論，並介紹他們的詩藝特色。

真正的問題出在「選」的方面，被沈奇稱之為「后新詩潮最具影響力（至少在青年詩歌界）之一」[3]的伊沙也落選。伊沙說：

> 在這本厚達513頁的詩選中，共選入張曙光等五十五位詩人的詩作，入選詩作最多者依次為張曙光、王家新、翟永明、西川、臧棣五人，均為十首（含長詩、組詩）。引人注目的是于堅、韓東作為「另類」的代表，作為一種明顯的點綴只入選區區兩首小詩（而且根本不是這二人的代表作），而在九十年代仍保持創作活力的北島、嚴力、多多、舒婷、王小妮、小安、楊黎、莫非、默默、梁曉明、何小竹等均未入選，而真正崛起並活躍於九十年代的伊沙、阿堅、侯馬、徐江、余怒、賈薇、秦巴子、楊健等均告落選。[4]

做為一本特具主觀詩學趣味的流派詩選，程光煒所編其實頗具觀賞及參考價值，但納入「九十年代文學」這個整體概念底下，這種獨斷的取捨要不引起反彈也難，更何況長期就存在著扞格與疏離，這樣的編選正是決裂的宣告。

將近一年之後，楊克主編的《1998中國新詩年鑑》出版，編委包括韓東和于堅（另有溫遠輝、謝有順、李青果、黎明鵬、楊茂東），〈代序：穿越漢語的詩歌之光〉是于堅寫的，楊克在書末的

[3] 同上，頁388。
[4] 伊沙〈世紀末：詩人為何要打仗〉，載《1999中國新詩年鑑》，頁515-516。

「工作手札」中只說「遠離意識形態」、「體現民間邊緣立場」、「為急劇變化的時代留存下有價值的文本」，于堅則以戰鬥之姿，肯定自我（民間寫作），批判對手（知識分子寫作）。在表達這要旨的同時，他一方面縱向清理詩的發展歷史，一方面橫向劃分詩壇版圖。就前者而言，從1840年以來經五四到最近二十年，在語言上獨標白話，在寫作態度上著眼獨立精神，於是「朦朧詩，這個起源於北京的詩歌群體乃是少年中國自由靈魂與獨立精神的復活」；於是繼承五四以來白話文傳統的第三代詩歌，「通過語言在五十年代以來第一次建立了真正的個人寫作」；於是，在九十年代優秀的「民間詩人通過民間刊物繼續著《今天》、《他們》的民間立場和寫作中的獨立精神」，而這些傑作、傑出的詩人都被本年鑑所收所選。

編者把自己擺入這個新詩潮中，在各詩史階段去尋找他們對立面——一切非民間寫作，包括九十年的知識分子寫作、在八十年代有民間立場而在九十年代轉向的《非非》們、八十年代後朦朧詩，甚至於認為他們極力批判的知識分子寫作，就是從張揚「文化詩」的後朦朧詩所發展出來的。這些其實都在橫向劃分詩歌版圖，而最終還是回歸到肯定自我／批判對手的二元性對立結構上面。

于堅有很明顯的針對性，包括「知識分子寫作」者以及新潮詩歌批評家，「前者的要害在於使漢語詩歌成為西方『語言資源』、『知識分子』的附庸」，後者的問題是他們「建立了關於朦朧詩和後朦朧詩的闡釋體系，但對於第三代詩歌，卻處於失語狀態，或者只是從意識形態出發的敷衍了事的泛泛而談」。前者指程光煒特別凸顯出來的張曙光等人，後者可能是指謝冕、孫紹振、徐敬亞等人。

此書以「年鑑」為名，其實是詩選（六卷）加詩歌理論（一卷），也是很清楚的「非我族類」則去之，或者弱化之。詩觀不同、立場不同，其選擇是可以理解的，第一卷十七人，見於程選者只有朱文、唐丹鴻、朱朱、桑克；第二卷十七人，有韓東、于堅、食指、呂德安、張棗、翟永明見於程選；第三卷比較多，西川、王家新、歐陽江河、西渡、龐培、臧棣、蕭開愚，除龐培外皆「現居北京」，是程選的要角；第四卷三十人，程選都沒收；第五卷有牛漢、鄭敏、昌耀、曾卓、蔡其矯，皆七、八十歲高齡的詩人，有虹影（在英國）、海男（在昆明），沒有明顯流派性質。

我們可以發現，兩部詩選都明顯凸出自己的人，聊備一格的選了對方的人，卻也有一些兩邊都中意，以及各自選來陪襯者。撇開站在流派立場的相互攻訐，從旁觀者的角度來看，兩部詩選相互完成當下詩壇主流的全景描繪，但我們相信，還有更邊緣的詩人。

楊選出版兩個月後，由唐曉渡主編的《現代漢詩年鑑・1998卷》由北京中國文聯出版社出版，唐的知識分子寫作立場很清楚，但含他在內的十三位編委卻以一種兼容並包的姿態出現，陳超、歐陽江河、西川、臧棣和唐立場相同，翟永明亦明顯向此傾斜。另外的多多（在荷蘭），芒克、楊煉（在英國）是八十年代朦朧詩人，牛漢是前輩詩人，而向明在台灣，鄭愁予和奚密由台赴美，一是詩人，一是研究漢語新詩的學者，因此這裡選入的詩人作品，就比較多方面，包括台、港及海外皆有（台灣二十四位詩人，一位詩評家；香港兩位詩人；美國一位詩人，一位學者；馬來西亞一位詩人），每人選的只有一、兩首，實在不易看出個人風格，不過詩之後有評論文章（十一篇），亦有年度詩壇資料，頗有參考價值。

唐編標明「現代漢詩」，卻沒有一篇類似于堅〈穿越漢語的詩歌之光〉那樣強烈宣言性的序或相關文章，可見他有所節制，編委會署名的〈前言〉中提到：「另一批朋友也在編纂《中國新詩年鑑・1998》」，極有風度的表示「遙遠致意」。當然這時候楊克所編還未問世，否則大概就不會那麼瀟脫了。

## 四、兩份「備忘錄」

真正的引爆點是「盤峰詩會」。這場由北京社科院文學所當代室、北京作協、《詩探索》編輯部、《北京文學》編輯部合辦的詩會，全名是「世紀之交：中國詩歌創作勢態與理論建設研討會」，舉辦的地點是北京市平谷縣盤峰賓館，有四十多位在京及來自各省的詩人及詩歌理論家參加，包括前述兩個陣營的要角，針鋒相對，發言如開砲，根據張清華、沈奇、伊沙的報導評論[5]，以及會後持續的筆戰文章，研討會是在舊恨上加上新仇。公元兩千年出現的兩份「備忘錄」，則顯然要將這場論爭帶進二十一世紀。

這兩份「備忘錄」，一個是王家新、孫文波編的《中國詩歌：九十年代備忘錄》（北京，人民文學出版社，2000年1月），一個是收在楊克主編《1999中國新詩年鑑》（廣州出版社，2000年6月）中的附錄〈詩歌論爭備忘錄〉。前者是一本論文集，總計二十六篇，「所選文章大都集中在『九十年代詩歌』這一論題和目前一場正在展開的詩歌論爭上」（王家新〈代序〉），並有三篇資料性附錄。後者收入二十二篇爭論文章，納入年鑑，「秉著公允的

---

5 張清華的報導〈一次真正的詩歌對話與交鋒——世紀之交：中國詩歌創作態勢與理論建設研討會述要〉，原載《北京文學》1999年七期，收入《中國年度文論選・九十九卷》，桂林，漓江出版社，1999年12月。伊沙文見註4，沈奇文除註2外，另有〈中國詩歌：世紀末論爭與反思〉，載《詩探索》2000年一－二輯。

立場，我們兼及了各種觀點，坦然面對那怕過激的、無理的批評」（謝有順〈序〉），因此雙方篇數相當，其中有兩篇看似場邊話，但立場卻傾向「民間」。和程光煒通過〈歲月的遺照〉的編選去凸顯流派特色，形塑詩歌典範做法接近，《中國詩歌：九十年代備忘錄》根本就是把這場論爭擺入歷史解釋的論述結構中，從九十年代中國詩歌的發展這樣的大角度去消解來自「民間」的挑戰，整體形成一個強勢的詮釋團體。這些泛學院的知識分子寫起罵文狠勁十足，論述九十年代詩歌，是有那麼一股霸氣，但論證推理毫不含糊，依我看，編完九十年代的詩選、詩論，下一步就是寫史了。

王家新署名的〈代序：從一場濛濛細雨開始〉是一篇流派立場的總結性報告，重點擺在九十年代詩歌景觀和詩學特徵，所引述的言論是流派的，舉證亦然，敘說的過程隨時鞭打對手。最值得注意的地方是，「知識分子寫作」已被普遍化成為時代文體形成的根源，「它們不僅體現在目下被強行歸屬於『知識分子寫作』的詩人們那裡，而且在眾多其他詩人那裡，以及一些被劃入所謂『民間寫作』的詩人那裡，也或隱或顯地呈現出這種時代性的風尚或徵候」，「相對於國家權力話語，『知識分子寫作』不是一種『民間寫作』又是什麼？」在在都在強化「知識分子寫作」的正當性，消解對方的攻擊能量，甚至把「某些人」的挑起「論爭」定性成為「爭權奪利」，是「一種權力慾望和挑釁心理的支配」。他們並沒有因論爭而動搖信念，反而愈加牢固。

《1999中國新詩年鑒》由謝有順作序，在論爭過程中謝曾有〈內在的詩歌真相〉[6]，更激化戰況，逼得唐曉渡寫了一篇〈致謝

[6] 原載《南方周末》1999年4月2日，收入《1999中國新詩年鑑》。

有順君的公開信〉[7]。另外他寫的〈詩歌與什麼相關〉、（先鋒就是自由）、〈詩歌在疼痛〉[8]等，用曾非也在〈看詩壇熱鬧〉[9]中說的，讀謝有順的文章「讓人感到才氣義氣火氣一同在燃燒」。而這篇〈序〉的火氣已經不那麼大了，「只要爭論引致了雙方重新思考自己所面臨的問題，目的便已達到」，於是我們讀到他仍堅持民間立場，但他們也意識到正面臨著：平庸、乏味的口語化陷阱、類型化的陷阱、個人私祕話語的陷阱、過度形式主義的陷阱等。而當他們把論爭雙方的言論附錄其中的時候，約略也可感覺他們有意降溫了，讓文獻自己說話，期待熱愛詩歌的人去分別辨明寫作者的內心與表情。

在99年元月曾發表〈誰在拿『九十年代』開涮〉[10]指名道姓挖苦程光煒、歐陽江河、王家新等人的沈浩波，在論戰之後的好幾個月寫了一篇〈讓爭論沉下來〉[11]，對於「爭論的雙方火氣越來越大，言辭越來越激烈」表示憂心，因此提出「讓爭論沉下來」的呼籲，意思並不是說不打了，而是應該進入問題的實質：把觀念和精神向度的分歧找出來，進一步探索其文化意義。

其實，在盤峰詩會上旁觀的第三者除認為「論爭和交鋒是正常的」（劉福春），「非常有意義」（林莽），但「現在的論爭開始逐步接近深層的問題，應沉下來」（林莽），「現在先鋒詩歌內部又出現分化，這是好事，分化得還不夠，還得繼續」（劉福春）。

---

7 原載《北京文學》1999年七期，收入《1999中國新詩年鑑》及《中國詩歌：九十年代備忘錄》。

8 〈詩歌與什麼相關〉收入《1998中國新詩年鑑》、〈詩歌在疼痛〉收入《1999中國新詩年鑑》、〈先鋒就是自由〉收入《中國年度文論選．九十九卷》。

9 見《1999中國新詩年鑑》。

10 同上。

11 同上。

更有像陳仲義、張清華撇開詞語表面的糾纏，從內涵上指出二者的詩學取向及其優勢與不足等，「在我看，它們的含義不但不是對立的，而且是統一的，在當代的語境中尤其如此，『知識分子』的非體制性同『民間』的概念很接近。從寫作來看，一個強調活力，一個強調高度；一個傾向於消解，一個傾向於建構，正好優勢互現，因此大家要達成兼容互諒，保持自省」（張清華）[12]

即使是堅持「民間」立場的沈奇，在《中國詩歌：九十年代備忘錄》出版之後，雖難掩「沉重」之感，但是「面對共同的新世紀」、「共同面對一個更強大更堅強的挑戰者：網路、媒體、高科技，以及慾望的普遍物質化、非詩化……」，他提出這樣的呼籲：結束目前不無虛妄與意氣的論戰，回到真正有益於團結，有益於建設性的對話與反思中去」。[13]

## 五、詩人為何打仗

這一場詩歌領域為了寫作立場而引起的論爭，納入世紀之交中國大陸的歷史情境中，是有那麼幾分道理，首先是世紀末原本就是歷史經驗大總結的最佳時機，不論是年度的、九十年代的，甚至是二十世紀的各種編選與論述，必然會層出不窮，在其中產生衝突的可能性極大；其次是改革開放以來中國大陸社會的改變遠遠超乎人們的想像，尤其是九十年代的商品大潮，對社會、對文學的沖擊都極巨大，而當社會日漸多元化，舊式的一元思惟已無法適應變遷，於是各種權利之爭取將逐浪而來，「民間」詩派以自己的方式編年

---

12　見張清華的報導〈一次真正的詩歌對話與交鋒〉。

13　見〈中國詩歌：世紀末論爭與反思〉。

鑒，向他們眼中的主流話語挑戰，是很可能發生的事。

進一步說，詩歌已經邊緣化成弱勢文類，但在學院內做為一種學科，在人文領域仍具有地位，研究詩歌的學者和詩壇自然形成互動，和日愈蓬勃發展的出版產業相結合，則易於出現與事實不全相符的誇張性商品標籤，學者又得振振有詞使之正當化，反彈乃隨之而來。

回到文學內部，詩是什麼和為什麼的問題，自古以就從來沒有停止過爭論，堅持己見者在自我表示時很難不排他。在多元化的社會裡，各盡所能、各取所需，一切取決於自由市場。但在大陸，這樣的社會尚未完全形成，於是依賴體制（政治體制、商業體制）和個人自由寫作之間會有衝突；向西方移植和向傳統接枝的爭論必然產生；甚至歷史解釋權的問題亦將不斷產生爭議。

當戰況激烈，沒被捲入場的旁觀者或將有比較超然的觀察；當事過境遷，激情不再，真正反省的聲音或將出現；當這個時代過去，後來者將把論爭的言說視為文獻，納入時空脈絡去清理，他們將把意氣的成分去掉，把意義找出來。

伊沙說：「世紀末：詩人為何要打仗？」跨過這公元兩千年，我們是否會問：世紀初了，詩人為何還在打仗？

# 《詩心與詩史》各篇發表資料

## 輯一　詩心詩藝

入乎其內，出乎其外——論王潤華早期的詩（1962-1973）

第二屆華文文學大同世界國際會議，新加坡：歌德學院、新加坡文學研究會1988；《文訊》，第三十八－三十九期，1988.10-12。收入論文集

余光中的高雄情——以詩為例

《聯合文學》，第十四卷第十二期，頁68-70，1998.10。

一朵玫瑰的綻放——序碧果《魔術師之手與花》

《台灣詩學季刊》，第二十九期，頁82-85，1999.12。該詩集未出版

論溫健騮離港赴美以前的詩——以《苦綠集》為考察場域

香港文學國際研討會，香港：中文大學新亞書院，1999.4，14-18；《台灣詩學季刊》，第二十九期，頁66-75，1999.12。收入論文集

《張默／世紀詩選》序

台北：爾雅，2000.4；《台灣詩學季刊》，第三十一期，頁190-197，2000.6

語近情遙——渡也詩試論

第十四屆詩學會議，國立彰化師範大學國文系，彰化，2005.5.28；彰師大國文系《國文學誌》，第十期，頁221-232，2005.6

葉笛論

《創世紀詩雜誌》，一四六期，頁56-58，2006.3。收入《葉笛全集》

來自曠野的呼喚——席慕蓉之以詩論詩

席慕蓉，《以詩之名》，附錄，台北：圓神，2011.7；《中華日報・副刊》，2011.7.25，節刊

洛夫解構唐詩的突破性寫作

洛夫，《唐詩解構——洛夫的唐韻新鑄藝術》，序，台北：遠景，2014.10；《人間福報・副刊》，「文壇行走」，2014.8.27，節刊

## 輯二　詩史現象

《八十年詩選》導言

台北：爾雅，1992；導言一，〈十年磨一劍〉，頁1-4；導言二，〈六十年的詩之主題〉，頁5-16

六十年代台灣現代詩評略述

台灣現代詩史研討會，文訊雜誌社，台北，1995.4.8。收入論文集

詩的總體經驗，史的斷代敘述——《台灣現代詩史論》序

台北：文訊雜誌社，1996.3；《台灣詩學季刊》，第十一期，頁196-198，1995.6

有關「詩社與台灣新詩發展」的一些思考

第四屆現代詩學研討會，彰化師大國文系，彰化，1999.5；《台灣詩學季刊》，第二十九期，頁59-65，1999.12

台灣新世代詩人及其詩觀

迎向新世紀——台灣新生代詩人會談，台灣詩學季刊社，台北，2000.6；《台灣詩學季刊》，第三十二期，頁38-43，2000.9。

日據下台灣新詩的萌芽

第八屆國際語文教育比較學術大會，韓國首爾市立大學校、韓國詩歌學會主辦，首爾，2007.11；首爾：《韓國詩歌研究》，第二十四期，頁69-76，2008.5

台灣戰後出生第四代詩人略論

《台灣詩學學刊》，十期，頁337-349，2007.11

與時潮相呼應——台灣詩學季刊社十五周年慶

《我們一路吹鼓吹——台灣詩學季刊同仁詩選》，頁3-5，台北：爾雅，2007.12

張默編詩略論——以小詩為例

第二屆當代詩學論壇暨張默作品研討會，澳門中國比較文學學會、澳門大學中文系等聯合主辦，澳門，2008.5；《台灣詩學・吹鼓吹詩論壇》，第八號，2009.3。收入論文集

《台灣詩學季刊》專題前言

1992-2002，二十六篇

## 附錄

民間寫作／知識分子寫作——世紀末大陸詩壇的一場論爭

兩岸文學發展研討會，國立中央大學中文系、中華發展基金會，台北，2000.9.16-17

# 李瑞騰詩學年表

1952 出生於南投草屯。

1969 在台中一中。學習寫詩，最早的詩發表在《中一中青年》。

1973 在中國文化學院中文系文學組，偶有詩發表於《自立晚報・副刊》。

1974 參與華岡詩社活動，結識渡也、向陽等。撰〈詩的社會性與民族性〉，發表於《台大青年》。

1976 就讀於中國文化學院中文研究所碩士班，與向陽一同加入岩上、王灝於南投成立的詩脈社。撰〈詩話向陽〉（刊《詩脈季刊》）、〈釋渡也的〈蘼蕪〉〉（刊《中華文藝》）。

1977 結識詩人張默，應邀在他主編的《中華文藝》撰寫「詩的詮釋」專欄，詮釋紀弦、方思、辛鬱、羊令野、洛夫等人詩作；〈說鏡——現代詩中一個原型意象的試探〉長文刊於《中華文藝》6月的「詩專號」（張漢良編）。執編10月出版的《詩脈季刊》第六期。以〈釋紀弦〈狼之獨步〉與〈過程〉〉獲教育部青年研究著作獎。

1982 6月，《詩的詮釋》在時報出版公司出版。

1984 4月，以《詩的詮釋》一書獲「中興文藝獎章」文藝批評獎。

1986 主編《七十四年詩選》，台北：爾雅出版社。其中附錄〈民國七十四年新詩年鑑〉，為歷年年度詩選所未見。

1987　獲中國文化大學中文研究所博士學位，應聘淡江大學中文系，為副教授。

1991　應聘國立中央大學中文系；詩集《牧子詩鈔》自印出版。

1992　主編《八十年詩選》，台北：爾雅出版社。爾雅年度詩選停刊，除原「導言」〈八十年的詩之主題〉外，另撰〈十年磨一劍〉。12月，與向明、蕭蕭、白靈、渡也等友人共組台灣詩學季刊社，策畫「大陸的台灣詩學」專題。

1994　擔任台灣詩學季刊社社長，迄2010年1月卸任。此其間為《台灣詩學季刊》撰寫二十餘篇「專輯」前言。

1995　企劃「台灣現代詩史研討會」，從3到5月間舉辦六場：日據時代、五十年代、六十年代、七十年代、八十年代、九十年代，發表論文三十篇，六個主題座談：「新詩史料問題」、「新詩史觀與詩史寫作」、「詩社與詩刊」、「詩選的性質與功能」、「台港、大陸及海外——中文現代詩的空間分布」、「新詩未來的發展問題」，引言人總計十八位。論文及綜合討論、引言稿及綜合討論編成《台灣現代詩史論》（台北：文訊雜誌社，1996）。

1997　《詩的詮釋》增訂再版為《新詩學》（台北：駱駝出版社）。

2006　在中央大學中文系開設「台灣新詩學」課程，為博碩士班合開。研究生的學習成果，於6月13日假台北舉行「青春詩會——台灣現代詩人詩作研討會」。

2007　詩集《牧子詩鈔》擴編為《在中央》（台北：唐山出版社）。主編《我們一路吹鼓吹——台灣詩學季刊同仁詩選》（台北：爾雅出版社）；在《幼獅文藝》寫「典藏文學青春」專欄，論及的年輕詩人有林德俊、林婉瑜、曾琮琇、葉覓覓、鯨向海等。

2010　2月起任國立台灣文學館館長。為《台灣詩人選集》、《錦連全集》、《吳瀛濤詩全編》等撰〈館長序〉；連三年在台南辦「榴紅詩會」。

2014　中央大學學生成立松林詩社，為指導老師；次年發行《松果詩刊》。2015主編「臺灣詩學論叢」，由秀威資訊科技出版，所著《詩心與詩史》列入其中。

## 研討會論文

一、〈入乎其內，出乎其外：論王潤華早期的詩(1962-1973)〉，第二屆華文文學大同世界國際會議，德國歌德學院、新加坡文學研究會，新加坡，1988。

二、〈試探洛夫詩中的「古典詩」〉，當代中國文學：1949以後學術會議，淡江大學中文系，台北，1988。

三、〈八十年代香港的新詩界——以文學刊物為中心的討論〉，香港文學國際研討會，香港大學，香港，1988。

四、〈試論朱湘的詩〉，第二屆文學與美學學術研討會，淡江大學中文系，台北，1990。

五、〈閩南方言在台灣文學作品中的運用——以現代新詩為例〉，全美華文教師協會年會，世界華文教育協進會，波士頓，1990。

六、〈菲華新詩的一些考察〉，世界華文文學研討會，香港作家協會，香港，1991。

七、〈台灣現代新詩發展趨勢的考察〉，海峽兩岸文學創作與研究，南京大學‧南京，1993。

八、〈菲華現代詩中的華人處境〉，東南亞華人文化經濟與社會國際學術研討會，新加坡同安會館、亞洲文化研究會，新加坡，1994。

九、〈六十年代台灣現代詩評略述〉，台灣現代詩史研討會，文訊雜誌，台北，1995。

十、〈新加坡五月詩社的發展歷程〉，東南亞文化的衝突與整合，馬來西亞華人大會堂聯合會、佛光大學，吉隆坡，1997。

十一、〈歌在黃金之邦——馬華詩人傳承得〉，第三屆現代詩學研討會，彰化師範大學國文系，彰化，1997。

十二、〈馬華詩壇七字輩〉，馬華文學國際學術研討會，馬來西亞華文作家協會，吉隆坡，1997。

十三、〈菲華新詩的海洋意象〉，海洋與文藝國際學術研討會，中山大學文學院，高雄，1997。

十四、有關「詩社與台灣新詩發展」的一些思考〉，第四屆現代詩學研討會，彰化師大國文系，彰化，1999。

十五、〈論溫健離港赴美前的詩——以《苦綠集》為考察場域〉，香港文學國際研討會，中文大學新亞書院，香港，1999。

十六、〈詩巫當代華文新詩——以草葉七集為主要考察對象〉，現代漢詩國際會議，嶺南大學文學翻譯研究中心，香港，2000。

十七、〈台灣新世代詩人及其詩觀〉，迎向新世紀——台灣新生代詩人會談，台灣詩學季刊社，台北，2000。

十八、〈民間寫作／知識份子寫作——世紀末大陸詩壇的一場論爭〉，兩岸文學發展研討會，國立中央大學中文系、中華文化發展基金會，台北，2000。

十九、〈語近情遙——渡也詩試論〉，第十四屆詩學會議，國立彰化師範大學國文系，彰化，2005。

二十、〈日據下台灣新詩的萌芽〉，第八屆國際語文教育比較學術大會，韓國首爾市立大學校、韓國詩歌學會主辦，首爾，2007。

二十一、〈張默編詩略論——以小詩為例〉，漢語新文學講堂系列：第二屆當代詩學論壇暨張默作品研討會，澳門中國比較文學學會、澳門大學中文系等聯合主辦，澳門，2008。

## 指導研究生

一、黃憲作《新格律詩研究》，中國文化大學中文系，碩士，80。

二、鄒桂苑《拼貼當代台灣情/色文學地景——陳克華詩作文本探勘・1981-1997》，淡江大學中文系，碩士，87。

三、蔡明展《台灣散文詩研究》，暨南大學中文系，碩士，87。

四、陳政彥《蕭蕭詩學研究》，國立中央大學中文系，碩士，90。

五、陳政彥《戰後台灣現代詩論戰研究》，國立中央大學中文系，博士，96。

六、陳威宏《台灣戰後出生第三代詩人（1965-1974）之都市書寫》，國立中央大學中文系，碩士，96-2。

七、楊嵐伊《語境的還原：北島詩歌研究》，國立中央大學中文系，碩士，97-2。

八、王為萱《台灣戰後第一代詩人（1945-1955）之古典傾向研究》，國立中央大學中文系，碩士，97-2。

九、葉語婷《米羅・卡索數位詩研究》，國立中央大學中文系，碩士，100。

十、林秋芳《胡適新詩節奏的理論與實踐》，國立中央大學中文系，博士，104。

秀威經典　　臺灣詩學論叢03　PG1508

# 詩心與詩史

作　　者 / 李瑞騰
主　　編 / 李瑞騰
責任編輯 / 辛秉學
圖文排版 / 周政緯
封面設計 / 楊廣榕

出版策劃 / 秀威經典
發 行 人 / 宋政坤
法律顧問 / 毛國樑　律師
印製發行 / 秀威資訊科技股份有限公司
114台北市內湖區瑞光路76巷65號1樓
電話：+886-2-2796-3638　傳真：+886-2-2796-1377
http://www.showwe.com.tw
劃撥帳號 / 19563868　戶名：秀威資訊科技股份有限公司
讀者服務信箱：service@showwe.com.tw
展售門市 / 國家書店（松江門市）
104台北市中山區松江路209號1樓
電話：+886-2-2518-0207　傳真：+886-2-2518-0778
網路訂購 / 秀威網路書店：http://www.bodbooks.com.tw
國家網路書店：http://www.govbooks.com.tw

2016年1月　BOD一版
定價：320元

國家圖書館出版品預行編目

詩心與詩史 / 李瑞騰著 ; 李瑞騰主編. -- 一版.
-- 臺北市 : 秀威經典, 2016.01
面； 公分.
BOD版
ISBN 978-986-92498-0-5(平裝)

1. 臺灣詩 2. 新詩 3. 詩評

863.21 104024958

# 讀者回函卡

感謝您購買本書，為提升服務品質，請填妥以下資料，將讀者回函卡直接寄回或傳真本公司，收到您的寶貴意見後，我們會收藏記錄及檢討，謝謝！如您需要了解本公司最新出版書目、購書優惠或企劃活動，歡迎您上網查詢或下載相關資料：http:// www.showwe.com.tw

您購買的書名：________________________

出生日期：________年________月________日

學歷：□高中（含）以下　□大專　□研究所（含）以上

職業：□製造業　□金融業　□資訊業　□軍警　□傳播業　□自由業
　　　□服務業　□公務員　□教職　□學生　□家管　□其它_____

購書地點：□網路書店　□實體書店　□書展　□郵購　□贈閱　□其他

您從何得知本書的消息？

□網路書店　□實體書店　□網路搜尋　□電子報　□書訊　□雜誌
□傳播媒體　□親友推薦　□網站推薦　□部落格　□其他__________

您對本書的評價：（請填代號　1.非常滿意　2.滿意　3.尚可　4.再改進）

封面設計____　版面編排____　內容____　文／譯筆____　價格____

讀完書後您覺得：

□很有收穫　□有收穫　□收穫不多　□沒收穫

對我們的建議：________________________

________________________________

________________________________

________________________________

請貼
郵票

11466
台北市内湖區瑞光路 76 巷 65 號 1 樓
**秀威資訊科技股份有限公司** 收
BOD 數位出版事業部

............................................................................................

（請沿線對折寄回，謝謝！）

姓　　名：____________________ 年齡：________ 性別：□女　□男

郵遞區號：□□□□□

地　　址：________________________________________________________

聯絡電話：(日) ______________________ (夜) ______________________

E-mail：________________________________________________________